BUZZ

© 2022, Buzz Editora
© 2022, Catriona Silvey

Publisher ANDERSON CAVALCANTE
Editora TAMIRES VON ATZINGEN
Assistente editorial JOÃO LUCAS Z. KOSCE
Estagiária editorial LETÍCIA SARACINI
Preparação CRISTIANE MARUYAMA
Revisão FERNANDA SANTOS, ALEXANDRA MISURINI
Projeto gráfico ESTÚDIO GRIFO
Assistentes de design NATHALIA NAVARRO, LETÍCIA ZANFOLIM
Capa MICAELA ALCAINO © HARPERCOLLINS PUBLISHERS LTD 2021
Ilustração SHUTTERSTOCK

Nesta edição, respeitou-se o novo Acordo Ortográfico da Língua Portuguesa.

Dados Internacionais de Catalogação na Publicação (CIP)
de acordo com ISBD

S587a
Silvey, Catriona
  Até a próxima estrela / Catriona Silvey.
  São Paulo: Buzz Editora, 2022.
  304 pp.

  ISBN 978-65-89623-90-8

  1. Literatura inglesa. 2. Romance. I. Título.

2022-2229 CDD 823
CDU 821.111-31

Elaborado por Odilio Hilario Moreira Junior CRB-8/9949

Índice para catálogo sistemático:
1. Literatura inglesa: Romance 823
2. Literatura inglesa: Romance 821.111-31

Todos os direitos reservados à:
Buzz Editora Ltda.
Av. Paulista, 726, Mezanino
CEP 01310-100 – São Paulo / SP
[55 11] 4171 2317 | 4171 2318
contato@buzzeditora.com.br
www.buzzeditora.com.br

À minha mãe e ao meu pai, por esta vida

Até a próxima estrela

CATRIONA SILVEY

PARTE I

BEM-VINDO À ETERNIDADE

Thora queria poder recomeçar.

Queria não ter pintado o cabelo de azul nem ter usado o salopete laranja-choque que parece gritar: "Ei, estou me esgoelando para chamar a atenção". Mais do que qualquer outra coisa, ela gostaria de não ter vindo para cá, de não estar no meio dessa multidão barulhenta nessa festa de boas-vindas dos alunos estrangeiros. Alguém aumenta mais um pouco o volume da música, impedindo de ouvir o que o menino à sua frente está dizendo, ou melhor, gritando.

– O quê?! – grita Thora.

Ele inclina e se aproxima do ouvido dela.

– Eu falei que tenho a forte impressão de que a gente já se conhece.

Ela reage com um sorriso discreto e engole de uma vez a metade que sobrou da taça de vinho tinto. Brandindo a taça como resposta, ela desvia dele por entre o ambiente escuro e estroboscópico, empurrando a barra da porta corta-fogo. *Preciso de ar*, pensa ela, num rompante de desespero, *preciso de ar*, e, em poucos instantes, é envolvida pelo vento gelado que corre do lado de fora.

– Quem teve essa ideia? – pergunta aos paralelepípedos da praça, de frente à fachada reconstruída do centro histórico de Colônia. – Quem tem a brilhante ideia de dar uma festa "para as pessoas se conhecerem" onde ninguém consegue escutar o que o outro diz?

A cidade não responde. Mas Thora sabe que, no fundo, o barulho não era o problema. O problema era ela. Desde que saiu da Hauptbahnhof, três dias antes, sente que há uma parede entre ela e o restante do mundo, uma parede impenetrável e invisível como vidro. Ela veio para essa festa na esperança de que a música e o álcool rompessem essa barreira. Mas, ao contrário do que queria, Thora sente como se tivesse passado a noite toda esbravejando contra o próprio reflexo. Nenhum sinal do outro lado do vidro. *O que você estuda? Física, fala sério! De onde veio?* Um eco aqui, outro ali, todos ressoam a mesma pergunta, e a cada novo eco ela se sente mais e mais sozinha.

Ela caminha, sem saber para onde está indo. Uma brisa sopra em seu cabelo e refresca o rosto quente. À direita, a praça desemboca por becos estreitos que levam às águas acetinadas do Reno. À esquerda, logo depois de um pátio com jardim, uma torre antiga com um relógio aponta para o céu, e os ponteiros cravam a hora: onze e cinquenta e três.

Thora não acredita em destino. Apesar disso, acha que certos caminhos são melhores do que outros. Aqui, durante a primeira semana de aula da faculdade, na fronteira com tantas possibilidades de futuro, ela se sente zonza. E justamente neste lugar onde a vida deveria começar, ela sente como se tivesse tomado a direção errada. Por que não pode se sentir feliz numa festa, em algum canto da cidade, do planeta? O que a deixou assim, com essa sensação de que há uma sombra fantasmagórica a acompanhando o tempo todo?

No portão do pátio, Thora hesita. Depois, ignora o cadeado e a corrente, pula o gradil e se joga na grama, seguindo a própria sombra até ela desaparecer. Está a dez passos de um novo mundo, silencioso e coberto por estrelas. Thora inspira como um nadador que volta à superfície depois de um longo mergulho. Ela está prestes a deitar na grama, quando percebe que alguém chegou antes dela: um rapaz, também deitado na grama, com as pernas e os braços afastados e a cabeça jogada para trás como se estivesse tentando inalar o universo.

Um outro alguém poderia ficar empolgado por encontrar ali seu par. Mas Thora não. Se queixa: este espaço era dela, só dela, e esse cara o roubou. Ela paira na grama, orbitando dois mundos possíveis. Primeiro, está sozinha e no escuro, portanto, é melhor manter distância; segundo, ele está bêbado, talvez até desmaiado, melhor se aproximar e checar como o rapaz está. Ela respira fundo e decide arriscar a segunda opção.

– Ei! – diz. – *Um… ist alles okay?*[1]

---

1   Do alemão, "Oi, está tudo bem?". [N. T.]

O rapaz se levanta, com dificuldade. Thora o observa. Olhos grandes e cabelo preto, cacheado. É bonito, o suficiente para deixá-la tensa, caso ele tenha conseguido ler os pensamentos dela, e baixo, mesmo levando em conta o fato de que a maioria das pessoas é baixa perto de sua altura de um metro e oitenta.

– *Português?* – pergunta ele, esperançoso.

– Ah, sim, por favor – responde ela, rindo. – Como deve ter percebido, meu alemão não é lá muito bom.

Ele olha por cima do próprio ombro, em direção a onde estava deitado, como se devesse a ela uma explicação.

– Eu só estava... – interrompe a fala. – Santiago López. Santi. – O sotaque corresponde ao nome. Thora demora um pouco para entender que a mão estendida dele é para cumprimentá-la.

Ela estica o braço e aperta a mão dele.

– Pensei que você estivesse desmaiado. Vim para ver como estava.

– Tá brincando? As cervejas ali custaram cinco euros. Eu não poderia me dar ao luxo de desmaiar. – diz, e parece se divertir com o comentário dela. – Você tem nome?

– Ah! Claro. Apresentações... É assim que funcionam... – continua, bizarramente, apertando a mão dele. – Thora Lišková.

Ele solta a mão e aponta para ela.

– Você parece ser da Inglaterra. Mas seu nome não.

Finalmente uma coisa boa daquela festa barulhenta: impedir que essa conversa acontecesse. *Explicar a própria existência!* Thora suspira, torcendo para conseguir explicar em poucas palavras.

– Meu pai é tcheco e minha mãe islandesa, mas eu cresci no Reino Unido. – Ela dá de ombros. – Acadêmicos. Sabe como é...

Num gesto tímido, ele passa a mão pelo cabelo.

– Bom, meu pai é motorista de ônibus e minha mãe trabalha numa loja, então... não, não sei.

– Ah, desculpa... Quer dizer, não, eu não quis dizer que lamento o fato de eles... – A cada palavra, Thora parece se enroscar ainda mais. Que direito ele tem de fazer isso com ela? Ela ri baixinho. – Merda. Ah, quer saber? De agora em diante vou começar a me apresentar como Jane Smith.

Santi, num pedido de desculpas dissimulado, ergue as mãos.

– Desculpa aí por tentar conversar com você.

– Eu não pedi conversa nenhuma. – Ela envolve os braços em si mesma, olhando para as estrelas. – Eu só queria vir aqui fora e ficar sozinha.

– Claro. Me desculpe por ter invadido a sua cidade privativa. – Ele se curva num gesto de brincadeira e vai embora.

Thora se retrai.

– Espera.

Santi vira.

– Me desculpe. Esta noite... eu... passei a noite toda tentando falar com alguém, mas não consegui. Achei que fosse o barulho, ou as outras pessoas, sei lá, mas acho que o problema mesmo sou eu. E agora...

Ele a encara, meio surpreso, meio irritado.

– E agora, o quê?

Thora estala os dedos.

– Agora tenho certeza. Você se importa de se deitar? Ali, onde estava mesmo. Como se eu nunca tivesse aparecido.

Ela deduz que ele vai virar as costas e ir embora. Mas ele dá de ombros, ri e volta a deitar na grama, e com isso Thora o conhece um pouco mais.

– Beleza. Espere aí. – Thora volta para o lugar de onde veio. No escuro, perto do gradil, ela conta até três, pensa em ir embora, reconsidera, pensa: *Meu-Deus-o-que-estou-fazendo?*, volta para a grama e oferece a mão em direção a Santi, que fica confuso. Ele aceita a ajuda para se levantar.

– Oi – diz ela, radiante. – Sou Thora Lišková. Prazer em conhecê-lo, é uma honra encontrá-lo pela primeira vez.

Um momento de silêncio. Até que um sorriso radiante irrompe.

– Santiago López Romero – diz ele, apertando com vigor a mão dela. – Por favor, pode me chamar de Santi.

– Encantada. – Thora solta a mão dele, e sem ter nada mais em que se agarrar, meio sem graça ela apoia a mão nos quadris. – Então, hum... se você não estava desmaiado, o que fazia aqui?

– Estava observando as estrelas – responde, como se fosse a coisa mais corriqueira do mundo.

Thora sente o coração pular dentro do peito. Ela semicerra os olhos em direção à bruma das luzes da cidade.

– Não consigo ver muito daqui.

– Daqui não. Mas ali de cima, talvez... – Santi aponta para o topo da torre do relógio.

Thora pisca.

– Está sugerindo que a gente escale a torre?

Santi encolhe os ombros.

– A não ser que você tenha uma mochila a jato por aí...

Thora olha em direção à torre, com vários buracos aqui e ali entre os tijolos. Algo naquela vista mexe com ela, um sinal de que finalmente teria encontrado o caminho certo, e se materializa numa sensação: uma comichão no peito que só passa quando ela está em algum lugar onde não deveria estar, em algum lugar para onde ninguém em sã consciência gostaria de ir. Gostaria de ter ela própria sugerido escalar a torre. Agora, vai parecer que só aceitou o desafio para impressionar Santi.

– Não vou escalar uma torre em ruínas com você! Eu nem te conheço!

Mas Santi já está cruzando o pátio.

– E será possível mesmo conhecer alguém de verdade?

– Melhor do que eu te conheço, sim – responde ela, indo atrás dele.

– Acha mesmo? Eu acho que somos, cada um, um mistério para o outro. Sempre.

Que tipo de truque é esse?, Thora se pergunta. *Como ele consegue transformar uma piada num assunto sério desses?* Em partes, ela não dá a mínima. Pela primeira vez nesta noite, algo diferente acontece.

– Onde aprendeu isso? – indaga ela.

– Com os meus pais. Estão casados há trinta anos, mas meu pai continua descobrindo coisas sobre a minha mãe e se surpreendendo.

– Sério? – pergunta Thora, com a fala arrastada. – A sua mãe diz o mesmo em relação ao seu pai?

Santi parece confuso, depois desconfiado.

– Por quê?

– Ah, clássico. É o tipo de coisa que os homens costumam dizer quando não querem se comprometer: "Ah, ela é um mistério!", quando, na verdade, a mulher passa trinta anos dizendo o que ela quer e o homem simplesmente não dá ouvido.

Santi sorri, mas com certa acidez.

– Talvez seus pais sejam assim.

– Ah, não. Meus pais sabem tudo o que precisam saber a respeito um do outro. – Thora puxa o cachecol e o aperta mais contra o corpo, para se proteger do frio. – Não tem essa de não saber o que o outro quer. Hoje em dia, pulam conversas inteiras porque já sabem como vai terminar.

Santi pula o gradil e oferece a mão a Thora para ajudá-la.

– Mas isso não quer dizer que eles sabem tudo um sobre o outro. Claro, eles conhecem a relação, mas ainda assim só conhecem... Como posso dizer? Só conhecem um lado um do outro.

Thora ignora a ajuda de Santi e pula o gradil sozinha.

– Como assim?

– Quero dizer que eles só se conhecem como marido e mulher. Eles podem dizer coisas, fazer coisas etc., com amigos, e até mesmo com você, que nunca mostrariam um ao outro. – Santi dá de ombros. – Nunca é possível conhecer alguém por completo. Para isso, o outro teria de ser absolutamente tudo para esse alguém, o que é impossível.

Os dois chegam ao topo da torre, onde das pedras brotam todo tipo de grafite: camadas de caneta e tinta, um palimpsesto ilegível em uma dúzia de idiomas. Thora olha para cima. A torre é mais alta do que ela imaginava. Santi olha para ela como se estivesse esperando que ela fosse desistir. E é justamente isso, mais do que qualquer outra coisa, que a faz passar pela fenda irregular da parede.

De um mundo para outro. Ela torce para ter deixado Santi para trás, mas lá está ele, ao lado dela, e o barulho da sua respiração é o único som que há no universo. Os dois olham para a escuridão salpicada por pontos de luz. Pelo buraco que há no topo, as telhas que restaram reservam um vislumbre das estrelas.

Thora pisa na escada meio desintegrada que serpenteia o outro lado da parede. Ela olha para Santi.

– Então, a gente vai mesmo subir.

Ele sorri.

– E por que não?

Ao chegar ao primeiro vão da escada, Thora pensa nas palavras de Santi. Por que não arriscar a vida por curiosidade? Para ela, essa é uma pergunta que nunca precisou de resposta. E, assim, ela pula o vão, sentindo a emoção percorrer seu corpo da cabeça aos pés. À medida que sobe mais e mais e os vãos entre os degraus ficam maiores, ela procura pontos onde apoiar as mãos e os pés, fazendo os buracos da alvenaria de degraus para levá-la ainda mais alto. Em pouco tempo, se vê absorta. A festa, a péssima impressão que causou em Santi, o medo de pegar o caminho errado, tudo isso desaparece. O único caminho agora é vertical e a leva ao topo da torre, rumo às estrelas encobertas. Ela não pensa na queda nem sequer quando os buracos na parede mostram o céu escuro do outro lado, sombreado por um punhado de nuvens. O vento sibila, ricocheteando o cabelo dela sobre os olhos. Quando os pés voltam a encontrar os degraus, ela vira e olha para trás, à procura de Santi, que vem logo em seguida. É muito mais assustador assistir do que fazer. A música irrompe no ar, uma melodia que ela não sabe de onde vem, até perceber os lábios de Santi se movendo.

– Está cantando? – pergunta, incrédula.

Ele salta para a outra extremidade da parede, pisando num buraco e tirando o pó das mãos.

– Tô. – Santi a ultrapassa e sobe em direção à última curva da espiral. Thora cogita o que tudo isso pode significar: ele não tem medo. De cair, de estar fazendo a escolha errada. Por um momento, ela o inveja. Muitíssimo.

Ela o segue por uma portinhola que há numa plataforma de madeira com arcos nos três lados oferecendo vista para a cidade. No quarto lado, está a parte de trás do relógio, as engrenagens obstruídas pela ferrugem. Sentindo calor depois da escalada, Thora desenrola o cachecol e o pendura num prego enferrujado. Na beirada, ela senta e inclina a cabeça para trás. Sem as luzes da cidade, as estrelas parecem borrifos no céu, feito os respingos de sangue resultantes da morte violenta de alguma divindade.

– Não é estranho como a realidade às vezes pode parecer tão irreal? – reflete ela. – Como é possível sentir isso? Quero dizer, que parâmetros podemos ter pra fazer essa comparação?

– Algo mais real do que a nossa memória é capaz de guardar – diz Santi, sentando-se ao lado dela. Ele faz como Thora e olha para cima. – Quando eu era criança, achava que as estrelas eram buracos na parede entre a gente e o céu.

Thora sorri.

– Eu achava que elas ficavam coladas na parte de dentro do céu. Igual às que eu tinha no meu quarto e que brilhavam no escuro.

– No meu quarto também tinha! – conta Santi. – Você as trouxe pra cá?

Thora olha para ele com certa desconfiança, se perguntando se Santi está tramando alguma pegadinha. Ela resolve correr o risco.

– Não, mas comprei umas novas no Odysseum. – Ela aponta em direção à fachada iluminada do museu de astronomia, do outro lado do rio. – É incrível. A lojinha tem emblemas da Agência Espacial Europeia. Você precisa ir lá. Quer dizer, se não se importar de ser o mais "tiozão" dos visitantes, porque o pessoal que visita lá tem uns dez anos a menos que você – ela brinca.

– Não sei por que colocam essa ideia na nossa cabeça, de que a gente deveria superar essa fase – comenta Santi, falando baixinho. – Toda criança adora as estrelas. Todas elas querem ser astronautas, explorar o universo, ver o que ninguém nunca viu. Mas aí a gente cresce e... para de olhar pro céu. Não tiramos os olhos da terra firme e decidimos nos concentrar no real, tangível, desistimos.

– Eu nunca desisti. – Thora não consegue acreditar que está contando seu maior segredo, aquele guardado no fundo do coração, para esse cara que acabou de conhecer. Mentalmente e em poucos segundos, ela repassa as prováveis reações dele: risos, interesse forjado, conselhos bem-intencionados para esquecer o que nunca vai acontecer.

– Nem eu. – Ele inclina a cabeça para trás e volta a olhar para as estrelas. – Eu quero ir até lá. É tudo o que eu sempre quis.

Pela primeira vez desde que chegou à cidade, Thora sorri espontaneamente.

– E por que quer ir até lá?

Ele olha para ela como quem diz: "A resposta é óbvia".

– Porque eu quero ver Deus.

Thora ri, porque é claro que ele está de brincadeira. Ele a observa gentilmente, não está ofendido, mas tampouco achando graça.

Ela fecha a cara.

– Você acredita que Deus mora no espaço? – Santi sorri. Thora faz o mesmo. – Você sabe que essa história que há vida lá em cima é... provavelmente balela.

– No espaço não tem "em cima" nem "embaixo" – diz ele, com a voz séria.

– Então, isso quer dizer que no espaço você não seria considerado baixinho? Interessante – comenta Thora, sem pensar.

Santi parece magoado com o comentário. Ela gostaria de poder voltar atrás, refazer o que disse, mas neste universo o tempo caminha sempre na mesma direção, arrastando-a junto dele.

– No meu caso – diz ela –, eu gostaria de ir para o espaço porque lá ninguém ouviria as besteiras que digo sem pensar.

Santi não esboça nenhuma expressão significativa.

– E, falando a verdade, por que você gostaria de viajar pro espaço?

Ela suspira.

– Porque gostaria de me manter o mais longe possível de... tudo. – Ela gesticula ao redor, apontando vagamente para a torre, a cidade, o planeta.

– De tudo? – Ele levanta, cambaleando. Ela estica a mão para ajudar, mas Santi agarra o arco e se segura. – O que tem de errado com tudo isso?

– Nada. – Ela dá de ombros. – Está tudo certo. O problema é o lugar. Eu sempre quis estar em outro lugar que não fosse aqui.

– Entendo o que você quer dizer – diz Santi, olhando para a paisagem da cidade. – Ainda assim, a vista daqui é linda.

Pela primeira vez desde que subiu, Thora olha para baixo. Santi tem razão. A cidade à noite é uma verdadeira maravilha, um planeta atravessado por fissuras brilhantes. Lá embaixo, a praça de paralelepípedos brilha, e a fonte no centro se transforma numa lufada de névoa prateada. À esquerda da praça, as torres gêmeas da catedral apontam para o céu feito dois foguetes góticos. Da praça até a outra extremidade, construções de diferentes formas e tamanhos se propagam e se estendem em direção ao rio. Thora sopra o ar frio feito fumaça e inala o ar da cidade, onde ainda paira o medo da bomba, mas reerguida e em incessante construção. Seus olhos percorrem a Hohenzollernbrücke de uma ponta a outra, que se estende pelo Reno, e as luzes refletem na água como se uma réplica da própria ponte estivesse ali, submersa.

Thora aponta para ela.

– Você sabia que tem um monte de cadeado ali, de um lado ao outro?

– Sabia, atravessei a ponte. É impressionante.

Thora bufa, desdenhando.

– Impressionante? É ridículo, isso sim. Que casal pensa: "Ei, que tal a gente celebrar a singularidade do nosso amor fazendo exatamente a mesma coisa que milhares de outros casais fizeram?".

– Mas não são só casais. Eu li as mensagens. Tem cadeados ali com nomes de pais, filhos e amigos.

– Piorou então! Beleza, tornemos cada relacionamento humano igualmente banal!

Ele a olha de um jeito provocativo.

– Não acha isso lindo? Esse gesto universal?

– Duas toneladas. É essa a soma do peso desse gesto universal – comenta ela, fazendo que não. – Qualquer dia desses essa ponte vai acabar caindo no rio.

– Mas pense no simbolismo da coisa – diz Santi, perplexo com o que ele próprio diz. – Um milagre da engenharia derrubado pelo peso do amor humano!

Santi definitivamente resolveu provocá-la.

– Tenho certeza de que as pessoas que morrerem *simbolicamente* quando a ponte *simbolicamente* desabar abaixo delas vão gostar.

Ele ri, gargalha com gosto. É o tipo de risada que seria motivo para zombar de um garoto. Seja como for, o fato de Santi continuar rindo revela algo importante sobre ele.

Thora está ali sentada, parada, há tempo demais. Há mais para explorar aqui, mais por descobrir. Ela se levanta e contorna a abertura no chão para observar o funcionamento do relógio enferrujado.

Santi também se põe de pé.

– Precisa de luz aí?

– Não, eu tenho. – Ela saca um isqueiro e o acende.

– Você fuma? – pergunta Santi, aparentemente surpreso.

– Não, não. Minha mãe fumava um cigarro atrás do outro quando eu era criança. Isso deixa uma marca.

Santi se aproxima mais enquanto Thora aponta a luz do isqueiro para a engrenagem.

– Acha que a gente consegue consertar?

Thora apoia o próprio peso em uma das engrenagens e tenta empurrá-la para trás.

– Não – diz, depois de alguns segundos. – Acho que está travado.

Santi tenta empurrar a engrenagem para o lado oposto. Desiste e dá um passo para trás.

– É, acho que parou mesmo. – Ele sorri para ela de canto, por entre a luz tremeluzente do isqueiro. – Bem-vinda à eternidade.

Que coisa mais pretensiosa de se dizer. Mas Thora há de admitir que é exatamente essa a sensação dela: um instante além do tempo, sem começo nem fim.

– Então, temos de comemorar, certo? – sugere Santi.

Thora pestaneja.

– Como assim?

Ele estica o braço, pega a jaqueta e tira de dentro dela algo feito de madeira escura. E só quando ele abre o objeto, Thora percebe que ele segura uma faca.

Ela o encara.

– Por acaso está sugerindo algum tipo de cerimônia de sacrifício?

– Não! Uau! Vocês, tchecos-islandeses-britânicos, são tão intensos!

Thora ri, jogando a cabeça para trás.

– Parabéns por lembrar de todas as nacionalidades. A maioria das pessoas só acerta depois que ouve umas cem vezes.

Santi olha para ela de um jeito provocativo.

– Eu presto atenção nas coisas.

Thora estende o braço para pegar a faca. Santi entrega e ela a examina, virando a lâmina na direção da luz.

– Uau! Dá pra esfaquear e matar uma pessoa com isso aqui.

– Por que esse tipo de coisa é o que sempre vem primeiro à sua cabeça, hein? – questiona Santi, balançando a cabeça. – Era do meu avô.

Thora olha para ele de um jeito desconfiado.

– E por que você anda com uma faca se não quer esfaquear ninguém?

– Por que você carrega um isqueiro se não fuma?

Ela dá de ombros.

– Nunca se sabe quando a gente pode precisar tacar fogo em alguma coisa.

– E nunca se sabe quando a gente pode precisar esculpir alguma coisa na parede. – Santi pega a faca de volta da mão dela e vai para um dos pilares entre os arcos.

Thora olha por cima do ombro e o observa riscar a pedra.

– Santiago López Romero. – Ela lê.

Ele entrega a faca a Thora.

– Não sei como se escreve o seu nome. – Ele inclina o corpo à frente, se aproximando do ombro dela e observa o que Thora está fazendo. – Detesto ter de comunicar, mas isso não é uma carta.

Com a mão, ela afasta a poeira da letra "Þ", com que começa seu primeiro nome.

– É isso mesmo que está pensando. Um *thorn*. Ainda o usamos em islandês. E antes fazia parte do alfabeto inglês também.

– Então, o que está dizendo é que *definitivamente* eu não saberia como escrever o seu nome.

O nome dos dois está gravado na parede: sem nenhum "&", nenhum coração, nada além do espaço compartilhado que os mantêm juntos. *Isso mesmo*, decide Thora.

– Ainda bem que saí daquela festa – comenta ela.

– Claro – diz Santi. – Quer dizer, foi coisa do destino, certo?

Thora pisca e o encara.

– Oi?!

– Destino. O fato de a gente ter se encontrado. E escalado a torre.

Ela acha graça.

– Sério? Então, você é determinista? O livre-arbítrio é uma ilusão, o universo uma bola rolando ladeira abaixo etc, etc, etc?

Ele faz que não com a cabeça.

– Não estou falando de determinismo. Mas de destino.

– E qual é a diferença?

Ele volta a sentar na beirada da plataforma.

– Determinismo significa que nada faz sentido, mas não podemos mudar isso. E destino significa que há um plano traçado por Deus pra gente.

– Certo – diz Thora, calmamente. – Então, o único motivo de termos escalado essa torre foi a vontade de Deus, Ele queria isso pra gente?

Santi transparece serenidade. O que irrita Thora.

– Não é assim que as coisas funcionam. Ele não faz isso assim, de maneira clara. Ele nos molda para ser o tipo de pessoa que escolheria escalar uma torre em ruínas só para apreciar as estrelas.

Thora afasta o cabelo para trás.

– Deixe-me ver por onde começo. Vejamos. O que me fez assim, com essa personalidade? – Ela fica séria ao relembrar algo que pensou ao deixar a festa. – Talvez tenha alguma genética aí. Deus sabe que meus pais são estranhos. Mas o meu jeito também tem muito a ver com a minha infância, com as coisas que experimentei na vida. – O calor da discussão faz Thora se sentir bêbada, embora ela só tenha tomado uma taça de vinho uma hora antes. – Pare e pense um pouco. E se os seus pais tivessem se mudado para Colônia antes de você nascer? E se você tivesse crescido aqui? E se os meus pais tivessem ficado na Holanda, onde se conheceram? E se... sei lá, algo trágico tivesse acontecido quando a gente era criança? Seríamos completamente diferentes do que somos.

Santi faz que não.

– Não acho. Nós somos o que somos. Seríamos os mesmos, independentemente do que acontecesse com a gente.

– Tá legal. Então vamos fazer um teste. Nesta noite, você tomou uma série de decisões que te levaram a ficar deitado na grama, olhando para as estrelas?

Ele hesita.

– Creio que sim – admite. – Mas tomei essas decisões por causa da pessoa que eu sou.

– E em nenhum momento pensou em fazer outra coisa que não fosse isso? – A essa altura da conversa, ela se anima, se volta para ele e a cidade e as estrelas ficam em segundo plano. – Pois vou falar por mim. Eu quase fui até o rio, quase voltei para a festa, Deus me livre! E se eu tivesse feito uma dessas duas coisas, a gente não estaria aqui, tendo essa conversa.

Ele sorri.

– Então, você acha que essa conversa vai mudar radicalmente quem somos?

– Pare de distorcer o que eu falei! – Ela fica brava, enraivecida ao vê-lo tão seguro de si, quando ela, por sua vez, se sente um emaranhado de ideias contraditórias e desordenadas, conectadas na mesma pessoa. – Talvez não essa conversa, mas se a gente... se a gente voltar a se encontrar, se fizermos parte da vida um do outro...

Santi acha ainda mais graça agora.

– Você quer fazer parte da minha vida? Thora, eu mal *te conheço*!

Ela bate no ombro dele.

– Ué, amigos compartilham o que acontece na vida um do outro o tempo todo. – Ela arregaça a manga para mostrar a tatuagem feita há dois dias, no Bairro Belga, e a pele do pulso continua avermelhada ao redor de uma constelação de estrelas. – Olha isso. Minha amiga Lily disse que a gente deveria fazer uma tatuagem para comemorar a nossa entrada na faculdade. Então, se eu não tivesse conhecido a Lily dez anos atrás, eu seria fisicamente diferente agora.

Santi pega o braço dela e o vira em direção a luz.

– O que é?

– Uma constelação. Vulpecula, a raposa. É o significado do meu nome. – Thora cutuca as pontas da tatuagem, onde começa a cicatrizar. – Eu acho... sei lá, parece bobo, mas eu fiz isso para lembrar quem eu sou. Que eu pertenço a essa constelação.

Santi empurra uma folha pelos ares e a observa traçar um caminho errático até lá embaixo.

– E por que precisa de uma tatuagem para lembrar disso?

Provavelmente não foi sua intenção ofender. Mas Thora encara a pergunta como uma ofensa, como se por meio daquelas afetações ele tivesse enxergado as incoerências do âmago dela.

Os sinos da catedral soam. São duas da manhã. Thora hesita antes de tomar a decisão, e essa é a única evidência que ela tem de que Santi está errado: ela escolheu subir até ali, e agora tem a escolha de descer, se quiser.

– Preciso ir – diz ela.

Santi sorri.

– Eu sabia que você ia dizer isso.

Ela revira os olhos para ele.

– Tá legal. Só pra provar que você e Deus estão errados, eu vou ficar.

– Tudo bem. Divirta-se. Estou indo nessa – diz ele, e no mesmo instante desaparece no buraco do chão.

Thora não fingiu quando disse que ia ficar, queria mesmo passar um tempo a sós com as estrelas. Mas antes do que imaginava, começa a se sentir sozinha. Enquanto se abaixa na escada, comete o erro de olhar para baixo. A torre é envolvida pela escuridão, salpicada por pontos de luz feito a ideia ingênua de céu em que Santi acredita. A única diferença é que o que há do outro lado é um chão maciço, e Thora não acredita que vá parar em outro lugar além desse, caso caia e morra estatelada lá embaixo. As palmas das mãos começam a suar. Cravando o pé num buraco da parede, ela procura o máximo de apoio quando as mãos começam a escorregar. Num gesto súbito e de desespero, ela agarra um tijolo protuberante e se joga contra a parede.

Thora fica pendurada, espiando por uma brecha entre os tijolos. Ela sabe o que deveria enxergar dali. Um céu estrelado sobrepondo a cidade. Mas, em vez disso, vê a própria imagem refratada numa sequência. Uma infinidade de Thoras a encara, com medo.

Quase se desequilibra e solta a mão. Fechando os olhos com força, ela se esgueira até chegar aos degraus e, quando se vê a salvo, desmorona.

– Thora? – pergunta Santi, subindo de volta à torre, se aproximando. – Está tudo bem? O que aconteceu?

– Nada. Eu só... tive a impressão de ter visto... – Ela hesita. Sabe exatamente o que viu. Seus pesadelos se transformam em realidade. Infindáveis versões de si mesma surgindo a cada decisão que ela toma, exceto uma entre essas versões, que se perdeu para sempre.

– O quê?

Seus olhos encontram o olhar preocupado de Santi.

– Deus – responde, para zombar dele.

Santi faz que não com a cabeça e sorri.

– Acho que a gente está nas alturas mesmo, literalmente.

Quando os pés de Thora finalmente alcançam o chão, o corpo inteiro treme.

– Não consigo acreditar que a gente tenha feito isso.

Santi sorri.

– Mas eu consigo.

– Como já sabemos, você vai acreditar em qualquer coisa. – Algo não está ali. Thora leva as mãos ao pescoço. – Merda! Deixei meu cachecol lá em cima.

Santi prontamente se aproxima do buraco para voltar para o alto da torre.

– Eu vou lá pegar.

– Não, não se preocupe. É... não é nada demais, custou barato, deixa pra lá. – O cachecol tinha sido presente do pai dela, tricotado por ele mesmo, para dar sorte na faculdade. Neste momento, Thora lembra de como se despediram, das palavras enfurecidas que trocaram depois que o pai não conseguiu se conter e criticou a decisão dela uma vez mais. Ela endireita os ombros. Não queria mesmo aquele cachecol. Melhor pensar nele agora como uma bandeira, plantada no topo da cidade que ela agora chama de sua.

– Tem certeza?

– Claro.

– Tá bom. – Santi olha por cima do ombro. – Vai voltar pra Lindenthal?

Antes de responder, Thora pensa nas opções que tem. Ela não quer que essa conversa acabe. Mas, na longa caminhada para casa, muita coisa poderia dar errado: ela poderia chatear Santi de novo ou talvez ele tivesse alguma esperança de ganhar um beijo de despedida. Melhor ir embora enquanto as coisas continuam assim, perfeitas.

– Não, eu... deixei a minha amiga Lily me esperando, lá na festa – improvisa. – Preciso voltar lá e procurar ela. Ver se está tudo bem.

– Tá bom. – Ele hesita. – Posso pegar o seu número?

– Claro.

Santi olha a chamada perdida na tela do celular. Em seguida, dá um passo para trás, como se não soubesse ao certo como terminar essa conversa.

– Bom... Boa noite!

– Boa noite! – responde Thora.

Os dois se afastam, caminhando em direções opostas. Thora não olha para trás.

Ela adia a decisão de ligar para ele. Teme que ele possa achar que ela queira algo além de amizade, e ela tem quase certeza de que não está mesmo a fim dele. Thora tem uma queda por Jules, uma garota do mesmo dormitório da faculdade, e começa a achar que é correspondida. A última coisa que precisa agora é arranjar um mal-entendido com um cara tão intenso e imprevisível como Santi. Mesmo assim, ela observa as luzes reluzentes no teto do próprio quarto e pensa no magnetismo dos ímãs, na órbita mútua de estrelas binárias. Como ela queria que houvesse neste mundo um jeito de uma mulher dizer a um homem que ela quer ser sua melhor amiga. Estaria disposta a assumir o corpo de um rapaz de sua idade, de uma velha e até de um cérebro em uma cuba, qualquer coisa que fosse preciso para extravasar a superfície do próprio corpo e entrar em contato com a própria verdade.

Semanas depois, Thora está refletindo sobre isso quando passa por um quadro de avisos do dormitório e vê o rosto dele, cercado de flores.

Ela interrompe o passo no mesmo instante. Três palavras escritas no mural, tão nítidas quanto um grafite. DESCANSE EM PAZ. A imagem e as palavras parecem duas peças completamente diferentes, encaixadas uma na outra, feito um círculo num quadrado.

Jules para ao lado dela.

– Você ficou sabendo? Que coisa horrível. Encontraram o corpo dele em frente à torre do relógio, no centro. Estão dizendo que ele se jogou.

– Ele não se jogou. – Thora visualiza a cena com mais nitidez do que é capaz de suportar: seu cachecol ondulando no topo da torre. Santi subindo até lá, os olhos vidrados nas estrelas. Tão seguro de si, do único caminho traçado por Deus para ele neste mundo, que a possibilidade de cair jamais passaria pela mente dele.

Ela só queria ganhar a discussão. Não queria isso, a prova mais sinistra da própria vitória: um impacto profundo na vida dele, e da pior e mais permanente forma de todas. Ela relembra as próprias mãos escorregando, quase caindo. Por que isso parece algum tipo de troca? Como se Santi tivesse arrancado a morte das mãos dela, caído em seu lugar?

Ela sente uma raiva arrebatadora da pessoa que foi há algumas semanas, a ponto de tremer. *Melhor ir embora enquanto as coisas continuam assim, perfeitas.* Que imbecil é capaz de pensar uma coisa dessas? Quem escolhe a perfeição, coisa que não existe, em vez da bagunça e da desordem, que são uma realidade?

– Você conhecia ele? – pergunta Jules.

Ela abre a boca e faz que vai responder. *Ninguém conhece ninguém de verdade,* é o que quer responder, como se o fantasma dele tivesse se apossado dos seus lábios, mas em vez disso, responde:

– Sim.

Porque ele está de fato dentro dela, cravado desde aquela noite no topo da torre. Santi, que queria alcançar as estrelas e ver o rosto de Deus.

Jules a abraça, apoiando a cabeça no ombro de Thora. Jules tem apenas dezessete anos, é um ano mais nova que o restante da sala, mas algo nela transmite segurança, zelo. Reconfortada por aquele abraço, Thora enxerga o futuro tão claramente quanto se o espírito de Santi estivesse ali, sussurrando o destino dela em seu ouvido. Ela sabe que vai a um bar com Jules, tomar uma bebida para afogar as mágoas. As duas vão conversar e, depois de um tempo, vão se beijar. Vão voltar para o quarto de Jules, que fica a três portas do quarto dela, e tudo vai acontecer como ela queria, mas também sabe que vai passar um bom tempo entorpecida pelo luto, o suficiente para impedi-la de sentir o que vai acontecer.

Na manhã seguinte, Thora sai do quarto de Jules sem acordá-la e caminha em direção ao corredor onde flores e cartões são depositados em memória a Santi. Ela lê as mensagens, procurando algo que demonstre afinidade com ele. *Vou sentir sua falta, cara, Você era gente boa, Deus te abençoe.* Todas poderiam ter sido escritas por uma máquina. A solidão lancinante do que ela acaba de perceber a atinge feito um golpe: morrer nas primeiras semanas da faculdade, quando tudo que sabem a seu respeito é que você era o cara que sorriu para alguém na biblioteca ou aquele que pagou uma bebida, dia tal, no bar. Mas Thora o conheceu para além disso.

Ali, no memorial, ela deixa o emblema da Agência Espacial Europeia que pegou no dia da visita ao Odysseum, o mesmo que não usou na noite em que se conheceram porque ficou com medo do que poderiam pensar se a vissem com aquilo. Ela deixa o emblema no fundo da mesa, virado de frente para o rosto dele. Agora, tem certeza de que nunca vai chegar às estrelas. Se estivesse perto de atingir esse objetivo, Santi ainda estaria aqui, e ao lado dela nessa jornada.

– Espero que tenha encontrado o que queria – diz ela.

Dois dias depois, ela compra uma lata de tinta em spray e vai até o centro da cidade, às três da madrugada. Por cima das palavras desbotadas, pichadas na base da torre, Thora escreve para Santi:

BEM-VINDO À ETERNIDADE.

ABRA OS OLHOS

Santi está atrasado.

Nenhuma novidade. Atrasar é um hábito dele, tão imutável quanto os cachos que ele tem na cabeça. Ainda assim, convenhamos, há ocasiões mais propícias para atrasar do que o primeiro dia do ano letivo. Já seria ruim se ele fosse aluno, inadmissível então agora que é um professor com 25 anos de experiência em sala. Ele passa apressado pela fonte no meio da praça de paralelepípedos, driblando a multidão. Ao passar pela torre deteriorada do relógio, olha para cima para ver que horas são, mas esquece que os ponteiros estão sempre estacionados em onze e oito.

Hoje de manhã, acordou esparramado na cama como se tivesse caído de uma altura descomunal. Aliás, já sonhou uma vez que isso tinha acontecido. Desta vez, levou trinta minutos para se certificar de que estava vivo, circulando pelo apartamento à procura das evidências de que tudo transcorria bem: a gata Félicette miando, pedindo o café da manhã; a toalha de mesa de crochê, feita pela mãe; a foto de Héloïse no balcão, observando apreensiva a chuva que se aproximava; até por fim, sentir-se sob o comando do próprio corpo.

Neste momento, ele sai do abarrotado mercado, entra no pátio tranquilo da escola internacional e tenta se recompor. Num gesto inconsciente, a mão tateia a jaqueta e toca o cabo de madeira da faca do avô.

Santi entra na sala de aula e se depara com o olhar de trinta crianças, todas com sete anos, reunidas ali. Rostos diferentes, mas todo o resto é igual. Eis o *dèjá-vu* real e exclusivo dos professores: vivenciar o mesmo ano toda vez, rodeado por crianças para quem esta é a única versão que importa.

– Olá! – diz ele. – Sou o senhor López, seu professor de Ciências. Nas nossas aulas, vocês vão aprender sobre o mundo e como ele funciona. Sobre as coisas que já sabemos e aquelas que ainda estamos descobrindo. – Ele olha ao redor da sala, observando os alunos. – Se tem uma coisa que eu quero que vocês aprendam este ano é prestar atenção em tudo ao redor. Não aceitem nada como certo e definitivo. Essa é a essência das Ciências. – Santi repete esse discurso há anos, mudando uma palavra aqui, outra ali, mas duvida que as crianças o ouçam. Elas o avaliam de outras maneiras: pelo seu sotaque, seus gestos e suas roupas, decidindo, tão inconscientemente quanto os animais, se fazem ou não parte do seu bando.

– Acho que poderíamos começar nos apresentando – diz. – Levantem a mão. Quando eu chamar vocês, digam o nome e o que querem ser quando crescer. Vou escrever na lousa, assim vamos aprender algo sobre cada colega da sala. – Algumas mãos são erguidas, a maioria permanece abaixada. – Para aqueles que não levantaram a mão, chamo um por um depois, mas não haverá tanto espaço na lousa, então, vocês que ficarem para depois, terão que ficar em segundo lugar. Levanta a mão quem não quer ficar em segundo lugar!

Mais algumas mãos se erguem. O professor sorri e escolhe um menino à direita.

– Vamos começar com você. Qual seu nome?

– Ben – diz o menino.

– E o que você quer ser quando crescer, Ben?

– Jogador de futebol.

Resposta previsível.

– Ótimo. E de que time? – Antes que haja tempo de o garoto responder, Santi o interrompe: – Real Madrid, igual a mim! Legal! – As outras crianças riem. Ele se vira para a lousa e desenha um menino entusiasmado, chutando uma bola de futebol. Ao dar um passo para trás, alguns alunos riem ao ver o resultado, que não é propriamente o que se pode chamar de obra de arte. Santi sempre quis se dedicar mais às suas habilidades artísticas para deixar de ser um amador-entusiasta e se tornar um especialista. Mas, por ora, seus rabiscos bastam para chamar a atenção das crianças.

– Próximo. – Ele olha para o mar de mãos. Uma garota de cabelo castanho médio, alta para a idade e de olhos impressionantemente azuis (a ponto de aparentarem mais idade que todo o resto), chama a atenção dele. – Você, como se chama?

Ela abaixa a mão.

– Thora Lišková.

– Liš-ko-vá – repete ele, acentuando a pronúncia da primeira sílaba, exatamente como ela fez ao pronunciar. – Como se escreve?

Ela responde e, com um orgulho melancólico, acrescenta:

– Significa "raposa".

– Sério? O meu significa "lobo".

Ela sorri, e o menino ao lado dela acha graça e zomba da risada peculiar dela. Santi fica chateado. Thora é uma daquelas crianças em desenvolvimento que o mundo ainda não cortou suas asas, e cuja alegria se vê estampada nas costas feito o alvo de um dardo. *Continue assim, Thora Lišková*, o professor pensa consigo, apesar de saber que será em vão; *daqui a um ano, ela vai começar a se importar mais com o que os outros pensam dela do que com o que a faz feliz.*

– E o que você quer ser? – pergunta ele.

Thora não hesita.

– Astronauta.

Santi sorri. Não tem problema com quem quer ser jogador de futebol, veterinário ou piloto de corrida. "Vá em frente. Lute pelo seu sonho", é o que ele diz aos alunos, apesar de saber que, estatisticamente, eles vão acabar trabalhando em um telemarketing. Mas para quem quer ser astronauta, a coisa é ainda um pouco pior.

Ele engole em seco os anos de arrependimento por não ter feito o que queria.

– Escolha difícil essa, mas vale a pena. – Em seguida, Santi desenha Thora na lousa, em azul. Uma figura pequenina e implacável num capacete espacial, fincando uma bandeira num planeta igualmente pequeno. Ao virar e olhar para trás, ele a vê enrubescida e olhando para baixo.

E assim o professor prossegue, até a lousa se encher de *rappers*, confeiteiros, médicos. Thora flutua ao redor deles, como se estivesse a ponto de se lançar universo afora.

– Agora – diz Santi, distribuindo folhas de papel pela sala – quero que escrevam e ilustrem uma história sobre o futuro de vocês. Imaginem que vocês são o que acabaram de me contar que querem ser. Me mostrem como seriam.

E com isso, ele se senta, pronto para quinze minutos de relativa paz.

De canto de olho, ele nota que alguém ergueu a mão.

– Sim?

– E o senhor, professor? – pergunta Thora, radiando curiosidade. – O que o senhor queria ser quando era criança?

Santi mente sem hesitar. Não pode mostrar a ela o exemplo vivo de alguém que queria ser algo e fracassou.

– Professor de Ciências, claro. E aqui estou!

Risadinhas e gritinhos se espalham pela sala. Entre os desenhos feitos na lousa, ninguém quis ser professor(a).

Thora ergue a mão novamente.

Ele suspira.

– Sim, Thora.

– O senhor podia fazer o seu desenho aí na lousa.

Outra voz concorda.

– É! Faz o desenho do senhor, professor. – O único cantinho que sobrou na lousa é um espaço ao lado do desenho de Thora. Santi faz o próprio desenho ali, menor que todos os outros, com o cabelo de um cientista maluco, arrepiado, mas em partes calvo feito um monge que passou pela tonsura. Regra número um para se trabalhar com crianças: certifique-se de todos os seus pontos fracos antes que eles os descubram. Embaixo do desenho, ele escreve seu sobrenome, sr. López, e arranca risadinhas satisfeitas da sala.

Ele faz uma reverência para a sala e se senta. Sem olhar, sabe que a mão de Thora continua levantada.

– Última pergunta, depois quero que volte para a sua lição.

– É melhor o senhor desenhar um capacete espacial aí na sua cabeça – diz ela. – Ou então não vai conseguir respirar.

O professor olha de volta para a lousa. Imaginava cada um daqueles desenhos como um universo separado, individual. Mas Thora o puxou para o universo dela, para a órbita do planeta minúsculo que ela explorava.

– Tem toda razão. – Ele vai até a lousa e rapidamente desenha uma bolha em torno de sua cabeça. – Muito bem, agora, se concentre na sua lição. Quero silêncio.

Santi volta a sentar, estranhamente emocionado pela generosidade de Thora. Ao fim do dia, enquanto passa pelo *playground* vazio em direção à rua de paralelepípedos, ele continua pensando a respeito, com as sombras dos edifícios do centro de Colônia pairando sobre ele feito nuvens cinzentas.

O professor quer que a sua vida tenha sentido. Geralmente, a fé é o que o faz seguir em frente quando o mundo não oferece nada além do mesmo de sempre e muito barulho. Mas momentos como esse, tão claros feito uma voz que sussurra no ouvido, são tudo que ele mais quer desta vida. Se Santi não conseguiu o que queria, talvez Thora consiga o que quer. E talvez ele possa ser o primeiro passo de um caminho que a levará às estrelas.

Ele sabe que é uma péssima ideia. É um dos motivos pelos quais nunca teve filhos, para não projetar as próprias ambições frustradas neles (o outro motivo é que Héloïse pediu o divórcio e voltou para a França). Mas o que está acontecendo agora, ele pondera consigo ao passar debaixo da placa dourada de um centauro e sentar-se no bar, é diferente. Thora já contou para ele o que ela quer. O trabalho de Santi, portanto, é fazer com que ela saiba que é possível.

Brigitta, a garçonete, coloca um copo de cerveja na mesa, de frente para ele. Santi ergue o copo, o aponta para a garçonete e toma um gole, observando a versão de Der Zentaur, desenhada no espelho atrás do bar. Ao redor, conversas em meia dúzia de línguas preenchem o ambiente: dialeto Kölsch, alemão padrão, inglês, russo, espanhol. Aqueles que consegue entender, Santi quase chega a murmurar junto: queixas rotineiras sobre o trânsito em Cologne Ring, a nova leva de universitários que lota os bares do centro. Ele se lembra de quando era um desses universitários, todo atrapalhado, entrando no Der Zentaur sem ter ideia da raiva que provocava nos veteranos do bar. Agora, parece impossível acreditar que um dia foi um deles.

Normalmente, ele encontra o amigo Jaime ali e juntos tomam uma bebida ou outra, mas Jaime viajou para a Espanha, para visitar a família. Sozinho, Santi termina a cerveja e vai embora. Por força do hábito, olha para cima, mas as estrelas estão encobertas pelas luzes da cidade. Enquanto caminha pelo comércio das ruas de Neumarkt, iluminado pela luz dos postes, Santi cantarola sozinho, uma canção familiar e sem letra. Ele já deveria se sentir em casa a essa altura, nesta cidade que tem tantos nomes. Köln para os moradores locais, *Cologne* para os professores da escola internacional, *Colônia* para a família dele, quando ligam para perguntar quando ele voltará para casa. Só os espanhóis preservam o significado da colônia que foi batizada e fundada por estrangeiros. Ele pisa na linha invisível da velha muralha romana: mais um estrangeiro, sem querer se apropriar desta terra, apenas de passagem.

O celular toca. Sua irmã, Aurelia.

– Lita – diz, ao cruzar o amplo e arborizado anel de três ruas que leva ao Bairro Belga.

– Pode falar agora? – pergunta Aurelia, a voz soando distante. Os milhares de quilômetros que os separam poderiam muito bem ser convertidos em anos-luz.

– Posso. Saí do trabalho agora há pouco, estou voltando pra casa. – Um homem que passa por Santi o olha de lado e cospe no chão. Seria por que ele está falando em espanhol, por algum outro motivo ou por motivo nenhum? Sua cabeça se revolve na exaustiva ruminação mental do não pertencimento.

– E aí, como estão as coisas com os novos alunos? – pergunta Aurelia.

– O mesmo de sempre – responde, mas logo se corrige. Thora, a anomalia. – Tem uma aluna que quer ser astronauta.

A irmã simpatiza e demonstra entusiasmo.

– É mesmo? E o que vai dizer a ela?

– Para ela fazer o melhor que pode.

Aurelia não diz nada, fica em silêncio por um momento.

– E isso é legal?

Santi se pergunta como responder. *É o que eu gostaria que tivessem me dito.*

– Ela é uma criança rica, numa escola internacional – diz, em vez de verbalizar o que pensou. – Ela tem mais chance do que eu já tive em toda a minha vida. – Antes que haja tempo de Aurelia contra-argumentar, Santi muda de assunto. – E como está a minha sobrinha?

Aurelia parece exasperada.

– Só Deus sabe. Ela me liga a cada seis semanas pra dar sinal de vida, só.

Santi acha graça e vira na rua onde mora.

– Diga a ela para vir me visitar qualquer dia desses.

– Ela não precisaria te visitar se você morasse mais perto. E *mama* quer saber se você se candidatou àquela vaga em Almuñécar.

Ele sabia que a irmã não perderia a oportunidade de tocar no assunto predileto dela. Ele suspira e responde:

– Estou pensando ainda.

– Isso significa "não". – Santi não diz nada, fica em silêncio para que a irmã complemente. – Santi... Toda hora você me diz que não se sente confortável aí.

– Eu sei – diz ele. Mas a verdade é que a família de Santi não sabe nem metade, porque ele não contou. Não sabe que, mesmo depois de quase trinta anos, a saudade de casa dói tanto que às vezes mal consegue respirar. Que a rotina diária dessa cidade, com esse bando de gente estranha e apressada, é tão sufocante que se vê quase sempre no limite. Ele troca o celular da mão direita para a esquerda e se atrapalha com as chaves do apartamento.

– Eu só... não sei, ainda não me sinto preparado para ir embora.

O que não é bem verdade. A verdade mesmo, Santi não sabe como contar à irmã: que voltar para casa parece o caminho errado a se escolher.

Aurelia suspira.

– Eu sei qual é o seu problema. Você não quer morar neste planeta.

Ele ri enquanto sobe as escadas.

– Você me conhece mesmo, não é?

– Olhe, preciso desligar agora, mas pense sobre a vaga, ok?

Ele promete a ela que vai pensar, desliga o celular, destranca a porta e acende a luz. Depois, rega a planta retorcida e carente de uma poda que Héloïse deixou para trás – uma frustrada tentativa de transformá-la num bonsai – e se afunda no sofá. Está cansado, mas num nível de tensão tão intenso que não consegue descansar. Félicette desfila pelo chão, desaparece na cozinha e reaparece de repente, ao lado do ombro dele. Santi acaricia o queixo dela, pega mais uma cerveja e começa a corrigir o trabalho dos alunos. Quando chega ao de Thora, ele o reposiciona para o final da pilha, um agrado para si próprio.

Por fim, chega ao último trabalho. Ele separa as lições corrigidas, as deixa de lado e se debruça sobre a de Thora. Ela desenhou o planeta minúsculo que ele havia desenhado na lousa para ela, e fez alguns acréscimos: lagos roxos, árvores exóticas, alienígenas com olhos nos dedos dos pés. A imaginação de Thora aflorou a tal ponto que ele mal consegue explicar. Santi semicerra os olhos para analisar uma figura que se projeta ao lado do planeta.

– Doutora Lišková, presumo – murmura ele.

Thora se reproduz no desenho como uma menina desajeitada, desengonçada, as mechas do cabelo escapando pelas brechas do capacete espacial. Em uma das mãos, ela segura triunfantemente uma garrafa com alguma substância vermelha. Santi observa o que há escrito no rótulo e descobre que se trata de uma "amostra". Thora escreve bem para a idade que tem, embora demonstre certa tendência a frases longas sem entender ao certo o que significam.

Santi começa a escrever um comentário para ela quando percebe que ele também está no desenho. Uma pequena figura do lado oposto do planeta, um pouco maior do que um risco com um giz de cera. Ele não teria se reconhecido se ela não tivesse escrito o nome dele ali, com letras que tinham o dobro do tamanho do desenho minúsculo do professor.

– Espero não encontrar aqui nenhum comentário sobre a minha estatura – murmura, tomando um gole de cerveja.

Muito bom. Obrigada por me incluir na sua viagem, escreve ele.

Ele coloca a lição dela junto do restante da pilha e recosta no sofá, num misto de entretenimento e melancolia. Santi inveja Thora, não pelas amenidades inerentes à idade dela, mas pela ilusão de um potencial infinito. Ele enumera mais uma vez tudo que o impediu de seguir adiante: falta de dinheiro, reprovação no exame de Física, a família dizendo para se contentar com o "certo" e não trocá-lo pelo "incerto". *Quantos itens dessa lista não passavam de meras desculpas?,* ele se pergunta. Talvez tenha se autossabotado, agarrou o próprio fracasso no laço, o fracasso que tanto temia, para não ter de esperar mais por ele. Ou talvez Deus tivesse planos diferentes para ele.

Ele adormece no sofá, pensando em milagres: o homem que certa vez viu flutuando na calçada, a uns doze centímetros acima do chão, imóvel, inexpressivo e com as mãos bem espalmadas.

Na reunião de pais, Santi os encontra pela primeira vez: a mãe de Thora, uma mitóloga comparatista, e o pai, um filósofo com pinta de boxeador profissional.

– Senhor e senhora Lišková – diz ele, estendendo a mão.

– Na verdade, sou o doutor Liška – corrige o pai, cujo aperto de mão é forte demais. – O nome da minha filha é a forma feminina do meu sobrenome.

– Doutora Rasmusdottir – diz a mãe.

– Minha esposa preferiu não acrescentar nenhum dos meus sobrenomes – explica o pai, com uma risada demasiadamente alta.

O inglês da mãe de Thora não tem nenhum sotaque perceptível. Santi suspeita que ela tenha estudado em uma dessas escolas internacionais caras, como essa em que ele leciona. Ele nota um indício de alcoolismo no pai, a mão trêmula, um comportamento excessivamente entusiasmado, frágil como o invólucro de uma bomba.

– Sua filha é muito inteligente – diz Santi.

– A gente sabe disso – afirma o pai, rindo novamente.

– O problema é que ela não se esforça – diz a mãe.

– Ela se esforça por aquilo que se interessa – pondera Santi, sem saber por que está defendendo Thora, afinal, deveria estar do lado oposto. Tudo aqui parece de cabeça para baixo. Ele se sente feito uma criança introjetada no corpo de um homem de meia-idade, esperando por uma explicação sobre o que está acontecendo.

– Sei... – diz o doutor Liška. – O senhor é o professor de Ciências, certo?

– Sou.

– Certo. Percebemos que o ponto forte de Thora são as Ciências Humanas. Escrita, História e por aí vai.

– Ela escreve muito bem – concorda Santi. – Mas essa é uma habilidade que ela pode continuar desenvolvendo em outros contextos. A disciplina de Ciências permite que ela siga se dedicando àquilo por que se interessa, assim como abrirá outras oportunidades.

Os pais se entreolham. A doutora Rasmusdottir volta a olhar para Santi.

– O senhor se refere a essa obsessão ridícula dela de ir para o espaço?

Ele sente uma pontada de desânimo. O tom desdenhoso, os olhos revirados, a caricatura típica dos pais que não compreendem uma criança de sete anos. Quando Thora os descreveu, Santi chegou a pensar que teria sido exagero dela.

– Não tem nada de ridículo. – Ele não deveria contradizer os pais dos alunos, não assim, de forma tão direta. Reflete e refaz a frase. – O que eu quero dizer é que um interesse como esse é um elemento de motivação muito importante. Eu recomendaria que a motivassem. Ou que pelo menos não a desencorajassem de maneira tão direta.

O professor tem a impressão de que não os convenceu. Apesar disso, os pais de Thora assentem e o agradecem antes de ir embora. Santi os observa deixar a sala e faz um lembrete mental: se o teste de Deus fosse fácil, não faria o menor sentido.

No recreio da manhã seguinte, Santi traz seu café de volta para a sala de aula e encontra Thora na carteira dela, desenhando. Ele a observa quando ela interrompe o desenho para rabiscar uns pontinhos no lado interno do próprio pulso.

– Thora, é hora do recreio.

Ela não ergue a cabeça.

Ele tenta de novo.

– Você já deveria estar lá no pátio.

– Eu quero ficar aqui.

Tecnicamente, ele não poderia deixá-la na sala. Santi não pode proteger uma criança da ordem natural das coisas. Leões capturam uma gazela, ela cai, se contorce e é engolida. Mas enraivecido e tendo acabado de sair daquela incômoda conversa com os pais da menina, o professor se rebela. Quando ele se senta ao lado dela, Thora se retrai, surpresa. Ela abaixa a cabeça de novo e começa a colorir o desenho rapidamente.

– O que está desenhando? – pergunta o professor.

Ela ergue a cabeça, o olhar lança um lampejo azul feito o movimento rápido de um peixe tropical no aquário.

– Hades.

– Uau. – Santi observa o desenho. Muito preto, com fragmentos de edifícios implodidos e algo que parece ser um coelho com cabeça de bebê. – Você gosta de mitologia grega?

Com uma expressão evasiva, ela responde:

– Minha mãe e meu pai me deram um livro sobre isso.

Ponto para os pais de Thora e a educação clássica.

– A mitologia grega tem boas histórias – comenta Santi. – É interessante ver como as pessoas costumavam explicar o mundo antes de surgirem formas científicas para se descobrir o que realmente acontecia.

Ponto para Santi e as estrelas.

– É – diz Thora. – Nos tempos da Grécia Antiga, eles achavam que as pessoas continuavam vivas depois de morrer.

Santi faz uma careta.

– E você acha que não?

Ela olha para ele com desprezo.

– O professor de Ciências aqui é você – diz, e volta a desenhar sua paisagem sinistra.

Santi recosta o corpo, ponderando cautelosamente as próprias palavras.

– A ciência não tem muito a dizer sobre o que acontece com as pessoas depois que elas morrem.

Thora o encara com um ar desafiador.

– Tem sim. A gente mofa e se decompõe, igual à experiência com pão que fizemos na semana passada. E aí, viramos esqueleto.

– Tem razão – reconhece ele. – Mas isso é só o que a gente consegue ver. Como saber se alguma outra parte da pessoa continua a existir? Uma parte invisível, que não conseguimos ver?

Thora morde o lápis.

– Acho que não – diz, aparentemente aborrecida. – Só se a gente conseguisse conversar com alguém que morreu... e perguntar.

– Bom, provavelmente eu vou morrer antes de você – diz Santi. – Prometo que, se houver vida depois da morte, tento voltar pra te contar.

– Obrigada. – Ela sorri, e a timidez parece ter ido embora. Nesta idade, Thora parece mudar a cada instante, mas é pura ilusão: a pessoa que ela virá a ser está lá. E o que Santi pode fazer é ajudar a despertá-la.

Ele se levanta.

– Enquanto isso não acontece, estive pensando em organizar uma excursão para o Odysseum.

Thora ergue a cabeça, ofegante.

– O museu de astronomia?

Santi concorda com um aceno de cabeça.

– O que acha?

A alegria na expressão dela era a melhor resposta.

O Odysseum fica do outro lado do rio, entre um centro de convenções e uma rodovia federal. Enquanto conduz um grupo disperso de crianças e atravessa a ponte Hohenzollern ao som das baladas dos sinos da catedral, Santi faz questão de lembrar por que está fazendo aquilo. *Por Thora*, pensa com determinação. No mesmo instante, duas crianças tentam arrancar um dos cadeados do gradil e uma terceira fica para trás para cutucar um pombo morto.

– Ei, andando, pessoal, andando! – grita, batendo palma. Graças a Deus, ele consegue trazer a turma toda, descem as escadas sem dificuldade e saem no *playground* onde há planetas feitos com fibra de vidro espalhados, chegando ao saguão do museu. Ele paga o ingresso e atravessa aluno por aluno pela catraca. – Encontro vocês na lanchonete, às três horas – avisa, antes que comecem a se dispersar pelo espaço feito bolas de gude. Entre os alunos, ele avista Thora, com um cachecol mostarda, correndo para explorar o espaço, sozinha. Uma parte dele quer acompanhá-la pelo museu, estar ao seu lado para responder perguntas, mas ele sabe que isso provavelmente a faria perder a empolgação com a visita. Santi precisa deixá-la traçar seu próprio caminho.

Assim, ele perambula sozinho pelas exposições. Já esteve ali tantas vezes que se uma bomba caísse no museu, saberia reconstruí-lo, seção por seção: as paredes sinuosas do planetário, pontilhadas com luzes que não correspondem a nenhuma constelação propriamente; os trajes espaciais sem nenhum manequim, alinhados feito cavaleiros suspensos. Ele observa o próprio reflexo distorcido na viseira do capacete de um astronauta. Ao lembrar do desenho de Thora, ele sorri. Atrás dele, reduzida pela curva do plástico revestido de ouro, uma figura estranha aparece.

– Olá, Thora. – Ele se vira. – Gostei do seu cachecol.

– Está me pinicando – diz ela, puxando o cachecol, chateada. – Foi meu pai quem tricotou.

Santi tenta imaginar o trêmulo e musculoso filósofo tricotando. Ele pisca e diz:

– Minha mãe faz crochê.

Thora parece surpresa.

– Ah sim, eu deveria ter explicado. Cientificamente falando, mesmo pessoas velhas como eu têm mãe – explica ele, sorrindo discretamente. – Não gostaria de explorar o museu?

– Já fiz isso.

Agora é o professor quem se surpreende.

– Mas foi rápida.

Ela dá de ombros.

– Queria que tivesse mais coisa pra ver.

A curiosidade de Thora, se revolvendo contra os limites do seu próprio mundo, deixa Santi chateado.

– Você queria fazer alguma pergunta?

Ela observa o reflexo dos dois na viseira do capacete espacial, franzindo a sobrancelha.

– É verdade que quando a pessoa usa roupa de astronauta, se a roupa furar, o sangue ferve e os pulmões dessa pessoa explodem?

Santi percebe a expressão preocupada de Thora e pensa em como responder.

– Depende. Se for um buraco pequeno, o traje vai se descomprimir lentamente. O astronauta simplesmente ficaria sem ar e cairia no sono – explica, com um sorriso tranquilizador. – Alguma outra pergunta?

– Sim. Queria te perguntar sobre as janelas.

– Janelas?

Thora assente, entusiasmada.

Santi não faz a menor ideia de onde isso vai parar. Pelo menos tem a oportunidade de oferecer a ela uma segunda visita, enquanto Thora faz suas perguntas. Ele a leva de volta ao corredor dos trajes espaciais, em direção ao planetário.

– Então, na minha casa, no sótão, tem uma janela que dá para o jardim – diz ela. – Ou deveria dar para o jardim, porque na verdade ele fica na lateral da casa. Então, o que dá pra ver pela janela não é o jardim, é outra coisa.

– Outra coisa? – pergunta, meio que ouvindo Thora e meio que concentrado nas exposições espalhadas pelo térreo do planetário, tentando descobrir alguma que possa despertar o interesse dela.

Ele para de frente para uma onde há uma placa que diz:

PRÓXIMA B: O EXOPLANETA MAIS PRÓXIMO DA TERRA.

Será que "próximo" pode frustrar Thora?, pensa ele.

– Sim – diz Thora, ignorando-o e seguindo em frente. – Eu sei por que não tem a árvore que deveria estar debaixo da janela, aquela que dá flores brancas. Em vez dela, tem um prédio, mas não parece um prédio de verdade. Parece mais um... prédio de mentirinha.

– Que coisa estranha – diz Santi, diminuindo o passo enquanto eles saem do planetário e entram num corredor sem saída. À frente deles há uma sala fechada, com uma placa amarela onde se lê: "*im Bau*/Em construção". Santi vai até a barreira, tentando espiar por uma alguma brecha, mas do outro lado está tudo escuro.

– Com licença? – diz alguém, em inglês.

Santi vira. Um homem alto, cabelo comprido, vestindo um casaco azul reluzente. Pela roupa, deve ser da equipe de funcionários do museu ou algum monitor educativo, mas a expressão do homem não combina com essas possibilidades: parece ansioso, como se precisasse dizer algo, mas não soubesse bem como. O mesmo jeito de Héloïse, antes de ir embora.

– Sinto dizer, mas essa sala ainda não está pronta – diz o homem. – Mas temos outra sala que pode interessar vocês. – Ele aponta para a direita, e Santi se lembra que lá havia uma parede forrada com a imagem de um telescópio Kepler, impedindo a entrada. Agora, a sala estava aberta.

O homem olha para Santi e Thora várias vezes, passa os olhos de um para o outro, com um sorriso de nervosismo. Ele provavelmente acha que Thora é filha de Santi. O professor sente um frio na barriga, pensando nos filhos que ele e Héloïse nunca tiveram. Ele sorri.

– Claro, vamos dar uma olhada.

A sala é pequena e tem pouca coisa, apenas um encarte de papelão em formato de lua e um jogo interativo, chamado "Missão Foguete".

Com as mãos nos bolsos, Santi caminha até ela.

– Uau! Realmente não economizaram dinheiro aqui.

Thora vai até ele, ainda refletindo sobre a própria história.

– Eu estou pensando em pular a janela pra ver como é lá fora – diz, com o entusiasmo que só as crianças têm.

– Melhor não fazer isso – responde Santi, se perguntando se alguma vez teve sonhos assim, tão vívidos, mas consciente de que, em caso afirmativo, jamais o contaria a um professor. – Lembra o que a gente aprendeu sobre gravidade na semana passada?

Thora revira os olhos quando sua nave imaginária atinge a mesosfera, e os impulsionadores de foguetes sólidos caem feito velas gastas.

– Eu não cairia. Mas, se caísse, pelo menos descobriria se o jardim estava lá mesmo ou não.

Uma cientista nata. Santi imagina os pais de Thora encontrando-a deitada de barriga para cima no jardim. *Bem que o professor disse para não subestimarmos ela.*

– Então, o que eu queria perguntar, é se a janela pode levar a gente pra outros lugares – indaga Thora.

Santi questiona.

– Não sei se entendi direito. Suponho que não esteja se referindo a lugares como o seu jardim, certo?

– Não – responde com firmeza. – Eu quero dizer... outros lugares mesmo.

Santi observa o bipe da aeronave enquanto ela faz a curva na tela.

– Você se refere a outros mundos?

Thora se empolga.

– Sim, outros mundos.

Santi sorri. É o tipo de conversa que ele imaginava ser a mais corriqueira na vida de um professor de Ciências.

– Provavelmente não. Pelo menos não na Terra. No espaço, pode haver buracos que funcionem como uma passagem e nos levem de uma parte do universo a outra bem diferente e distante.

Thora faz uma careta.

– Mas a minha janela não poderia ser uma dessas passagens?

– Não. O que você viu provavelmente foi só um truque de luz.

Ela parece muito decepcionada.

– Mas isso não é chato! É muito legal saber que o que a gente vê se transforma naquilo que pensamos ver.

– Eu sei o que vi – ela insiste.

A máquina emite um bipe agudo. A tela pisca, aguardando uma resposta do jogador.

– Olhe – diz Santi, aliviado por poder distraí-la com o jogo. – A gente tem que decidir pra onde vai, se vamos passar pelos destroços ou mudar a rota pra desviar deles.

Thora, de repente absorta, fica na ponta dos pés, semicerrando os olhos em direção à tela.

– Acho que é melhor mudar a rota. Mas diz aí que vamos levar mais tempo pra chegar lá se fizer isso.

Santi reflete com muito cuidado sobre o que dizer. Ele sabe qual é a resposta certa, ou pelo menos qual é a resposta que a máquina espera receber, mas quer ensinar Thora a ser cautelosa, a sempre escolher o caminho mais seguro.

– A gente tem escudo – pondera ele. – Eles podem não nos proteger de tudo, mas pelo menos vão ajudar. E o caminho mais longo consumiria mais combustível. Mas... é você a capitã. É você quem decide.

Thora fica pensativa, a testa franzida fazendo-a parecer mais velha do que é.

– Eu acho que a gente deve ir pelos destroços, mesmo. – O dedo dela paira sobre o botão. Santi sente a indecisão dela feito uma vibração no ar. – Se der errado, a gente pode simplesmente jogar outra partida – acrescenta ela, com um riso de nervosismo.

– Isso me parece jogo sujo. Acho que devemos fazer uma escolha e pronto – afirma Santi.

Thora o encara, chocada.

– Mas e se a gente fizer a escolha errada?

– Não tem escolha errada. As coisas são como são – diz Santi.

– Aposto que não vai dizer isso se a gente morrer – murmura ela, e pressiona o botão. A nave avança rapidamente e, de repente, a tela escurece. Santi toca na tela e bate no console. Não acontece nada.

Thora abaixa e mexe no cabo embaixo da base do jogo.

– Acho que quebrou. – Ela levanta e olha em direção ao homem de jaqueta azul. – Oi? Senhor...do museu? – Mas quando os dois voltam para o corredor, o homem desaparece de vista.

Santi olha para seu relógio de pulso.

– Vamos. Está na hora.

No último dia do ano letivo, Thora aparece na sala para falar com o professor. Os pais decidiram transferi-la para uma escola com uma grade curricular mais focada em Humanas. Santi tentou convencê-los a não fazer isso, atirando-se contra a máquina que tritura o mundo, mas os dois estavam irredutíveis. Então, o professor, com muita perspicácia, desistiu, aceitando que sua participação na vida de Thora se encerrava ali.

Ela desliza um cartão sobre a mesa dele.

– Pra você.

– Obrigado. – Santi não o abre, não confia no próprio taco e pode acabar se emocionando ali, e uma reação como essa não combinaria com quem Thora precisa que ele seja.

– Não quero mudar de escola – diz ela.

Santi vivencia um daqueles momentos que dá para contar nos dedos de uma mão: ver a aluna como a pessoa que ela se tornará um dia. Alta, desajeitada, geniosa, mas determinada, capaz de tudo.

– Vai ficar tudo bem. – Ele oferece a Thora o que ela merece, um sorriso firme e sincero. – Você vai ser uma astronauta incrível.

Ela junta e torce as mãos.

– Acho que não quero mais ser isso.

A frase cai como um golpe no peito do professor.

– Como assim?

– Quero ser professora. Igual você.

Thora não vai se empenhar em realizar seu sonho, o mesmo que Santi um dia teve, e a culpa é dele. A mão de Deus o tornou instrumento do próprio fracasso. *Eu deveria aprender a lição*, pensa ele, mas não tem certeza se aprenderá mesmo.

– Tchau – diz Thora, com a voz embargada e sai.

Santi abre o cartão. Espera encontrar um desenho de despedida, algo assim, mas encontra apenas palavras.

Senhor Wolf,
Obrigada por ser meu professor preferido.
Espero te encontrar um dia.
Com carinho,
Thora

Santi guarda o cartão na gaveta da escrivaninha. Conhece bem esta dinâmica: alunos e despedidas, um chiado repentino que interrompe a música tocando no rádio. Talvez Thora sinta a falta dele neste momento, mas em breve o professor ficará em segundo plano na memória, assim como ela também logo vai fazer parte das centenas de outros alunos esquecidos que passaram por esta sala de aula. Se Thora por acaso encontrar Santi na rua daqui dez anos, ela vai dar meia-volta e evitá-lo em vez de encarar a incômoda necessidade de reavivar uma relação com prazo de validade há muito tempo vencido. *Espero te encontrar um dia*. Ele sabe que nunca voltará a vê-la.

SEM VOLTA

Thora está em uma mesa de canto, no Der Zentaur, esperando Brigitta trazer uma taça de vinho. Os diagramas elétricos que ela trouxe para sinalizar que aquele era o momento de beber e ficar sozinha estão em cima da mesa, mas ela sabe que mal vai olhar para eles. Nos últimos dias, ela ainda estava meio fora de órbita. O que restou gira em torno de Colônia, oscilando entre o apartamento em Ehrenfeld e o emprego em uma empresa de engenharia, do outro lado do rio, que fica a uma distância tão pequena que, numa perspectiva sideral, sequer seria necessário o menor movimento para chegar ao escritório.

Através de um raio de sol, ela observa a poeira se assentar pouco a pouco e começa a pensar nas desculpas. Primeiro, aquelas que dá aos pais: não são suficientemente realistas, tampouco inteligentes. Mas o que se passa de verdade dentro dela é uma paralisia diante de escolhas importantes. Cada vez que se vê de frente para uma encruzilhada, ela dá meia-volta, apavorada com a ideia de tomar um rumo e se prender a ele. Afastou todos com quem já tentou ter um relacionamento e isso a separa dos próprios objetivos tanto quanto uma parede suspensa separaria terra e céu.

Brigitta apoia o copo na mesa com um baque.

– *Danke* – diz Thora sem erguer a cabeça, e se surpreende quando os dedos tocam a taça gelada, um copo de Kölsch, a cerveja local, não o vinho que ela havia pedido.

– *Entschuldigung* – diz alguém do outro lado do bar.

Um homem mais ou menos da idade dela, vinte e poucos anos, cabelo escuro e encaracolado, erguendo uma taça de vinho. Desconfiada, Thora assente. Quando ele se aproxima, sorrindo, ela sente um tremor semelhante à sensação de pavor.

O sotaque dele não é alemão. Ela faz uma aposta calculada e muda para o inglês.

– Eu não tenho que falar com você só porque pegou o meu pedido.

– E se tiver de falar comigo pelo contrário, porque você está com a *minha* cerveja?

Deve ser espanhol, ela chuta, apesar do inglês ser muito bom.

– Pegue aí. – Thora desliza o copo até o outro lado da mesa. – Pronto. Assunto encerrado. Obrigada.

O homem apoia a taça de vinho dela num porta-copos e a empurra para mais perto dela, sentando-se do outro lado da mesa.

– Sério? Por que não transformar um erro em oportunidade?

– Brigitta nunca erra. – Por cima da taça, Thora olha para a garçonete, mas ela está, como convém, servindo outro cliente.

– Hum. Portanto, não foi um erro? – reflete o homem, tamborilando no queixo. – Conte mais, que outras teorias você tem?

Merda. Eis o ponto fraco de Thora. Ela não consegue resistir a um cientista.

– Pode ser uma tentativa dela de estragar o meu dia.

– Precisamos de mais dados para comprovar. – Ele traz o corpo à frente, falando baixinho enquanto olha de lado para o bar. – Por acaso já teve a sensação de que Brigitta não gosta de você?

O sussurro do homem faz Thora estremecer.

– Não, ela sempre foi muito gentil comigo.

Ele recosta, triunfante.

– Então, por que não supor que ela está tentando melhorar o seu dia em vez de estragar?

Thora se esforça o máximo para conter o riso.

– Você é muito seguro de si mesmo.

O homem ri pelos dois.

– É engenheira? – pergunta ele, assim, sem rodeios.

Confusa, ela faz uma careta.

– Isso significa "não"?

– Ah, me desculpe. Achei que era algum tipo de xaveco. *Você é engenheira? Porque...* – Ela hesita. – Ah, sei lá, alguma piadinha barata tipo aquelas... *bem que poderia apertar o meu parafuso*, coisa assim.

Ele ri, gargalha, repentinamente.

– Não... eu só... é que eu vi o esquema elétrico – diz ele, batendo o dedo nos papéis debaixo do cotovelo dela. – Mas essa é boa... com certeza vou lembrar de usá-la numa oportunidade futura.

Dessa vez, Thora não consegue conter a risada. Os dois se entreolham e nesse momento algo acontece, algo em que ela pensava não acreditar.

– Afinal, quem é você? – indaga, quase com raiva.

– Santi – responde ele, estendendo a mão.

Ela também estende a mão e o cumprimenta.

– A gente pode conversar enquanto bebe esta dose. Depois, vou tentar concretizar o meu plano de ficar aqui bebendo e curtindo minhas mágoas sozinha. Combinado?

Ele ergue as duas mãos, se rendendo.

– Parece que não me resta outra escolha.

Os dois conversam, começam a falar sobre há quanto tempo moram em Colônia – Santi desde que veio para fazer o mestrado, e Thora desde que os pais vieram da Inglaterra para a Alemanha, quando ela tinha dez anos. Em uma hora, os dois estão envolvidos numa conversa profunda sobre de onde vieram e para onde querem ir.

– Tem tanta coisa por aí... – declara Santi, batendo na mesa para enfatizar. – Não entendo por que as pessoas olham para isso – ele aponta ao redor do bar e dos clientes, vagamente, e para a praça do lado de fora –, como se fosse tudo que existe no mundo.

Thora toma uma decisão. Ela segura a mão dele e se levanta.

Santi a olha como se ela de repente o tivesse arrancado de um planeta e o levado a outro.

– O que está fazendo?

– Vou embora – responde. – Com você.

Santi se levanta, surpreso, mas encantado. Ele insiste em pagar a conta, mas ela o manda sair e esperá-la lá fora, na praça. Enquanto Brigitta vai até o caixa buscar o troco, Thora observa o próprio reflexo no espelho atrás do bar. Parece enrubescida, insegura. Evita olhar nos próprios olhos. Ela sai dali, virando a esquina do bar até chegar do lado errado. No espelho, algo aparece. Thora vira para olhar e congela, tentando entender o que é. Com uma vista panorâmica da praça, a fonte vira uma nuvem de fumaça, e os paralelepípedos se tornam as escamas lustrosas de um dragão. Ela também chegar a ver Santi esperando por ela, uma figura pequena de cabelos escuros, na expectativa.

– Com licença?

Thora dá um sobressalto, volta à realidade. Brigitta está bem na frente dela, olhando incisivamente para os pés de Thora, que estão bem atrás do balcão, na área de trabalho da garçonete. Ela dá um passo para trás.

– Desculpe. – Enquanto Brigitta entrega a ela o troco, Thora se olha mais uma vez no espelho. E tudo o que vê é o próprio reflexo.

Ela guarda o troco no bolso e sai devagar. Santi está parado, de pé, exatamente onde ela o viu pelo reflexo do espelho, iluminado por um raio de sol feito um dedo que aponta para um alvo. Um arrepio percorre os ombros dela.

– O que houve? – pergunta ele.

– Nada. – Ela não pode contar a ele o que pensa ter visto. Ele simplesmente pensaria numa explicação racional para o que ela viu. Thora deixa que ele segure a mão dela. – Aonde a gente vai?

– Deus é quem sabe – responde ele com um sorriso.

Deus os levou a um bonde elétrico em direção ao Bairro Belga e, depois, guiou os seus passos por uma porta de verdade e destrancada que dava para uma escada de concreto.

– Por que você tinha que morar justo no telhado? – reclama Thora depois do terceiro lance de escada.

Santi acha graça.

– Porque de lá consigo enxergar melhor a cidade.

A porta dele é de vidro, coberta de plantas ao redor do batente que parecem ter crescido demais. Thora, ainda deslocada, ao pisar na soleira, sente que ela é mais do que isso, sente como se estivesse atravessando um portal eletrizante para outro mundo. Ao olhar para o outro lado, ela repassa mentalmente a casualidade que a trouxe até aqui. Ela foi ao Der Zentaur e pediu uma taça de vinho. Brigitta a entregou na mesa errada. Agora, aqui está, vagueando pela sala de estar de Santi. Um sofá azul, uma mesa de centro, um mapa das estrelas na parede. Um vulto preto passa rapidamente por ela e Thora grita:

– Ai, meu Deus!

– Esta é a Félicette. Não é muito fã das leis da Física. – Santi, meio sem graça, passa a mão pelo cabelo. – Minha hipótese atual é que ela vive numa dimensão de bolso, cruzando entre um universo e outro, que dá justamente para o meu apartamento.

– Félicette – diz Thora. – O primeiro gato no espaço.

Santi ri.

– Você é a primeira pessoa que pega o que eu quis dizer.

Thora o compreende totalmente. Santi é familiar e ao mesmo tempo algo completamente novo. Onde foi que ele esteve esse tempo todo?

Ele a olha com um certo receio, que ela compreende.

– Você... hum... aceita um café?

Ela faz que não. Tem certeza de que não quer. Thora não é o tipo que costuma ter certeza das coisas. E por mais que não queira, acaba desconfiando dessa sensação, se perguntando de onde ela vem.

– ... Que coisa... – diz Santi. – Desculpe, mas... eu nem sei seu nome.

Thora relembra os momentos repentinos e intrigantes que experimentou desde que se conheceram. Ela sabe o nome dele. Como ele pode não saber o dela? De repente, ela se imagina no lugar dele: de frente para uma mulher sem nome, de cabelo roxo, jaqueta de couro, vários indícios enigmáticos.

– Adivinha – provoca ela.

Ele franze a testa, como se aquele fosse um teste em que não poderia errar.

– Você disse que nasceu na Inglaterra, certo?

Ela assente, contendo um sorriso.

– Jane Smith – diz Santi.

Thora cai na risada.

– Estatisticamente falando, foi um bom palpite. Mas não, não é esse. Thora. Thora Lišková. Santi é abreviação de algo?

– Santiago López Romero – responde ele, pronunciando cada sílaba marcadamente. – Prazer em conhecê-la. – Ele estende a mão.

Thora não retribui o cumprimento. Em vez de estender a mão, ela dá um passo à frente e o beija.

Santi não recua, mas também não retribui. Ao perceber que está executando algum tipo de reanimação boca a boca, Thora para.

– Você é... por acaso...

– Thora Lišková – diz ele, sem fôlego, e a beija de volta.

Os dois se beijam como se estivessem famintos um pelo outro. Thora o leva em direção ao quarto, para onde vai se despindo. Ele já começou a abrir os botões da camisa dela. Quando Santi escorrega para o pescoço de Thora, ela se rende mais, joga a cabeça para trás e ri, ri.

Mais tarde, ela se deita na cama dele. Estão ali em plena luz do dia, de tarde, não há como se esconder na escuridão da noite. Que merda, ele deveria ter pegado no sono como todos os ex-namorados que ela teve, mas Santi a olha com um sorriso irritante. Ele segura a mão dela, virando-a para olhar os pontinhos da tatuagem que Thora tem no pulso.

– O que significa esse desenho?

– É uma constelação. Vulpecula, a raposa. – Ela o encara. – A propósito, eu não faço isso.

– Isso o quê?

– Ir pra cama com um cara que acabei de conhecer.

Santi dá de ombros.

– Tudo bem. Eu também não.

– Com homem?

– Homem nem mulher. – Ele parece em dúvida. – Por que, pra você é diferente se for com mulher?

– É.

Ele a observa, sem ter certeza se o comentário foi sério.

– Não estou brincando, é verdade – diz Thora, para ajudá-lo a acabar com a dúvida.

Uma certa surpresa, mas zero julgamento da parte dele.

– Eu me sinto honrado de ser uma exceção.

– Você tem sorte de, por acaso, eu ter assistido àquele filme sobre o mariachi em idade de formação – comenta Thora, com um sorriso provocativo. – Se eu não tivesse assistido, provavelmente nem me atrairia por você.

Santi se aproxima dela.

– Por favor, não me chute para fora da minha própria cama por causa do que eu vou dizer. – Ela pega uma mecha do cabelo roxo dela e a enrola entre os dedos.

– Não posso prometer – diz ela.

Ele a olha de um jeito sério.

– Não parece que a gente acabou de se conhecer. Não mesmo.

O baque que ecoa no quarto quando Santi cai no chão é imensamente reconfortante.

– Dicas para quando for sair com uma mulher de alguém que entende do assunto – brinca Thora – Esse tipo de baboseira você deveria dizer pra tentar me *levar* pra cama.

A cabeça desgrenhada dele aparece ao lado da cama, na sequência surge o rosto. Thora admira a cena ao vê-lo subir em cima de seu corpo, cada braço apoiado ao lado da cabeça dela, na cama.

– E se eu quiser te levar pra cama de *novo*?

Ela olha para a esquerda, direita, fingindo notar pela primeira vez os travesseiros, a cabeceira da cama, a mesinha de cabeceira cheia de livros de Borges e ficção científica.

– Bom... – diz ela, fitando os olhos castanhos e convidativos dele. – Neste caso, você parece ter feito a coisa certa.

Na manhã seguinte, Thora acorda com uma sensação de pânico existencial. Não porque não sabe onde está. Disso, não tem a menor dúvida: no apartamento de Santi.

Ela passou a vida inteira fugindo de tudo que parecia verdadeiramente significativo. Agora, tudo parece tão significante a ponto de incomodar: a gata preta enroscada entre eles, o tapete de crochê onde suas roupas estão espalhadas e até a respiração irregular de Santi durante o sono. É tão aterrorizante quanto olhar para as estrelas e de repente ver o próprio nome escrito no céu.

Thora prende a respiração. Precisa ir embora. Ela escorrega para fora da cama e tenta se vestir sem fazer barulho, mas Santi tem o sono leve. Ele abre os olhos e estica o braço para o lado, e com isso Félicette dá um pulo e sai quase voando.

– Aonde você vai?

– Pegar um café – responde. – Como você quer o seu?

– Puro.

– Tá bom. Já volto – diz, com um sorriso radiante. Ela calça as botas, sai, desce as escadas, passa pela porta verde e segue em direção às ruas arborizadas do Bairro Belga. E continua caminhando, passa pelo parque onde os periquitos selvagens voam entre as árvores sob os raios de sol sinuosos e pela mesquita até chegar ao próprio bairro, Ehrenfeld. No caminho, também passa em frente ao farol, relíquia de uma extravagante companhia elétrica, erigindo-se sobre os telhados da cidade a duzentos quilômetros do mar mais próximo. A salvo dentro do próprio apartamento do outro lado da rua, Thora fecha a porta e se joga contra a cama, respirando com dificuldade, como se tivesse acabado de escapar de um incêndio. Seus olhos percorrem a bagunça de sempre: a TV que ela só usa para reassistir à série *Contact*; o cachecol que ganhou do pai, de presente, enrolado na janela para bloquear a corrente de ar; as velas perfumadas que Jules deixou ali porque se recusa a acendê-las ou doá-las. Ela pensa em Santi, deitado na cama há meia hora, esperando-a voltar.

– Está tudo bem – fala para si mesma, em voz baixa. – Eu não preciso voltar a ver ele nunca mais.

Ela para de frequentar o Der Zentaur. É uma pena, Thora gosta do vinho de lá e Brigitta a trata como se ela fosse da cidade, mas Thora não suporta a ideia de voltar e encontrar Santi por lá, esperando que ela se encaixe no plano do universo. Foda-se o plano do universo. Thora encontra um novo bar do outro lado do centro, e lá se senta para tomar seu vinho sozinha.

Três semanas depois, ela vai ao café turco que há na rua do seu apartamento para encontrar com Lily. Thora deve ter ficado encarando a janela, imóvel, por muito tempo, porque Lily estala os dedos perto do vidro, para chamar sua atenção e trazê-la de volta ao presente.

– Problema com alguma ficante? – pergunta Lily, que já a conhece bem.

Thora suspira.

– Desta vez não.

Lily faz uma careta.

– Então é algum cara? Faz tempo que não sai com nenhum.

Thora cogita contar sobre Santi e sobre o motivo de ela ter ido embora. *Ele era perfeito. Mas eis o problema.* Lily diria, com razão, que ela fez uma grande merda.

Lily despeja uma quantidade exagerada de mel no próprio chá de menta.

– Apareceu alguém depois da Jules?

Ela sabe que o assunto ainda dói, e que tocar no nome de Jules é trazer à tona a lembrança de tudo que Jules fez de bom para Thora e como Thora a magoou.

– Não exatamente.

Lily a observa com um olhar penetrante.

– Beleza. Vejo que hoje você está com aquele humor enigmático e eu não posso ficar aqui bancando a detetive. Me ligue quando quiser conversar sobre o assunto. Enquanto isso, a gente pode falar dos planos para o festival de ficção científica? Se a gente não fizer a reserva logo, os ingressos vão esgotar.

Com o passar dos dias, Thora espera, primeiro sem dar muita importância ao sentimento, depois com algo que se parece saudade, ou que o universo dê um jeito de colocar Santi de volta no caminho dela. Ela cruza o parque entre o Ehrenfeld e o Bairro Belga uma, duas, três, várias vezes na esperança de ouvir passos apressados se aproximando dela, uma mão tocando seu ombro. No festival de ficção científica, ela se lembra dos livros da mesinha de cabeceira e olha ao redor, procurando o rosto dele no cinema escuro. Por fim, numa tarde durante o fim de semana, ela se prepara e entra no Der Zentaur, na expectativa de encontrá-lo à mesa onde se viram pela primeira vez. Mas lá vê apenas Holger, um morador do bairro que frequenta o bar, e um casal cochilando perto da janela.

Ela se senta à mesa de sempre e pede uma taça de vinho. Enquanto espera, Thora abre os diagramas elétricos e os ajeita cuidadosamente sob o cotovelo. Thora tenta fazer tudo igualzinho àquele dia, mas as circunstâncias que fogem ao controle dela insistem em atrapalhar: o casal trocando sussurros, a nova disposição das mesas no bar, cada detalhe estraga a manobra mágica que ela tenta executar.

Quando Brigitta chega com a taça de vinho, Thora olha para ela com uma expressão tão desesperada que a garçonete hesita.

– Você pediu vinho, não foi?

Thora assente e toma um gole da taça.

– Brigitta, você se lembra daquele cara com quem acabei conversando aquele dia, quando você trocou os nossos pedidos? Cabelo escuro, sotaque espanhol, estatura baixa.

– Ah, sim. Santi. – Brigitta dá de ombros. – Faz tempo que ele não aparece aqui. Parou de vir mais ou menos na mesma época que você.

Thora afunda no banco quando Brigitta sai e volta para trás do balcão do bar. Como ela lutou para poder recomeçar essa história, para fazer uma escolha diferente desta vez. Acabou fugindo da situação porque sentiu que o universo a empurrava para alguma coisa, mas, agora, se sente empurrada para o lado oposto, e isso a chateia ainda mais.

– Merda – reclama, engolindo o resto do vinho. Ela pega o bonde elétrico em direção ao Bairro Belga e sobe as escadas do prédio de Santi. Faz que vai bater à porta, mas a encontra entreaberta.

– Félicette, não! – Thora escuta Santi dizer e o coração se transfigura em uma supernova. Quando por fim Santi abre a porta e a vê, não diz nada. Simplesmente respira, um gesto que pode indicar alívio ou frustração, e a deixa entrar. – Aceita um café?

– Chá, se tiver – responde Thora, acompanhando-o até a cozinha.

Santi abre os armários, olha as caixas e latas empilhadas meticulosamente.

– Acho que Héloïse deixou uns aqui e acabou não levando na mudança.

Thora escutou o nome. Seria uma amiga com quem divide o apartamento? Uma ex-namorada? Ela puxa um banquinho e se senta.

– Provavelmente você está se perguntando por que eu saí para tomar um café e nunca mais voltei.

Santi cruza os braços e recosta na bancada.

– Bom, eu tinha uma hipótese. Mas essa hipótese não condiz com a sua visita de agora.

– E qual era a sua hipótese?

Ele dá de ombros.

– Que você não gostou de mim.

– Não. Não é isso.

Santi fica sério.

– Bom, nesse caso, vou para a minha hipótese número dois. A cafeteria foi sugada para outra dimensão e só agora você conseguiu escapar e encontrar o caminho de volta.

– Quase isso – responde ela, com um sorriso. – Mas não. O problema é que eu gostei de você. Muito.

A água da chaleira ferve. Santi vai até ela e começa a servir a água.

– Vai ter de explicar isso melhor.

Thora morde o lábio, procurando pelas palavras.

– Você já sentiu como se o universo estivesse tentando te empurrar para algo? Tipo, como se fosse o que tem de acontecer, e você simplesmente precisa deixar rolar?

Sorrindo, Santi pega o saquinho de chá.

– Hum, poucas vezes.

– Eu senti isso. Praticamente desde o momento em que a gente se conheceu. – Ela cruza os braços. – E foi justamente por isso que eu fui embora. Porque não confiei naquele sentimento. Nem um pouco. Detesto que me digam o que eu devo fazer.

Santi vai até ela e entrega a xícara de chá.

– Mesmo se for o destino?

– Especialmente se for o destino. – Do lugar onde está sentada, Santi fica mais alto que ela. Ela o olha nos olhos. – Mas agora eu decidi. Não é o universo quem está me empurrando, mas uma escolha minha.

Santi parece confuso. Thora percebe o que isso significa e o chão sob os seus pés desaba.

– Ah, droga. Como eu sou idiota. Estou aqui considerando que você ainda está interessado em mim, mas provavelmente você já está com alguém, ou virou monge, ou...

Ele discorda, e continua sério.

– Tudo bem. Posso interromper o treinamento para virar monge a qualquer momento.

Em um movimento lento, Thora assente. E toma um gole do chá. Em seguida, ela apoia a xícara na bancada e puxa Santi para seus braços.

Ela se muda imediatamente: um novo começo. E conta a novidade para os pais durante o jantar. O pai não diz nada. A mãe pergunta se ela tem certeza do que vai fazer.

– Não – responde alegremente. – Nem um pouco. Não é ótimo? Sabe, pelo menos uma vez na vida, talvez seja bom não pensar muito antes de fazer alguma coisa. Não ficar escavando o assunto de um lado, do outro, por cima, por baixo... Não ficar tentando descobrir o que não dá pra saber... Simplesmente... deixar acontecer. Que tal?

A mãe não diz nada. Por um segundo, tudo que Thora mais queria era ter um irmão para absorver um pouco dessa caretice e preocupação exacerbada dos pais.

Ela pestaneja.

– Bom – diz, levantando e recolhendo os pratos. – Adorei o papo.

– E aí, como foi o jantar? – pergunta Santi ao chegar em casa, tropeçando em Félicette na porta.

Thora mostra a língua e suspira, gesto que já responde à pergunta, e se senta no sofá.

– Ah, tentar explicar uma coisa pros meus pais é como, tipo... sei lá. Se confessar para uma parede.

Santi ri e traz uma taça de vinho para ela.

– Tenho a sensação de que já conheço eles.

Thora inclina o corpo à frente, se aproximando, apoiando a cabeça na dele.

– Isso nunca vai dar certo, você sabe... – comenta ela, sem soar ofensiva.

Santi faz uma careta.

– Quem disse?

– Todo mundo que já namorei. Mais recentemente, a Jules, minha ex. Quando a gente terminou, ela me disse que sabia qual era o meu problema.

– E qual é?

– Que eu sempre quero estar em outro lugar. Que eu nunca estou... satisfeita por estar onde estou.

Santi dá de ombros.

– Nem eu.

Ela o encara.

– Como assim? Você é, tipo, o busto da serenidade.

Santi sorri discretamente.

– Isso pode ser o que transparece. Mas, por dentro, estou sempre inquieto. – Ele acaricia a bochecha de Thora e ajeita o cabelo dela atrás da orelha. – A gente é igualzinho nisso.

Thora pensa na própria solidão, em Jules e nas namoradas e namorados que vieram antes dela, todos no final acabaram se sentindo feito fantasmas. Ela procura agora a mesma transparência em Santi, mas ele é maciço, uma estrutura que comprova a própria existência bloqueando a entrada de luz.

– E aí, o que será da gente? – pergunta ela, sorrindo de leve. – Dois insaciáveis juntos?

Ele sorri.

– Melhor do que ser insaciável sozinho.

Quando Santi, de joelhos, pede Thora em casamento, ela fica com raiva. E ele não entende a reação.

– Achei que era isso que você queria – diz ele, se levantando.

Ela fica boquiaberta, e no momento seguinte, diz:

– Mas é.

– Então por que parece que eu acabei de te dar um tapa na cara?

– Não sei. – Ela cruza os braços. – Sei lá, é que... parece estranho.

– Estranho – diz ele, tenso, mas paciente. E ainda segurando o anel de noivado.

– Guarda isso – pede Thora. – Tá parecendo um mestre de cerimônias num circo de pulgas.

Santi olha para baixo, confuso, depois ri. Ele guarda a caixinha com o anel, se aproxima de Thora e segura a mão dela.

– Por favor – pede. – Me ajude a entender.

Thora suspira.

– Como a gente se conheceu?

– Está me dizendo que não lembra?

– Nem toda pergunta necessita de uma resposta direta, Santi.

Ele muda a expressão.

– Está me dizendo que houve algo de errado no modo como a gente se conheceu?

– Não. Quer dizer... sim. E se a Brigitta não tivesse mandado meu vinho para a mesa errada? E se ela tivesse trocado o seu pedido com o de outra pessoa, não comigo?

– Nesse caso, eu estaria pedindo Holger em casamento agora. – Thora não acha graça. Santi a observa, e começa a entrar em pânico. – Mas, enfim, a Brigitta não fez isso.

– Exatamente! – exclama Thora, como se tivesse comprovado seu ponto de vista. – E a nossa vida, em todos os sentidos... até nisso – diz, apontando enfaticamente para o anel –, depende de algo tão... bobo, arbitrário.

Santi cruza os braços.

– Sabe... eu não acho que tenha sido arbitrário.

Thora ergue os olhos.

– Então você está me pedindo em casamento porque acha que essa é a vontade de Deus? Isso só piora as coisas! Como não percebe?

Mas Santi é inabalável, implacável, um lago que resiste a todas as pedras.

– Eu sinto como se tivesse passado a vida inteira esperando por um sinal – afirma. – Algo que me faria ter certeza.

– Por favor, para com isso – diz Thora, mas ele continua.

– Nada fazia sentido antes de conhecer você. Aí de repente você desaparece, e eu... – Ele ri, mas em tom de desespero. – Sei lá, achei que eu estava ficando doido. Como pode ter tanta certeza de uma coisa e de uma hora pra outra perceber que não era nada disso, eu...foi como se Deus estivesse me pregando uma peça. – O olhar amedrontado de Santi era tudo que Thora mais temia e menos queria. – Você está com medo porque não sente o mesmo por mim – complementa.

– Não. Eu tô com medo porque sinto o mesmo por você. – Olhando para aquele rosto desorientado, ela prossegue – Mas não acho que uma coisa dessas seja possível! E é por isso que não confio nesse sentimento.

– Eu... – hesita Santi. – Vamos deixar o destino de lado por um momento, pode ser?

Ela assente.

– Combinado.

Santi se aproxima dela. Às vezes, em meio às discussões, as palavras de Santi não a alcançam mais. Thora precisa das mãos de Santi, da atenção dele, dos olhos em contato com os dela. Isso faz o tempo passar mais devagar, atenua a sensação que ela tem de ser um pião prestes a ser arremessado no chão.

– Estou te pedindo em casamento porque eu te amo. Amo seu jeito de pensar, seu corpo, seu ceticismo irritante e sua necessidade de espaço. Amo o jeito como você joga a cabeça pra trás quando ri. E eu não quero ficar sem você.

Ela olha para ele.

– Certo – diz. – Bom, com certeza eu consigo superar isso.

Eles se casam na Igreja de São Martinho Magno, que parece um castelo daqueles de contos de fadas, escondido atrás de casinhas pintadas em tom pastel, à beira-mar. Jaime, colega de trabalho de Santi, é o padrinho; Lily, a dama de honra de Thora. O casal deixa a igreja ao som das badaladas dos sinos na torre. Thora também sente uma badalação, como se estivesse captando uma vibração interna que martela e ameaça quebrá-la. Ela canaliza a sensação e a extravasa em forma de gargalhadas.

A recepção acontece no Odysseum. Os convidados vagam pelo planetário fictício, comem canapés liofilizados sob os olhares vítreos de astronautas fantasmagóricos. É tudo tão divertido quanto Thora esperava ser, especialmente quando a dança começa. Ela rodopia com Lily, jogando a cabeça para trás enquanto ri. Num canto, o pai dela tenta conversar com o pai de Santi, em latim e, no outro, Aurelia ri dos dois, enquanto, em outra ponta, Santi olha para ela de um jeito terno e carinhoso.

No dia seguinte, Thora desliza para fora da cama e sai, sem acordar Santi. Ele continua com o sono leve, mas a ressaca o deixou derrubado o suficiente para sequer se mexer. Ela caminha na direção oposta à da última vez em que o deixou naquele mesmo apartamento, no coração da cidade. Quando chega à velha torre do relógio, em frente ao lugar onde se encontraram pela primeira vez, ela tira do bolso uma caneta de tinta permanente. SEM VOLTA, ela escreve na parede. Thora fez a sua escolha. Mas ainda continua com medo.

Ela nunca poderia imaginar o que a felicidade é capaz de fazer com o tempo; a felicidade o acelera, o faz escorrer por entre os dedos, o distorce e transfigura em formatos impressionantes. Ela tenta se agarrar a cada um desses momentos: à volta para casa depois do festival de ficção científica, à discussão tão inflamada sobre o final de um filme a ponto de os vizinhos ligarem para a polícia. Santi cantando sozinho na cozinha, fazendo um desenho pequeno dos dois na mesa até formar um registro imperfeito de suas vidas. O espanhol dela melhorando cada vez mais, a ponto de ela conseguir contar uma piada capaz de fazer o pai de Santi rir meia hora sem parar. Santi oferecendo cookies no Natal enquanto ela, grávida e relaxada, observa a neve cair.

– Meu amor – diz ele.

Ela o encara, sem conseguir acreditar que ele possa existir. – Isso não deveria acontecer... não deveria – comenta ela.

– Isso o quê?

– Nesse tempo em que a gente se conhece... não deveria ser assim... como pode?

– Como pode o quê? – pergunta ele novamente, sorrindo.

Como posso te amar tanto assim? Essa pergunta, ao mesmo tempo uma constatação, a frustra, tanto quanto o pedido de casamento a frustrou e desencadeou a forte sensação de falta de compreensão. Thora gosta de compreender as coisas. Mas ela não pode verbalizar a pergunta. Ele sabe. Ele tem que saber.

– Nada. – Ela pega um cookie e o enfia na boca.

Estela nasce em janeiro, numa noite que parece não terminar nunca, tal como a dor do parto parecia não ter fim. Santi se desespera e exclama para os médicos: "Ela está sofrendo, não percebem?! Não deveriam fazer essa dor parar?". Thora berra todos os palavrões que consegue lembrar em tcheco, islandês e inglês. Por fim, esgota-se o vocabulário e não resta nada a não ser uma figura retorcida em agonia e sofrimento. Ela não enxerga mais Santi, apesar de ele estar bem ali, segurando a sua mão. Depois que levam a bebê para limpá-la, Santi, trêmulo e nervoso, se volta para Thora, a toca com as mãos, depois a olha de um jeito terno e ao mesmo tempo amedrontado.

– Não é justo – murmura ela.

Ele inclina o corpo à frente e se aproxima.

– O que não é justo?

– Você me ver assim. Eu nunca vou te ver assim, sentindo uma dor como essa.

Ele sorri, mas ainda com o olhar preocupado.

– Você não é o tipo que desiste antes de tentar.

Ela aperta a mão dele, com pouquíssima força. E é neste momento que trazem Estela de volta para ela, e tudo muda para sempre.

Thora nunca se viu como mãe. Temia não conseguir amar uma criança como deveria. E se surpreende ao perceber que o amor surge naturalmente. A parte difícil é tudo o que veio com a bebê: zelar pela alegria e pela vida de Estela; aproveitar os intervalos entre a amamentação e as trocas de fralda para tirar um cochilo, e se preocupar com cada barulhinho que ela emite.

E as coisas não ficam mais fáceis. O difícil se torna o novo normal. Aurelia, a irmã de Santi, vem visitar a família e Estela fica obcecada por ela, seguindo-a pelos quatro cantos do apartamento, arrulhando genuinamente por onde passa. De repente, como do dia para a noite, Estela completa cinco anos e já constrói frases meio soltas, metade em inglês, metade em espanhol, e Thora nunca, jamais, amou tanto algo ou alguém em toda a sua vida. Então, o casal recebe uma ligação do hospital.

Era sobre o resultado de um exame de sangue de rotina. Os dois andam pensando em ter outro filho, portanto decidiram fazer um check-up. Neste momento, estão no hospital, aguardando numa sala de espera. Santi segura a mão de Thora, imaginando que são os resultados dela que deram algum problema. Com o polegar, ele acaricia a junta do dedo de Thora, tanto que ela não aguenta mais a repetição e afasta a mão.

– Thora... – começa ele.

– Pode parar – retruca ela. – Não me venha com aquela conversa de que a gente tem que aceitar os planos de Deus. Eu não...

– Santiago López? – chama a enfermeira.

Thora o acompanha até uma salinha. Depois que os dois entram, a enfermeira fecha a porta.

Em seguida, ela se retira, fingindo que precisa ir ao banheiro. *Sinto alguma coisa no ar*, ela esbraveja consigo mesma, enquanto sobe as escadas que parecem não ter fim. Mas o que ela sente tem um motivo: o medo finalmente resolveu dar as caras. Ela encontra uma saída de emergência no nono andar, sai por ali, acende um cigarro e fuma, coisa que não fazia há seis anos, tirando o bolorento maço de cigarro do fundo da bolsa. Por entre um vão que há entre os prédios, debaixo do relógio que marca quinze para as onze desde sempre, ela avista o grafite que fez na torre em ruínas. SEM VOLTA. Ela quebrou a própria regra: fez uma escolha. Agora, aqui está, bem onde não queria estar. Santi vai morrer antes dela, e o único vínculo concreto do seu mundo está prestes a partir. A cidade vai desmoronar, as torres vão evaporar, um buraco enorme se abrirá no chão e a sugará.

Sem saber de nada, Santi está ali, de pé, abaixo dela, brincando com a faca do avô. Maldito seja... parece tão sereno. Esperou a vida inteira por isso. Uma prova verdadeira de fé.

Quando ela desce para ir falar com ele, ele sente o cheiro de cigarro no cabelo dela.

– Ah, *cariña* – diz envolvendo-a nos braços.

63

A vida desacelera, os fragmentos cintilantes que a envolvem se transformam em tardes na enfermaria da oncologia, tardes que parecem não ter fim. Uma noite, ela acorda ao lado da cama dele, com uma cãibra no pescoço e a sensação de que tudo no corpo está fora do lugar. *Estela*, pensa ela, apavorada, mas não há com o que se preocupar, a filha está segura, com a mãe de Santi.

Ele está acordado, olhando para ela, com o rosto exausto, mas o olhar terno.

– Está tudo bem?

Ela quase ri, gargalha.

Não. Estou em frangalhos. Quero me levantar dessa cama e sair correndo, fugir deste hospital, desta cidade, do mundo. Mas há certas coisas que ela não pode dizer a ele. Coisas que Estela pode dizer, a mãe de Santi pode dizer, coisas que Jaime pode dizer, coisas que se ela dissesse recairiam feito uma punhalada no peito. Faz parte do pacto velado que eles fizeram quando trocaram os votos, uma série de letrinhas miúdas com as quais Thora não sabia que estava concordando.

Ela se senta ao lado dele na cama e segura sua mão, enfurecida com a limitação que a situação impõe. Não quer ser a esposa dele. Quer ser outra coisa, algo essencial, infinito. Alguma outra coisa que se sente incapaz de designar.

Thora aperta a mão dele.

– Estou bem. Eu te amo. Volte a dormir.

Santi não responde ao tratamento. O que não surpreende Thora. Ela sabia o que vinha pela frente, essa maldita trajetória. Como ela queria poder voltar atrás e ir embora bem no momento em que ele se sentou à mesa dela. Ela quebra as regras e decide contar isso a Santi, ele ri, e ela o ama, e como ele ousa piorar ainda mais as coisas?

No sexto aniversário de Estela, ele morre.

Thora não percebe o quanto contava com a fé inabalável do marido, e só se dá conta quando, por fim, essa mesma fé é abalada. Ele agarra a mão dela, como se não quisesse ir para o lugar em que seu Deus o espera.

Passado tudo isso, pelo período de um ano ela espera louca e ansiosamente que ele volte. Não conta sobre essa espera para ninguém: tem sido monitorada por todo mundo. Lily, os pais, Aurelia (que se mudou e veio para Colônia para ajudar com Estela). Se soubessem que toda vez que ela ouve passos na escada, pensa ser Santi voltando para casa, mudariam de vez para casa dela e fariam de tudo para espantar o fantasma dele. Sendo assim, ela decide engolir o sofrimento do luto e se cala.

Passaram dez anos juntos. Não foram suficientes. Mesmo que às vezes esse tempo parecesse uma eternidade, mesmo que esse tempo se expandisse à medida que girava, feito o braço espiral de uma galáxia.

Ela cogita ir embora. Certa vez, até levou Estela a Hauptbahnhof, e ficou ali parada, na extensa arcada dos corredores enquanto trens com destinos para todos os lugares piscavam na tela. Saiu da estação sem comprar passagem. A hora de partir e ir embora dali já passou. Deveria ter ido embora antes de conhecê-lo. Agora, há muita coisa que a prende aqui: o trabalho, a escola de Estela, a mudança radical que Aurelia teve de fazer para vir ajudá-la. Thora não admite a si mesma que nada disso importa de verdade. O que verdadeiramente a faz ficar é uma ideia maluca: se for embora dali, Santi não vai saber como encontrá-la.

Estela muda, como se a parte dela que correspondia ao pai tivesse morrido junto com ele. Aos poucos, ela se transforma numa outra pessoa, totalmente diferente do pai e da mãe. Uma criatura produto de alguma invenção malfadada dos pais, dois malucos. Isso não poderia ser mais milagroso nem mais cruel. Thora embrulha a filha nos cobertores, a ajeita e beija sua testa. *Quando foi que permiti cravarem uma lança no peito dela, sabendo que essa ferida nunca fecharia, e que durante esse tempo todo ela permaneceria viva?*, Thora se pergunta.

– Cadê o papai? – pergunta Estela.

Mais sangue escorre pela ferida.

– Querida, o papai morreu – responde Thora.

– Eu sei – afirma Estela, num tom sério. – Mas onde ele está?

Thora sente a cabeça girar. *Será que ela já fez essa pergunta para os avós?* Um teria respondido que Santi está no céu. O outro diria o mesmo que disseram a Thora quando ela tinha a mesma idade da filha e o tio morreu: que ele simplesmente deixou de existir.

– Onde você acha que ele pode estar? – pergunta Thora.

Estela olha para o teto, coberto de estrelas que brilham no escuro e que estavam ali muito antes de ela nascer. Uma lembrança atinge Thora feito o choque de um arame farpado: Santi subindo os degraus da escada, desenhando um universo para a filha.

– Acho que ele está em algum lugar por aí – responde Estela. – Esperando.

Thora prende a respiração. Soa tão estranho escutar da boca da filha algo que ela, Thora, acredita, que ela sente medo de perguntar a Estela o que ela quis dizer com aquilo.

– Esperando o quê? – pergunta Thora, por fim.

Mas Estela não responde. Ela vira para o lado e Thora se serve de uma taça de vinho, sentando-se no sofá com Félicette, agora velha e quase cega, e cujo ronronar penetrante soa feito uma ode.

Thora segue a vida adiante, por despeito, por força do hábito e por amor à filha. Estela cresce, e todas as suas peculiaridades e bobagens se transformam na melhor pessoa que Thora já conheceu, uma alquimia que ela jamais será capaz de entender. Thora continua morando no apartamento do último andar, no Bairro Belga, não dando ouvidos quando Estela reclama do monte de escada que precisam subir, sem dar a mínima quando ela própria vira uma velha que anda arrastando os pés e leva quinze minutos para terminar de subir os degraus. Lily, quando aparece, diz que o tempo está passando rápido demais, como se as horas escorressem por entre os dedos. Thora discorda. Para ela, o tempo passa como se o universo fosse despejado num funil, deixando muitos intervalos a se explorar.

Lily sorri para Thora, daquele jeito tão familiar.

– Você acha que vai reencontrar Santi.

– Não! – A resposta sai automaticamente. Thora é uma pessoa cética, sempre foi, antes de sequer saber que essa palavra existia. Ela é um acidente de átomos e quando morrer, se dispersará. Mas Lily tem razão. Mais profunda do que a ideia, mais intensa do que seus princípios mais arraigados, é essa convicção intragável, como se a fé de Santi fosse um vírus sorrateiramente incubado dentro dela. O fato de que não voltará a ver Santi é simplesmente inimaginável.

Ela comprime os lábios, não por tristeza, mas por raiva. Como Santi ousa fazer isso com ela? Ela poderia ter sido alguém muito diferente sem ele. Uma pessoa completa, como deveria ser, não essa criatura patética à espera do retorno de um homem morto. Bastaria uma escolha.

– Eu poderia ter ido embora – fala, insolente.

Lily aperta o ombro dela e sai para preparar mais chá.

Quando o chá chega, por fim (Thora está com pneumonia, que fustiga os pulmões a ponto de ela sacolejar o corpo a cada tosse), é como se aquela cena já tivesse acontecido. Thora supõe que seja uma reação do cérebro que começa a desligar, um déjà-vu feito o epifenômeno da consciência moribunda. Ela queria que Santi estivesse aqui para poder debater o assunto com ele.

Estela está ali, naquela fração anuviada em que a consciência desvanece. A filha chora, a dor causada pelo sofrimento castiga e as lágrimas salgam a ferida que ainda não a matou. Com o que restou de suas forças, Thora aperta a mão dela.

– Fiz a escolha errada – diz Thora a Estela. – Quero voltar. Quero começar tudo de novo.

AMOR É GUERRA

Santi conhece a filha quando ela tem onze anos. É alta para a idade, tem sobrancelhas retilíneas, cabelo liso e escorrido, preso num rabo de cavalo. As mangas compridas da blusa escondem as mãos.

– Esta é a Thora – diz a assistente social. – Thora, estes são o senhor e a senhora López.

– Santi – diz o homem, estendendo a mão para cumprimentá-la. Thora a segura, sem olhá-lo nos olhos.

– Héloïse – diz a esposa dele. Está vestida como se estivesse a trabalho, não como quem veio encontrar Thora. Terno cinza em vez de um vestido estampado, as tranças presas num coque. A roupa confere um ar de rigidez, tensão, totalmente o oposto do que ela é. Héloïse, então, sorri e sua simpatia transparece. Em vez de um aperto de mão, ela cumprimenta Thora com um tchauzinho. Surpresa, Thora ergue os olhos e abre um sorriso que quase vira uma risada.

Os três sentam-se a uma mesa no Kinderheim. Não é o que pode se chamar de jardim. Grama murcha, lago raso, árvores esparsas protegendo de forma irregular a estrada principal que leva ao centro da cidade. Thora se senta com as mãos apoiadas entre os joelhos, respondendo às perguntas sem fazer contato visual. Santi não tem muita experiência com crianças, por mais que tente, não consegue. Ele a vê como se fosse uma cliente fazendo uma visita ao escritório, em vez de uma futura filha. Inteligente, reservada, profundamente magoada, a ponto de transparecer. Senso de humor cirúrgico.

– O que você mais gosta de fazer por aqui? – pergunta Héloïse, trazendo o corpo à frente na tentativa de observar Thora melhor.

Thora a olha nos olhos.

– Observar como a grama cresce – responde, impassível. – É bem divertido.

Santi, sem querer, deixa a risada escapar. Um sorriso de canto escapa ligeiramente dos lábios de Thora, mas logo desaparece.

Depois da visita, a assistente social os acompanha até o carro. Pelo para-brisa, eles observam um menino cutucar a balaustrada do Kinderheim com um prego enferrujado.

– O que acha? – pergunta Héloïse.

Santi olha para ela.

– Ela é nossa – responde ele, pura e simplesmente.

Héloïse concorda, os olhos marejados.

– É... – sussurra. – Eu também senti isso.

Os dois preenchem uma centena de formulários, participam de uma dúzia de entrevistas. Respondem perguntas sobre o casamento, a rotina diária do casal, há quanto tempo moram em Colônia. Aguentam tudo, se não com paciência, pelo menos com determinação. Por fim, recebem uma recompensa: um arquivo com a história de Thora, ano a ano, com fotos correspondentes. Um bebê com os olhos azuis e esbugalhados dela, como se a garota emburrada que conheceram estivesse escondida ali. Santi vira a página e se depara com os pais dela: a mãe que foi embora quando Thora tinha dois anos; o pai que perdeu o emprego numa universidade depois de cortes de verbas, e que aos poucos sucumbiu ao alcoolismo, até que um dia a assistência social foi à casa, arrombou a porta e encontrou uma fileira de garrafas vazias, e Thora, ainda bebê, aos berros. Ali ele lê que ela foi morar com um tio negligente, e encontra uma foto de Thora usando um suéter de tricô, feito para uma criança muito menor que ela, e com um desenho de um texugo que parece tão zangado quanto ela; depois, com uma série de outras famílias adotivas até, por fim, parar em Kinderheim, onde teria ficado, tida como um caso perdido, se Santi e Héloïse não tivessem aparecido com um quarto vazio e um mar de lágrimas há muito tempo seco.

No momento em que termina de ler, Santi já está em lágrimas. Ele passa o tablet para Héloïse.

– Vou pegar algo pra você beber. Vai precisar.

Ele sai para buscar uma bebida, deixando-a ali, com a história de vida da filha deles.

Eles pintam o quarto, antes verde-claro, e que já começaram a chamar de "o quatro de Thora", de roxo. Santi compra tinta que brilha no escuro e, usando um pincel, com todo o cuidado, desenha estrelas no teto que simulam constelações reais.

Recebem permissão para trazê-la para casa ao final da primavera. Quando Santi destranca a porta, Félicette dá um salto tão alto que quase chega a voar. Thora, hesitante, se detém na soleira.

– Seu quarto é lá em cima – diz Héloïse. – A porta está aberta. Quer ir até lá pra conhecer?

Thora concorda e sobe os degraus rangentes, com cuidado. Os dois a acompanham, ansiosos e reticentes.

– Nãããy acredito! – exclama Thora, surpresa. – Estrelas!

Uma vez, na Espanha, a irmã de Santi, Aurelia, trouxe para casa um gato de rua que estava com a orelha rasgada. Nas primeiras semanas, ele mal saiu do quarto, no andar de cima, onde ela o mantinha, com medo de encontrar os gigantes desconhecidos que vagavam pelos corredores. Assim Thora também permaneceu em seu quarto estrelado, saindo apenas para as refeições, que fazia em silêncio. Santi tentou fazê-la sair mais, contando piadas ruins, mostrando seus desenhos bobos, mas ela mal falava. Héloïse era a única sortuda que vez em quando ganhava um ou outro sorriso da menina.

– O que houve com ela? – pergunta Santi a Héloïse, um dia depois de Thora subir as escadas. – Aquela menina divertida? Que ficou toda feliz e empolgada e gritou de alegria quando viu o quarto dela?

– Ela não está aqui pra divertir a gente – comenta Héloïse enquanto retira os pratos da mesa. – Ela ainda nem teve tempo de decidir se gosta da gente ou não.

– Ela gosta de *você* – afirma Santi. – O problema sou eu, ela não foi com a *minha* cara.

Héloïse dá de ombros.

– E que culpa eu tenho se eu sou melhor que você...

Ela tenta fazê-lo rir, e quase consegue. Mas a indiferença de Thora machuca e tem alvo: ele.

Santi suspira, envolve a esposa com os braços, afasta para o lado as tranças e beija a nuca dela.

Héloïse se aninha nos braços do marido e acaricia o rosto dele.

– Tenha paciência – diz ela. – A gente tem que mostrar pra ela o sentido de estar aqui, antes de esperar que ela retribua.

Santi fica na cozinha depois que a esposa sai, refletindo sobre o que ela disse. Ele achava que os dois tinham adotado Thora para oferecer a estabilidade que ela tanto precisava. Mas talvez não fosse bem isso que ela precisava. Talvez, essa menina problemática seja apenas uma distração, um prêmio de consolação para os sonhos fracassados dele.

Naquela noite, ele sonha que está numa cama de hospital, se afogando. Santi, então, acorda com o coração acelerado, e fica olhando para o vazio do teto, como se o universo estivesse fora da órbita. No caminho de volta do banheiro, ele passa em frente ao quarto de Thora e escuta a voz dela. Santi se aproxima da porta.

– Thora? Falou alguma coisa?

Pouco tempo depois, ela empurra a porta com o pé e a abre. Thora está deitada na cama, Félicette ronrona ao lado dela. Thora olha para o teto, os dedos de uma mão apoiados no pulso da outra.

– Essas estrelas... – diz ela. – Elas são iguaizinhas às estrelas do céu.

Santi se envaidece. A filha é uma cientista.

– Sim, eu queria que elas simulassem uma constelação real.

Ela inclina a cabeça para o lado.

– Elas ficam assim também se forem vistas do espaço?

– Não, não. Ficariam completamente diferentes. Alguém, num outro planeta, provavelmente nem colocaria as mesmas estrelas na mesma constelação.

Thora faz uma careta.

– Elas pertencem a mesma constelação?

– Na verdade, não. Os povos antigos achavam que sim porque elas formavam figuras. – Santi encolhe os ombros. – Mas eu acho que isso é coisa dos humanos, sabe? Eles querem olhar para o céu e ver o próprio reflexo ali.

– Eles?! – pergunta ela com um ar de desdém. – Ou *a gente*? Ou você quer dizer que você não é humano, que não se inclui nessa?

– Hum... Blorgle fnarg – responde com algo totalmente sem sentido.

Thora ri, alto demais para conseguir se conter. Santi sente uma emoção súbita e intensa.

– É que nem a gente – diz Thora.

– O quê? – pergunta ele com um sorriso.

– Você, eu e a Héloïse. De longe, a gente parece uma família, mas na verdade não temos nada a ver um com o outro.

A emoção intensa desaba feito um objeto arremessado das alturas que cai bem em cima da cabeça. Santi pensa nele e em Héloïse interligados feito estrelas binárias, fortemente conectadas, e em Thora vagando para algum lugar, a anos-luz de distância.

– A verdade é que a perspectiva é tudo – diz ele, por fim. – A gente escolhe como quer enxergar as coisas. – Com isso, ele dá uma batidinha no batente da porta e sai antes que ela o veja chorando.

Começa uma nova estação do ano. O bonsai que Héloïse vem tentando disciplinar transborda do vaso e começa a crescer selvagem e descontrolado. E isso provoca uma mudança em Thora. Ou a mudança acontece, a planta cresce e uma coisa não tem absolutamente nada a ver com a outra. Santi sempre enxergou o mundo dessa forma, analisando tudo à procura de símbolos. E, portanto, ele não se surpreende no dia em que chega em casa e encontra no chão da sala a manta de crochê da mãe, com um buraco enegrecido pelo fogo, já apagado, no centro.

Héloïse ainda não chegou em casa. Dois bondes se chocaram hoje no centro da cidade e a equipe do pronto-socorro está fazendo hora extra para dar conta dos feridos. Santi pega a manta do chão e, devagar, sobe as escadas. *Calma,* diz consigo, lembrando da recomendação da assistente social. *Sempre se dirija a ela com muita calma*. Os pensamentos dele vagam e desviam do roteiro pronto. *Ela é o mar. Ela precisa de uma rocha para bater contra ela.*

Santi bate à porta de Thora. Ela não diz nada, não pede para ele entrar. Simplesmente empurra a porta com o pé e observa enquanto ele a empurra e a abre completamente.

Ele se senta na cadeira da escrivaninha, com a manta nas mãos. Pensa na mãe tecendo aquelas linhas pacientemente, no amor que há em cada centímetro daquelas linhas. A raiva aumenta, mas ele se controla.

– Foi a minha mãe quem fez essa manta – diz ele.

Thora não olha nos olhos dele.

– Eu sei – diz ela. – Por isso eu fiz o que fiz.

Ele a encara, sem entender. Sente vontade de esbravejar contra ela, perguntar o porquê de ela ter feito aquilo. Quem seria capaz de atear fogo num presente dado com tanto amor? A voz da assistente social mais uma vez. *Ela vai te provocar, testar os seus limites.*

– A sua sorte foi não ter ateado fogo na casa inteira – diz ele.

– Ou azar – rebate ela. – A perspectiva é tudo.

É preciso que ela lide com as consequências. Do contrário, vai achar que pode fazer tudo o que bem quiser. E isso não vai ajudar a transformá-la em quem ela precisa ser. Mais uma respiração profunda.

– Você vai aprender a fazer crochê e vai consertar o que fez. Não importa quanto tempo leve. Pode começar amanhã, quando chegar da escola.

Ela bufa e desdenha.

– Eu não tenho como fazer isso.

– E foi por isso que fez o que fez? Por que não se acha capaz de fazer uma coisa bonita?

– Não. Eu já expliquei por quê.

Santi sente como se estivesse se afogando, como se não conseguisse encher os pulmões de ar.

– Você vai aprender. E começa amanhã.

E, com isso, ele vai para a porta. É fundamental que ele não dê a ela a chance da última palavra.

– Eu te odeio – afirma ela, com a malícia de alguém muito mais velha que ela.

Ele faz o penoso esforço de manter a expressão neutra.

– Que pena. Porque eu te amo.

– Como? Como pode me amar? – retruca, fazendo uma careta malévola. – Você nem me conhece. Eu... eu acabei de chegar na sua casa, e agora você precisa fingir que é meu pai. Tá legal. Eu entendo. Provavelmente você achou que ia adotar uma menininha meiga de quem seria fácil gostar. Mas não precisa mentir mais.

– Não estou mentindo. – Santi não consegue esconder a emoção. *Calma*, pensa ele, mas é tão inútil quanto tentar conter um furacão. – Eu não digo coisas que não sinto. Antes mesmo de te conhecer eu já te amava.

Ela o encara.

– Impossível.

Ele dá de ombros.

– Fale o que quiser, não ligo. É verdade.

Thora pondera e escolhe com cuidado cada palavra, enterrando os dedos na manta entre as mãos.

– O amor não funciona desse jeito. Ninguém ama alguém do nada. Você ama uma pessoa pelo o que ela é, pelo o que ela faz ou por causa da aparência dela. Tem sempre um motivo para elas merecerem esse amor.

Breve epifania: é exatamente isso que Thora quer. Uma discussão.

– E aí, de repente, você deixa de amar a pessoa caso ela deixe de ser quem ela é? Ou seja, se ela deixar de merecer esse amor? – indaga Santi.

Thora parece resoluta, como quem finalmente acaba de colocar os pés em terra firme.

– Sim – responde ela, com um ar provocativo.

Santi discorda.

– Thora, não. Se a base do amor fosse o merecimento, nenhum de nós seria amado por ninguém. Não, o amor é o que o mundo nos deve – acrescenta ele, com um sorriso de quem pede desculpas. – Só que, às vezes, ele não paga. Só isso.

Ela olha para ele com uma fúria abjeta. E por um instante pungente, é como se aquele sentimento o atravessasse e se apossasse dele. Mas Santi acredita que Deus entregou a ele essa missão, que, de algum modo, ele está neste mundo para salvar Thora. Mas o que fazer se a sua missão implica o sofrimento de Thora? Se o mundo deve amor a Thora, o que ele pode fazer para compensar o peso dessa dívida de tantos anos?

Ele escolhe esse momento para se retirar e ir até a cozinha. Não sente que saiu vitorioso da conversa; sente que saiu mancando de uma escaramuça, que teve a sorte de escapar com vida dela.

Héloïse chega, ainda com o uniforme do hospital. Com as chaves na mão, ela hesita.

– Você voltou a roer unha?

Santi olha para os seus dedos. Uma mania, que ele pensou ter vencido há trinta anos, volta feito um fantasma. Héloïse fecha a porta.

– Você não deveria fazer isso na frente da Thora.

Ele ri baixinho.

– Acha mesmo que eu tenho o poder de influenciar as escolhas dela?

Héloïse tira o casaco e, a caminho da mesa, abre a geladeira e coloca uma cerveja na frente de Santi. Ele a abre e toma um gole.

– Como sabia? – pergunta ele.

– Porque te conheço. Você vive o tempo todo como quem está sendo avaliado. E quer ser aprovado com louvor, sempre. – Ela beija a testa dele e alisa o cabelo desgrenhado do marido. – Mas isso aqui não é uma prova. Não tem nota nenhuma. O que a gente pode fazer é se esforçar para decepcionar a Thora menos do que ela já se decepcionou esses anos todos.

Ele começa a ensinar crochê para Thora no dia seguinte. Ela se atrapalha completamente com a lã e as agulhas e, dez minutos depois, se recusa a continuar. Santi mensura o progresso não pela peça que ela está tentando formar, que cresce poucos e lentos centímetros e diminui quase na mesma proporção à medida que ela desfaz os pontos errados. Ele confere a evolução nas farpas trocadas, nos pontos marcados. Ainda que estejam tecendo uma guerra, estão nessa juntos.

Mesmo não estando nem um pouco perto de consertar o estrago na manta, Thora começa a roubar comida da cozinha. Héloïse e Santi estão no quarto de Thora feito detetives na cena de um crime, olhando para as provas escondidas em uma lata debaixo da cama. Biscoitos, embalagens de batatas fritas, uma maçã ressequida, uma barra de chocolate dividida e embrulhada em pequenos pedaços individuais. A comparação é inevitável, Santi vê esses chocolates como ração militar. No parapeito da janela, de uma ponta a outra, ele encontra treze copos enfileirados, todos com uma quantidade d'água, alguns mais, outros menos. Ele toca um por um, em sequência, formando uma melodia peculiar.

– Ela vive feito um animal acuado – diz Héloïse baixinho, embora não tenham o que temer. Thora saiu com Lily, a única amiga que fez até o momento. – Melhor tirar essas coisas daqui?

Santi fecha a lata e a empurra de volta para baixo da cama.

– Não. A gente precisar fazer ela se sentir segura.

Com cuidado, ele devolve ao lugar os papéis que encontrou ao lado da lata: mapas de mundos impossíveis, desenhados à mão.

Héloïse mordisca o próprio lábio, uma mania antiga que tem piorado nas últimas semanas.

– Talvez ela nunca se sinta segura, não totalmente. Talvez tudo que ela passou tenha arrancado dela essa sensação.

Não há nada que aborreça mais Santi do que a falta de esperança.

– Tempo – diz ele. – É disso que ela precisa.

Ele liga para a mãe. Senta-se no toco da árvore que há no canto do jardim, porque Thora não gosta de ouvi-lo conversando em espanhol.

– Por quê? – pergunta ele na primeira vez em que ela ficou chateada.

– Você poderia estar falando de mim sem eu nem desconfiar.

Ele revira os olhos.

– Thora, eu não passo dia e noite falando de você.

O anoitecer daquele dia de verão cai pesado. Um pássaro noturno que Santi não consegue identificar emite um canto suave por entre as árvores.

– Traga ela aqui – diz a mãe dele. – Por que não traz ela? Quero conhecer a minha neta.

Santi esfrega a testa. Desde que se mudou para Colônia, ele não voltou mais para casa, esperava que a família fosse visitá-lo, porque tem sempre muita coisa da rotina diária que o impede de sair da cidade: Héloïse, o trabalho e agora Thora.

– A gente vai assim que a pombinha aqui se adaptar melhor.

Santi só usa esse apelido quando está ao telefone. Nada alimentaria ainda mais a paranoia de Thora do que ouvir o próprio nome durante uma conversa num idioma que não entende. A mãe de Santi não diz o que está pensando, mas nem precisa, ele sabe o que é. Que sua "pombinha" nunca vai se adaptar. Que ela vai se debater até sangrar contra as grades da gaiola que ele construiu para protegê-la.

Mais tarde, naquela mesma semana, ele saiu do Der Zentaur direto para casa. Chegando, coloca as chaves na mesa da cozinha. Félicette dá um pulo e se esfrega contra a mão dele.

– Thora? – chama ele em direção às escadas.

A voz dele vibra entre o silêncio incomum da casa. Ele vai até o quarto dela e bate na porta.

– Estou entrando – avisa, e abre a porta. No quarto, a bagunça de sempre. Uma fileira de copos d'água no peitoril da janela, a peça de crochê inacabada, abandonada em cima da cama. Ele vai até o banheiro (vazio), depois até o quarto dele e de Héloïse, apesar de não ter a menor esperança de encontrá-la por lá. Santi decodifica a mensagem que o mundo tenta transmitir a ele e identifica o seguinte: desastre. Ele decide ligar para a polícia.

E aí ele ouve um barulho no teto.

Santi abre a porta do sótão. Thora puxou a escada para cima, uma legítima fora-da-lei protegendo a toca. Ele puxa a escada para baixo e sobe apressado os degraus rangentes, preocupado com a possibilidade de ela ter se machucado, de ele ter fracassado na única coisa importante que tentou fazer na vida.

Thora não se machucou. Está sentada de pernas cruzadas ao lado do berço que Héloïse não conseguiu descartar nem doar. Os dedos de Thora escorregam entre as barras, como se ela estivesse brincando com algum bebê fantasma.

– Você queria ter um filho de verdade. – Ele jamais esperou ouvir essas palavras dela, que saem de sua boca feito um emaranhado de videiras.

Ele deveria dizer: *Você é a nossa filha de verdade. Nunca quisemos nenhum outro filho a não ser você*. Mas ele a conhece melhor agora, sabe quando as frases farão efeito como um tiro certeiro e quando Thora se desviará delas com a destreza de um combatente profissional.

– Nós tentamos, sim – afirma Santi. – Mas não estava no nosso destino.

– Não estava no seu destino? – pergunta Thora, contorcendo os lábios. – O destino dos meus pais era cuidar de mim. Eu deveria me sair bem na escola, ir pra faculdade, aprender Física e Biologia, e ser astronauta. – Santi vacila. Thora ainda não se dá por vencida. – Mas isso não aconteceu. Você e Héloïse não tiveram filhos e resolveram me adotar. – Ela discorda com a cabeça, num gesto raivoso, e puxa para baixo as mangas arregaçadas da blusa. – Nem vocês e nem eu tivemos escolha. A única diferença é que vocês querem dar algum sentido pra tudo isso. Como se essa sempre tivesse sido a vontade de Deus. Mas na verdade é pura falta de opção, não temos outra escolha.

Santi se vê numa emboscada; esgotaram-se os argumentos, a ponderação e a placidez da conversa. Infelizmente, ele não pode confessar o quanto aquelas palavras acertaram em cheio o medo que rondava o fundo do seu coração, de que ele é um mentiroso de primeira, o tipo que chama de "destino" tudo aquilo que ele não tem tanta preguiça assim em fazer.

De repente, um baque surdo na janela do sótão. Santi dá um sobressalto, apavorado. Deus batendo na janela. Thora já foi para a janela, delineando cautelosamente o fantasma com asas.

– Oh... – exclama baixinho. No ínterim entre a vida e o último suspiro de um passarinho, ela se transformou em outra pessoa. Ela sai depressa, empurrando Santi, e desce a escada tão rápido que deve ter machucado as mãos.

Ele vai logo atrás dela, desce e sai no jardim.

– Achou ele? – pergunta, se aproximando de Thora como se ela fosse o passarinho; combalido, metade morto, metade vivo.

Thora abre as mãos. O pássaro é verde, uma cor vívida e vibrante, da espécie dos periquitos selvagens que colonizaram a cidade. Ele permanece desfalecido no chão feito uma efígie, asas dobradas, olhos fechados.

– Que pena – lamenta Santi.

– Ele não morreu – diz Thora vigorosamente. Com cuidado, ela sopra o pássaro, arrepiando suas penas. Ele se contorce, abre e fecha os olhos.

Santi é tomado por uma onda de esperança, inebriante como vinho.

– Vamos levá-lo para dentro. A gente precisa manter ele aquecido.

Os dois improvisam uma caixa acolchoada no escritório de Héloïse e fecham a porta para impedir que Félicette entre. Santi mostra a Thora como dar água ao pássaro, usando uma pipeta, e a observa acariciar as penas dele com os dedos que raramente ficam para fora das mangas. Ele nunca viu Thora assim, tão concentrada, absorta.

Os dias passam e o pássaro não morre. Santi para de ir ao quarto procurar por Thora. Ao chegar em casa, ele vai direto para o escritório, onde inevitavelmente vai encontrá-la, debruçada sobre a caixa, dando de comer ao pássaro ou observando-o dormir. Às vezes, ela fica tão imbuída com o pássaro que Santi consegue observá-la como se ele não estivesse ali. Ele a contempla, e guarda na memória, como uma pedra preciosa, os gestos da menina delicada, curiosa. E fica embasbacado, afinal, como uma pessoa tão zangada e reservada como a filha pode cuidar com tanta ternura de uma criatura tão indefesa? Ele observa como ela cuida da ave, e percebe que ela faz isso de uma maneira que nem ele nem Héloïse, com suas boas intenções e com a distância que separa os três, nunca conseguiriam fazer.

– Escolhi um nome pra ela – anuncia Thora.

– Ah é?

Thora acaricia as penas do pássaro devagar, com a ponta do dedo mindinho.

– Urraquita – diz.

Pombinha. O apelido que Santi usa para se referir a Thora quando conversa em espanhol. Ele não pode contar a ela o que significa, que é o nome de um pássaro, em espanhol. Mas Santi já deveria saber que ela era esperta o suficiente para ter sacado o código.

Agachada, Thora olha para cima.

– Se ela morrer, a culpa vai ser nossa?

Santi respira fundo.

– O que você acha?

Thora demora um bom tempo para responder e, quando responde, ele finge não perceber a tensão na voz dela.

– Não, a gente não machucou ela. Só estamos fazendo todo o possível para ela melhorar.

– Certo.

Santi torce para que Thora esteja disposta a perdoar os dois, mas para isso, primeiro ela terá de perdoar a si mesma.

O pássaro se recupera. Dali a poucos dias, ele está saltitante, voando distâncias curtas em torno do escritório, fazendo Thora sorrir de um jeito que Santi nunca tinha visto.

– Você sabia que os periquitos são ótimos cantores? – pergunta, abaixando-se enquanto as asas zunem por cima de sua cabeça. – Bem que você poderia ensinar ele a cantar algo.

Thora lança um olhar para Santi.

– É sério? – pergunta, desconfiada.

Ele concorda, contente por ter despertado o interesse dela.

– É. Exige esforço. E não há nenhuma garantia que ele vá aprender.

Ela mal escuta a resposta. Está concentrada no passarinho, a mente cheia de ideias começa a cogitar o que pode ensiná-lo. Santi sorri e a deixa sozinha para pensar no assunto.

Ele se acostuma a chegar em casa e encontrar a porta do escritório fechada. Às vezes, escuta Thora repetindo algo sem parar, mas não consegue decifrar as palavras. Até que, um dia, a porta fica aberta. Ele hesita, se perguntando se deve entrar ou não.

– Santi – chama Thora.

É tão raro ouvir sua filha chamá-lo, ainda mais solicitando a presença dele, que Santi se detém novamente.

– Sim?

– Vem cá – pede ela, impaciente.

Quando ele entra no escritório, vê Thora sentada no sofá, o periquito empoleirado no dedo dela. Ela parece alegre, agitada, animada. E as emoções continuam oscilando, tão rápido que Santi não consegue acompanhar.

– Ei, Urra – diz ela gentilmente –, você queria dizer alguma coisa?

– Socorro – diz o periquito. – Estou presa dentro desse pássaro.

Thora olha para Santi, sorridente e triunfante. Por um momento, ele simplesmente a encara. Em seguida, começa a rir, e ri muito, contente e surpreso, até que os dois começam a rir juntos a ponto de perder o fôlego.

– Eu precisei ficar repetindo a frase várias vezes. Mas no final funcionou. – Ela pula na própria cadeira, assustando o pássaro que começa a voar em direção à estante dos livros. – Quero ensinar outra coisa pra ela.

Santi sorri e se recosta, perplexo com a obra divina, como a constatação de que todo o esforço dele, Santi, não significava nada perto de um pássaro ferido que caiu do céu. *Obrigado*, diz ele consigo, em silêncio. *Obrigado por este presente.*

Assim como Deus dá, ele também tira. Santi chega em casa na noite seguinte e encontra o escritório vazio. Com o coração batendo forte, apavorado, ele vasculha a casa inteira. Pela janela do quarto de Thora, ele a avista no jardim, sentada no toco da mesma árvore onde ele conversou com a mãe dele, ao telefone.

Ele vai até lá e se senta ao lado dela. Thora não está chorando. Mas, por mais estranho que pareça, essa ausência de lágrimas parece pior, demonstra uma tristeza profunda, como se algo dentro dela tivesse quebrado.

– Eu levei ela lá pra fora – murmura. – Achei que ia fazer bem pra ela tomar um pouco de ar.

– Puxa. – Santi agacha para ficar mais perto dela. – Quando foi isso?

– Hoje de manhã. Ela não voltou – conta, com a voz tensa. – De que adiantou tudo aquilo? Se ela ia simplesmente voar e ir embora?

O grande teste, Santi se dá conta neste momento, não era cuidar do pássaro, mas se desapegar dele. Desapegar-se de todo o amor e dedicação internos, ainda que com eles se fossem também alguns órgãos vitais. Ele segura a mão dela.

– Sempre houve esse risco... de ela ir embora. Mas isso significa que não valeu a pena?

Thora puxa a mão de volta.

– Pode parar. Você está fazendo aquela coisa de novo, me pergunta umas coisas e faz parecer como se eu mesma tomasse as minhas decisões, mas na verdade você só está me dizendo as respostas que quer ouvir. Vai. Pode continuar.

Santi não consegue evitar e acaba levantando a voz.

– Você precisa se sentir orgulhosa pelo que fez. Ela não estaria viva se não fosse por você.

– Então, eu queria ter deixado ela morrer.

Santi não diz que ela está falando aquilo da boca para fora. Mas pelo calor da raiva, ele sabe que ela não quis dizer aquilo. Ele olha para o bosque depois do jardim. E imagina o pássaro voando das mãos de Thora: um rompante desengonçado de liberdade, seguido de uma pausa na cerca, o entremeio entre ficar e partir. Santi sempre tentou observar o mundo à procura de símbolos. Mas este, precisamente, uma espécie selvagem que foge do amor ofertado, ele se recusa a analisar. Sua filha não é um pássaro. Ela se chama Thora. E ele não vai deixá-la partir com tanta facilidade.

– Talvez ela volte para visitar a gente – comenta ele.

Thora discorda, enfaticamente.

– Ela não vai voltar. E mesmo que volte, não vai se lembrar de mim. Vai ser como se eu nunca tivesse existido.

– Mas você vai se lembrar dela. – *Por que será que as palavras soam tão pesadas, como se se referissem a coisas tão complexas quanto as galáxias?*, se pergunta Santi.

– O que é pior ainda. – Ela olha para ele, com os olhos arregalados e nem um pouco marejados. – Não quero voltar a ver ela nunca mais.

Santi está começando a desenvolver uma certa intuição em relação a Thora, feito a consciência cega de uma planta em relação ao sol. Ele sabe que precisa deixá-la digerir isso sozinha. Ele aperta o ombro dela e começa a voltar para a casa.

Mas a intuição dele estava errada. A conversa ainda não acabou.

– Por que você sempre acha que sabe mais do que eu?

Santi interrompe o passo e se vira. Todas as respostas, "porque eu sou seu pai, porque eu sou mais velho etc.", soam ocas feito mentiras.

– Eu não acho – diz ele. – Mas neste momento, é meu dever fingir que sei. – A resposta tão inusitada é suficiente para silenciá-la. Ele suspira. Está muito cansado, cansado demais para reprimir a pergunta que não deveria fazer. – Por que tem tanta raiva de mim?

Ela fica imóvel. Santi a conhece o suficiente agora para saber que há muitas emoções guardadas ali, sentimentos que ele suspeita que nem mesmo Thora consegue compreender.

Santi, então, sai do terreno conhecido e decide seguir seu instinto explorador que diz: "Saia, há algo aqui fora que valerá a pena".

– Thora, não fui eu quem te abandonou.

Ela o encara, e há algo de estranho nesse olhar.

– Mas vai me abandonar.

Santi se agacha de frente para ela, pega sua mão relutante.

– Eu nunca vou te abandonar.

Ele não deveria mentir para ela. Precisa transmitir confiança, transparência, não fazer promessas impossíveis de serem cumpridas. Mas no momento em que diz essa frase para Thora, ele acredita. E, ao olhar para Thora, percebe que ela acredita também.

– Mentiroso – esbraveja. Ela empurra a mão dele e corre para dentro de casa, batendo a porta com força depois de entrar.

Santi esfrega os olhos cansados. Ele olha para cima e vê as estrelas que serviram de inspiração para o teto de Thora, obscurecidas pelas nuvens. Um desejo antigo se apodera dele: estar lá nas alturas, ver tudo isso de um ângulo diferente.

É tarde demais. O caminho se fechou para ele agora. Terá de se contentar com essa perspectiva limitada e embaçada, na esperança de que alguém, com uma visão de longo alcance, guie seus passos. Ele endireita os ombros e entra em casa, atrás da filha.

O DESTINO

Thora se sente leve como uma pena.

Ela flutua debaixo d'água, os ouvidos zunem com a pressão, as pontas verdes do cabelo flutuam sobre os olhos. À frente dela se desdobra a nebulosa e azul-acinzentada imensidão do lago, um mundo infinito a ser explorado. Ecos ressoam através da corrente, o ruído de um barco a motor, o grito das crianças brincando perto das margens. Thora consegue prender a respiração por bastante tempo. Ela ginga com as mãos, girando, mergulhando, mirando a linha das boias que marca o limite da área de nado. Mais alguns segundos e ela estará perto da área de mergulho, quando poderá adentrar a liberdade das profundezas das águas abertas.

Algo prende o calcanhar dela. Ela chuta, empurra a perna e usa a força do corpo para se libertar do que quer que seja, mas continua presa, agarrada pelo tornozelo. É uma espécie de cabo de guerra, uma pequena batalha da qual sai perdedora. Antes que consiga se livrar do que a prende, o corpo é puxado de cabeça para baixo para a superfície. A água entra pelo nariz e ela se engasga, se afogando.

Ao chegar na superfície, ela puxa o ar.

– Seu idiota! – pragueja contra o irmão, que está no lago também, a cabeça acima do nível da água, rindo.

Santi ri e semicerra os olhos por conta do reflexo do sol na água.

– A senhorita ia ultrapassar o limite da boia – diz ele, jogando água em Thora. – Pensa que eu não vi?

Thora joga água contra ele também.

– E daí?

– E daí? Você não sabe qual é o problema com a água do outro lado?

Ela torce o nariz.

– Além de mil pessoas terem mijado nele?

Santi inclina a cabeça, fazendo cara de ironia.

– Mil e uma.

– Eca! Que nojento! – E com isso Thora sai água adentro, nadando para longe o mais rápido que consegue. Quando Santi sai logo atrás, ela muda para o nado *crawl*, forçando-o a voltar para a margem. Thora então sai da água, pingando, e se joga na areia. Nesta época do verão, a costa de Fühlinger See fica lotada, famílias e famílias tentando fugir do calor da cidade. Thora caminha pela areia até o ponto em que a linha do horizonte de Colônia aparece por entre as árvores. Ela acha suas toalhas, e o exemplar de *O guia do mochileiro das galáxias* virado para baixo, e o pega enquanto Santi se joga na toalha ao lado dela e se deita, fechando os olhos. Thora tenta se concentrar na leitura, mas a costa é exatamente o oposto do que havia debaixo d'água: barulhenta, segura e abarrotada de ruídos humanos e tão familiares. Ela tira os olhos do livro e olha para o irmão, imóvel como um cadáver e tão intrigante quanto um.

– Acho que vou fazer uma tatuagem – diz ela.

– Hum – grunhe ele.

Thora suspira. Metade dela queria poder mandar o irmão para o espaço. A outra metade gostaria que ele não fosse tão distante. É estranho pensar que por um triz, por um triz mesmo, ele não estaria aqui: oito anos atrás, uma estrada molhada e escorregadia, um piscar de olhos, o acidente que matou a família biológica de Santi e ela própria, ao menos na sua versão filha única. Ela lembra como era naquela época: sozinha, sim, mas autossuficiente, sentia-se bem na própria companhia. Agora, para se divertir, ela depende desse trouxa que não abre a boca para nada.

– Que tédio – reclama ela.

– Tédio é coisa de mente pequena – rebate Santi, sem abrir os olhos.

Ela começa a jogar areia nele até Santi recuar.

– Quer brincar de pirata?

Ele abre os olhos por uma fração de segundos, apenas para revirá-los e fazer uma careta.

– Não acha que a gente está meio grandinho demais pra brincar disso?

O comentário machuca. Thora nunca quis "ser grandinha demais para brincar" do que os dois mais gostavam. E ela realmente não acredita que ele não tenha mais idade para esse tipo de brincadeira. Ele só conhece o que os meninos de catorze anos devem curtir: carros, garotas e brigas. Nunca, jamais brincar de explorar o mar com a própria irmã. Ele nem queria ter vindo com ela hoje. Só concordou em vir porque não queria ficar em casa escutando os pais brigarem.

Thora olha para água de novo e lembra da imensidão azulada que há ali debaixo, do som abafado e da luz ondulada, e da sensação de uma verdade a ser desvendada lá embaixo, leve o tempo que for necessário para isso.

– Por que não me deixa ultrapassar a barreira?

– É perigoso – murmura Santi. – Olhe as placas. Não saber ler, não é?

– Não – retruca Thora.

Santi abre um olho e olha para o livro que Thora segura. Ela, devagar, o vira pouco a pouco, até ficar de cabeça para baixo. Santi dá uma risadinha e balança a cabeça.

Thora persiste.

– E desde quando você se preocupa com sinalização? Tem um monte no farol de Ehrenfeld, mas você desrespeitou todas e subiu até o topo.

Santi endireita o corpo e se senta, afastando a areia das costas.

– Ali era uma situação diferente.

– Por quê?

– Porque, pelo farol, vale a pena quebrar as regras.

Thora bufa, desdenhando.

– Você me falou que não tinha nada demais lá. Que não passa do esqueleto oco de uma construção.

– Mesmo assim. E tem outra coisa, nessa água aí não tem nada a não ser xixi e latas velhas.

– Como pode saber se nunca mergulhou lá? – Santi está fazendo o que ela mais detesta, fingindo saber mais que ela. – Por que você tem que bancar sempre o... irmão mais velho?

– Porque eu sou seu irmão mais velho.

– Ah, sim, por causa de meia hora. Isso não conta.

Santi acredita que o fato de os dois terem nascido quase no mesmo instante não foi por acaso, mas por uma obra do destino, que resolveu unir os dois. Já Thora acha engraçado dizer às pessoas que os dois são gêmeos, quando na verdade não se parecem nem um pouco. Ela cruza os braços e diz:

– Você entendeu muito bem o que eu quis dizer. Essa sua mania de agir como se eu fosse uma criança que pode se machucar a qualquer momento. Acontece que eu não sou mais criança.

Thora nunca se sentiu criança. Não se sentiu quando tinha seis anos e estava dentro do carro do pai, que capotou na estrada molhada, e se sente muito menos agora, aos catorze, chateada e sem poder dizer o que sente porque Santi tem os seus motivos para estar chateado também, motivos esses que não se comparam aos dela.

– Por que você simplesmente não admite que faz isso porque eu sou mulher e...

– Não é esse o motivo. Faço o que faço porque não vou deixar você correr perigo por um motivo tão besta quanto esse.

Às vezes, Thora se esquece do óbvio. Santi perdeu tanta coisa desde criança que a ideia de perder a irmã é simplesmente insuportável, como se o Deus em que ele acredita o testasse até o último limite.

– Santi, é só um lago – diz ela, com mais gentileza do que imaginaria ter. – Não tem tubarão aí nem tsunami. Não vai acontecer nada comigo. – Ela não diz a ele que quer, sim, que algo aconteça com ela, que tem sede do desconhecido e de tudo o mais que ele possa trazer, uma vontade tão louca que ela mal se sente capaz de transmitir em palavras.

– Já chega desse assunto – afirma ele.

Ela abre a boca para contra-argumentar, mas desiste no segundo seguinte. Não é da natureza dela recuar. Mas vai fazer isso por Santi. *Com quem será que aprendi isso?*, ela se pergunta.

– Ei – chama ela, se aproximando até ele olhar para ela. – Eu não vou sair daqui – acrescenta.

– Minha família biológica disse o mesmo naquele dia.

Ele leva a mão ao rosto e o esfrega.

– Todo mundo diz isso. Vai lá e faz ao contrário.

Santi nunca fala da família biológica. Thora escuta tudo calada e imóvel, como se estivesse ali apenas na escuta, ouvindo ele falar sozinho.

– Meu pai morreu no meio da frase. – Ele fica sério e começa a roer as unhas. – Eu nunca parei de pensar nisso. Por que Deus não deixou ele concluir aquela frase?

Porque Deus não tem nada a ver com isso. Thora armazena o pensamento na pasta "coisas que não ajudam em nada" e faz uma nova tentativa.

– E o que ele estava dizendo?

– Nada demais. Discutindo com a minha mãe sobre a próxima curva. – Ele vacila. – Quando penso nas coisas que ele poderia ter dito, se soubesse...

– Eu acho... – Thora hesita, sem ter certeza se cabe a ela dizer isso. – Eu não acho que eu gostaria de saber. Acho que preferiria apenas...deixar as coisas acontecerem como tem que ser. Como mais um fato da vida. Morrer estando viva, entende?

Santi ergue a cabeça e olha para ela.

– Você tem medo de morrer?

– Sim – responde, sem hesitar. – Tenho pavor. Mas porque eu acredito que não tem nada depois da morte. – Ela dá de ombros. – Mas pra você é diferente. Você acredita que vai encontrar os seus pais e sua... sua irmã.

Ele assente e desvia o olhar para a areia. Thora imagina os dois morrendo. Ali, naquele exato momento, um cometa em chamas, caindo do céu em direção à Terra, mandando os dois para onde quer que acreditem que irão. Ela é tomada por uma estranha e repentina sensação de solidão, e se pega imaginando Santi em algum lugar do mundo, em algum lugar do futuro, com uma vida perfeita, uma família de verdade, enquanto ela... Thora se recompõe. Afinal, ela não estaria mais viva para poder sentir a falta dele.

Santi começa a cavar a areia, como se estivesse tentando encontrar algo que não lembra onde enterrou. Thora, sentada, abraça os joelhos, pensando no acidente, e em como, depois disso, a solidão dela foi substituída pela dor de Santi. Ela já pensou centenas de vezes e está mais do que decidida: se tivesse que desistir de Santi para trazer a família dele de volta, ela o faria. Ela pensa nisso mais uma vez agora, fechando os olhos, se imaginando sozinha na praia, imaginando Santi de novo com a irmã, o pai e a mãe biológicos. Thora gosta de cutucar feridas abertas, uma dor mental equivalente a umas fisgadas na pele até as unhas deixarem umas marcas de meia-lua. Mas Santi não vai mais permitir que ela faça isso.

– Eu nunca te falei isso mas... por um tempo, depois que eles morreram, tive certeza de que era pra eu ter morrido também. – Ele ri, caçoando de si mesmo, da própria ingenuidade infantil. – Achei que Deus tinha cometido algum erro. E que, a qualquer momento, Ele se daria conta disso e viria para me levar. – Santi começa a bater na areia, como se tivesse lhe dando facadas, no ritmo de um batimento cardíaco irregular. – Nos primeiros dias que passei no nosso quarto, eu não pegava no sono à noite. Só ficava lá, esperando.

Thora lembra bem disso. Ela também não dormia. Deitada na cama de sempre, no seu quarto tão familiar, olhando para as constelações reluzentes do teto, perguntando-se como tudo tinha mudado, de repente. O espaço vazio do outro lado foi preenchido por uma silhueta escura, de respiração curta e hesitante.

– Não foi difícil imaginar como seria. Digo... morrer, entende? Era quase como uma lembrança... – Um arrepio, sabe-se lá de onde, percorre Thora por inteiro e vem acompanhado de uma sensação de tontura que desaparece tão rápido quanto surge. A voz de Santi vacila. – Mas eu simplesmente continuei pensando em todas as coisas que eu nunca seria ou faria. Que eu nunca aprenderia a voar. Nunca veria o mundo, muito menos as estrelas. – Ele começa a chorar, e Thora desvia os olhos, não suporta ver Santi assim. Ela quer se atirar na água e mergulhar, se esconder naquela imensidão azul onde tudo é silencioso e nada pesa tanto.

Santi esfrega a mão no rosto, deixando a pele com um rastro de areia.

– Eu quero reencontrar a minha família. Quero muito. Mas não quero morrer. E eu... não sei se um dia eles me perdoariam por isso.

Ele chega a soluçar, o corpo fica trêmulo, mas se cala, como se a boca pudesse conter toda a emoção. Thora fica paralisada. *Socorro*, pensa, sem saber ao certo a quem clama. O espírito da irmã biológica de Santi, talvez, que deveria estar aqui para reconfortá-lo por conta da dor que sua morte causou? O que ela faria? A resposta vem não em forma de palavras, nem mesmo de um pensamento, mas como um gesto instintivo, e de repente ela abre os braços e envolve Santi com eles. Ela o abraça forte, e ele se entrega, agarrando-se como se Thora pudesse consertar tudo que está quebrado dentro de si. Por cima do ombro dele, o mundo indiferente segue adiante: uma criança construindo um castelo de areia, um homem dormindo com um livro apoiado na cara, um outro homem de casaco azul e cabelo comprido correndo à beira d'água. Thora nunca se sentiu tão chateada: com a família de Santi por ter morrido; com o Deus dele, por tê-lo abandonado; com o universo negligente por tê-lo desviado do caminho da pessoa que ele deveria ser. Ela não sabe ao certo de onde vem essa sensação, mas enxerga claramente uma versão de Santi se a família não tivesse morrido, uma versão que ela nunca conheceu. Uma versão mais calma, menos frustrada, mais risonha. Santi como era para ser. E ela sem ele, mais sozinha, irritadiça, menos disposta a perdoar. Talvez os dois estivessem aqui mesmo, nesta praia, sentados em lados completamente diferentes, ele sem nem sequer perceber a menina carrancuda de cabelo verde e ela sem fazer a menor ideia do menino risonho sentado com sua panelinha de amigos. Thora imagina os dois passando lado a lado debaixo da água, duas meras sombras nas ondas azuis.

Santi a solta, aos poucos. Está mais calmo agora, respira mais devagar, e o rosto está quente de vergonha.

– Desculpe. Droga, que vergonha – diz ele.

Thora enfia as pontas dos dedos na areia fria.

– Eu não vou contar pra ninguém – promete ela.

Por um momento, os dois olham um para o outro, Santi com os olhos vermelhos e um sorriso tímido, e Thora metade aliviada e metade triunfante, como se tivesse passado num teste que ela não sabia estar por vir. É quando o homem de casaco azul de repente cai de joelhos ao lado deles.

– Desculpe. Tem alguma coisa vindo ali... – diz ele, olhando para trás e para frente, entre os dois. – Desculpe, eu tentei...

Thora não sabe ao certo o que acontece na sequência. Lembra apenas de um barulho terrível e um tremor que dura um instante que parece a eternidade. O tempo recua, volta ao passado: ela, com seis anos, os faróis iluminando a estrada molhada, e no momento da colisão, toda a sua vida passa feito um filme, do nascimento à morte, mudando tudo. Ela e Santi caem juntos, ele com a cabeça enterrada no ombro dela, ela com os braços envolvidos nele, abraçando forte, como se isso pudesse salvá-los do fim do mundo. *Ainda não é a hora*, é o único pensamento que escapa da mente dela antes de tudo parar.

Ela abre os olhos. Santi começa a soltá-la do abraço, devagar. Os dois estão na praia, em Fühlinger See, as crianças brincam na beira da água, e tudo continua como estava.

Quase tudo. Thora escuta um barulho que se sobrepõe ao falatório dos banhistas e ao som da água. Um carrilhão, suave mas insistente, feito um relógio que marca uma hora infinita. O homem de casaco azul agacha ao lado deles, com as mãos apoiadas na areia. De canto de olho, Thora percebe uma luz, mas quando vira a cabeça para olhar nessa direção, a luz desaparece. Ela sente um cheiro de fumaça no ar, tosse, tentando recuperar o fôlego, mas não adianta. Ao seu lado, Santi está agachado, arfando, mas ela não olha para ele. Está hipnotizada pelo homem de casaco azul, que está paralisado e com o rosto preocupado.

O carrilhão para. O cheiro de fumaça desaparece. Thora não sabe se tudo aquilo aconteceu mesmo ou se não passou de imaginação. Seja qual for o caso, ela se sente zonza, como se tivesse ficado debaixo d'água por muito tempo. Ao lado dela, Santi respira fundo, e vai, pouco a pouco, se acalmando.

O homem de casaco azul se senta, parece atordoado.

– Está tudo bem – diz ele a Santi, tocando o braço de Thora. – Está tudo bem – repete, como se fosse o verso decorado de um poema em alguma língua estrangeira.

– E o senhor? – pergunta Santi. – Está...

De repente, os olhos azuis do homem reviram como se parecesse desmaiar. Santi se inclina e se aproxima dele.

– Ei! O que foi?

Estranhamente, o homem esboça uma sequência de expressões. Dá um sorriso, depois faz uma careta de dor e depois volta a rir. Thora sente um frio na barriga.

– Acho que ele está tendo um derrame.

– Merda – fala Santi, olhando para ela. – Trouxe o seu celular?

Ela faz que não. Thora não queria deixar o aparelho ali enquanto os dois estivessem nadando.

– Corre – diz ela. – Procura alguém pra poder ajudar, chamar uma ambulância. Eu fico aqui com ele.

Num segundo, Santi se põe de pé e sai em disparada pela areia. Por muito tempo, Thora não vai se esquecer daquela cena: o casaco azul do homem esparramado do lado dele feito duas asas, um azul mais claro que azul-celeste, a areia voando pelos calcanhares de Santi enquanto ele corre.

– Alguma coisa aconteceu – diz o homem repetidamente, várias vezes.

– Eu sei – afirma Thora, na esperança de que o fato de saber que há alguém escutando o ajude. – Qual seu nome? – pergunta ela.

O homem a olha com o rosto trêmulo e vacilante, como se Thora tivesse as respostas, como se ela pudesse salvá-lo.

– Peregrine – responde.

– Peregrine, a ajuda já vai chegar. Aguenta firme.

PARTE II

O CÉU NÃO É O LIMITE

As estrelas estão erradas.

Santi está deitado de barriga para cima, a grama do Uni Park fazendo cócegas em seu pescoço e o ar prenunciando uma iminente tempestade de verão. Aqui, no cinturão verde que separa a cidade dos subúrbios, está escuro o suficiente para começar a enxergar luzes dispersas no céu. E é um conjunto estável e permanente de estrelas, como se elas fossem as únicas que já existiram em todo o universo.

Ele fecha os olhos. Estrelas, de diferentes formatos, brotam na memória. E quando ele se permite enxergá-las todas de uma vez, o céu fica repleto, totalmente coberto por elas e se transforma num mar resplandecente de luz.

Santi sempre acreditou no destino, sempre acreditou que há um caminho traçado para o curso das coisas. Mas não leva a própria crença ao pé da letra, a ponto de acreditar que tudo está escrito nas estrelas, afinal de contas, está fazendo doutorado em astronomia, logo... Mesmo assim, a recordação do céu ainda o intriga.

A ideia de que existem outras possíveis configurações para o universo, de que Deus poderia executá-las em paralelo, vai contra tudo em que ele acredita. A única maneira de aceitar a recordação que não o deixa é encará-la como uma mensagem que ele ainda não está preparado para entender. Santi observa o mundo como um detetive, um poeta, esperando a clareza do sentido das coisas.

Em uma praça, no centro da cidade, há uma torre muito antiga, em ruínas, coberta de grafites e com um relógio no topo. Por cima de outros rabiscos, alguém escreveu ali: O CÉU NÃO É O LIMITE. Na primeira vez em que viu essa frase, Santi interrompeu o passo e ficou ali, parado. Estava acostumado com a loquacidade da cidade, com os *slogans*, frases que que brotavam dos muros em diferentes idiomas. Mas aquelas seis palavras pareciam o registro escrito do próprio pensamento, transmutado pela mente de outra pessoa e direcionado exatamente para ele.

Às vezes, ele se pergunta se não seria esse o único motivo pelo qual não enlouqueceu. Santi não está sozinho. Alguém se sente tão deslocado quanto ele neste mundo, e um dia os dois se encontrarão, cara a cara.

Ao abrir os olhos, as estrelas se foram. Santi pisca, mas não vê nada, a não ser as nuvens da tempestade se movendo. Uma gota de chuva cai bem na bochecha, depois outra. Quando decide levantar, a chuva desaba do céu feito um rio, e a trovoada o acompanha no trajeto pela grama até o Physikalisches Institut. Ele encosta o cartão no leitor até as portas abrirem. Lá dentro, sacode a cabeça, na tentativa de escoar um pouco a água do cabelo. Já passa da meia-noite, o prédio está silencioso. Ainda assim, ele não se surpreende quando chega à porta de vidro do laboratório e vê uma figura solitária lá dentro.

– Olá, doutora Lišková – cumprimenta ao entrar.

Com seu olhar azul desconfiado, a orientadora de Santi ergue os olhos, sem levantar a cabeça. Ela está com a mesma roupa de quando ele a viu da última vez, há dois dias. Ele se pergunta se ela teria dormido ali, encolhida debaixo da própria mesa, protegida pelo zunido modesto dos computadores. Ele passa a maior parte do dia com ela, ainda assim, a conhece pouquíssimo. Não sabe onde ela mora, nem quantos anos ela tem. Apesar de umas mechas brancas no cabelo, a doutora Lišková não tem rugas, logo, ou ela ficou grisalha antes do tempo, ou por vontade própria tinge o cabelo para parecer mais velha (quanto a essa última opção, Santi não ficaria surpreso se fosse verdade).

– Está encharcado – comenta ela.

– É. – Santi sorri, passando a mão pelo cabelo molhado. – Está caindo o mundo lá fora.

– Só tome cuidado pra não molhar nenhum desses equipamentos inestimáveis.

Em partes, esse olhar indiferente da orientadora agrada Santi. Ele sente uma certa paixonite por ela, mas na verdade sente isso por todas que conhece: Héloïse, a francesa linda que trabalha no café do campus; Brigitta, a garçonete do Der Zentaur, com seu olhar germânico e suas mãos cuidadosas.

Ele verifica a simulação que deixou processando quando saiu do laboratório. Uma série de mensagens de erro aparece na máquina. Santi pragueja e rastreia o primeiro alerta. Ao identificar o erro, ele ri.

– Que foi?

– Dei à simulação um *input* que ela não esperava e... – Ele vira para a doutora Lišková. – Acho que rompi a lei da gravidade.

Ele se surpreende ao vê-la sorrir bem discretamente.

– Ossos do ofício.

Com a boca fechada, cantarolando pelo nariz, baixinho, ele começa a resolver o problema. Está compenetrado em seu universo de modelos quando a voz da doutora Lišková o tira do transe.

– Pode parar com isso?

Desta vez, quando ele vira, ela está olhando para ele.

– Parar com o quê?

– Com essa musiquinha anasalada. Está me dando nos nervos.

– Ah, tá bom. Desculpe – murmura ele. E, com isso, se volta para o computador, mas a concentração se foi. E todo o trabalho parece inútil: mexer num modelo grosseiramente simplificado do cosmos na vã esperança de extrair dele a resposta que procura. Ele suspira e se espreguiça, se contraindo ao sentir a dor familiar no pescoço.

– O que foi agora? – retruca a doutora Lišková.

Às vezes, Santi não a entende. Um vaivém constante como se parte dela desejasse que ele não existisse, enquanto a outra estivesse sempre esperando por uma reação.

– Nada – responde. – Só meu pescoço.

Ela muda a expressão.

– Não acha que é jovem demais pra ter esse monte de dor, uma aqui, outra ali...

– Presente que um doutorado está me dando – brinca, com um sorriso, que ela não retribui.

– Eu tenho doutorado, e meu pescoço não dói. Sua postura deve ser horrível – retruca ela, voltando-se para a tela.

Santi a encara, até ela olhar de volta para ele.

– E vale a pena? – pergunta ele.

Ela desvia o olhar rapidamente.

– Se não tiver essa resposta daqui a dois anos, não posso fazer nada.

Santi gira a cadeira em direção ao computador.

– Sei lá. Quando eu era criança e tinha o sonho de estudar as estrelas, pensava que ia passar mais tempo olhando pra elas.

– Na verdade, *olhar* não é fazer ciência.

Santi faz que não com a cabeça.

– Obrigada pela orientação – murmura baixinho. Ele corrige o erro e configura a próxima execução da simulação, depois vai para a copa passar um pouco de café. Ele toma a primeira golada da caneca, apoiando os pés na mesa onde cópias de jornais antigos servem de porta-copos improvisados.

Ele sabe que não deveria falar com a doutora Lišková do jeito que fala. E que ela não deveria falar com ele do jeito que fala. Os dois simplesmente não se entendem, e Santi não sabe se o problema é ele ou ela. Não que ele não goste dela, pelo contrário. Se os dois tivessem outro tipo de relação, diferente de orientadora e aluno, poderiam até se dar bem.

Como se tivesse sido convocada pelos pensamentos dele, ela entra na copa para tomar uma xicara de chá. O barulho da chaleira funciona como o alarme de um lembrete para Santi: hora de mais um café. Ele pega a xícara para reabastecê-la, mas ela está mais pesada do que ele esperava. O café quente espirra pela borda e queima a mão dele.

Santi reclama. A doutora Lišková o observa e se diverte.

– Rompeu a lei da gravidade de novo?

Ele pensa numa resposta, mas aí se lembra do que está prestes a fazer. Então, encara a caneca cheia de café, e constata a anomalia que o universo acaba de cometer.

– Estava vazia.

A doutora Lišková despeja a água na caneca dela.

– Você quer dizer que pensou que ela estava vazia, é isso?

– Não. Tenho certeza de que estava vazia. – Santi olha para ela. – Tem quanto tempo que estou aqui?

Ela olha para o relógio de pulso.

– Faz trinta minutos que saiu do laboratório.

Santi repara que a maneira como ela responde não é arbitrária, é uma confirmação, uma maneira de atestar o que ela viu com os próprios olhos.

– Bom, eu estava aqui esse tempo todo. Já me viu levar mais que dez minutos para tomar café?

– É, geralmente você toma café como se fosse suco – admite. Ela pega o chá e se senta. – Suponho que hoje tenha sido uma exceção.

Santi percebe que ela não está levando muito a sério a conversa.

– O café está quente – diz ele, mostrando a pele da mão, vermelha. – Não pode ser o mesmo café que peguei quando entrei aqui.

– Então, alguém entrou e serviu outro pra você.

Ele vira e se senta.

– Tá legal, vamos lá. Primeiro, pode ser que no prédio inteiro haja só mais duas pessoas a esta hora. Segundo, como eu não teria percebido uma pessoa parada bem do meu lado, me servindo café?

A doutora Lišková se vira para ele. Santi nunca a viu tão envolvida em uma conversa que não fosse sobre pesquisa.

– Você pegou no sono, então.

– Depois de beber uma caneca cheinha de café, em dez minutos?

Ela dá de ombros.

– Normal, no seu caso. Já te peguei cochilando aqui depois de beber uma jarra inteira.

Santi faz que não com a cabeça, rindo e ao mesmo tempo sério.

– Vai continuar listando explicações racionais para o que aconteceu?

Ela fica séria.

– Não entendo. E o que mais eu deveria fazer? Que outra alternativa há para contra-argumentar?

Santi abre a boca, faz que vai responder, mas desiste e a fecha. Ele olha para o próprio café, que continua lá, do mesmo jeito inexplicável.

A doutora Lišková compreende. Ela ri, e isso é algo tão incomum da parte dela que Santi a encara.

– Ah, entendi! Você acha que foi obra de um milagre! Ave, César! Saudações à sagrada xícara de café! – A doutora se inclina diante da xícara, fazendo uma reverência exagerada.

Santi não quer que ela perceba que o encurralou.

– Então, acha que devo aceitar uma das suas explicações para o que aconteceu?

Ela arregala os olhos.

– Deve – diz. – Claro que deve.

– E se a minha percepção e a minha memória me dizem que essas explicações estão erradas?

A calma forjada dele parece fazer efeito. Santi percebe a frustração da doutora feito faíscas que irrompem em torno dela.

– Nesse caso, você deveria saber que a sua percepção e a sua memória estariam erradas. Você conhece a ciência, Santi. Num acidente de carro, por exemplo, as testemunhas não conseguem descrever o que aconteceu com precisão nem mesmo cinco minutos após a batida. Somos máquinas defeituosas e pesadas, uma criação grosseira e ocasional, fruto de um acidente porque algumas células começaram a se reproduzir aleatoriamente. Não entendo por que não aceita os fatos, em vez disso... em vez disso, você prefere acreditar que uma criatura celestial gosta tanto de você que resolveu te servir mais uma dose de café.

Santi olha para ela, tomado por um sentimento profundo e intenso, sem saber bem qual. Ela o encara de volta, como se a fé dele a repelisse tanto quanto o ceticismo dela o repele. Ele percebe como a doutora o observa, como se estivesse de frente para uma espécie de filme repetitivo e entediante.

Uma batida na porta da copa o tira do transe.

– Poderia falar um pouquinho mais baixo? – pergunta uma pós-graduanda com cara de sono. – Estou aqui do lado, tentando terminar um trabalho.

– Ah, claro. Desculpe – diz Santi.

A aluna sai e fecha a porta.

– Jesus Cristo – zomba a doutora Lišková. – Estamos parecendo meus pais.

Ora, uma confidência pessoal revelada feito o vulto discreto da cauda de um peixe um segundo antes de ele voltar a mergulhar nas profundezas da água. Santi imagina uma criança de sete anos emburrada, tapando os ouvidos. A nitidez da imagem causa arrepios.

– Não estou concluindo nada – diz ele, abaixando o tom da voz. – Só estou com a mente aberta para a possibilidades, só isso. E você? Por que faz tanta questão de não acreditar?

Frustrada com a pergunta, a doutora passa as mãos pelo cabelo com mechas grisalhas.

– Se Deus tivesse o poder de operar milagres, por que ele perderia tempo enchendo a sua caneca de café em vez de...sei lá, erradicar as doenças do mundo? Ou, quem sabe, revelar os segredos do universo?

– Porque ele queria deixar algo pra você fazer.

– Ah, fala sério.

– Tá bom. Talvez porque fazer uma coisa dessas seria incontestável. Mas a questão de encher a caneca... eu fui o único que passou pela experiência. Não posso comparar o fato com nada além da minha própria memória. Logo, sou eu quem decide se atribuo o que aconteceu à minha própria percepção ou a algum tipo de milagre. E é justamente essa decisão... que define a fé.

– E por que diabos você resolveu ser cientista? – indaga a doutora Lišková, em voz alta.

– Eu te devolvo a pergunta. Por que decidiu ser cientista?

Ela faz que não com a cabeça, bebericando o próprio chá, mas Santi não a deixa escapar.

– É sério! Por que escolheu a astronomia? Em algum momento da vida, você deve ter olhado para as estrelas e sentido... alguma coisa. Um certo deslumbramento.

Lišková fica ainda mais séria.

– Deslumbramento é negar a necessidade de uma explicação lógica. – E, com isso, ela levanta e vira abruptamente em direção à porta. – Preciso voltar e terminar o trabalho.

Santi fica observando enquanto ela sai, sentindo que foi deixado sozinho à beira de um precipício. Ele fica na copa para terminar o café. Espera que a bebida tenha um gosto diferente, mas o sabor é o mesmo. Não sabe ao certo se isso aumenta ou diminui a possibilidade de aquilo ter sido um milagre.

Ao voltar para o laboratório, ele detecta uma nova mensagem de erro antes de ligar o monitor novamente. Ele dá um suspiro.

– Caiu de novo – lamenta, sem esperar que a doutora Lišková pergunte.

– Não se pode esperar que dois milagres aconteçam na mesma noite – diz ela.

Não resta outra alternativa a Santi a não ser sorrir.

– Da próxima vez, vou pedir a Deus pra não desperdiçar as chances com café.

– Hum. – E com isso ela se cala, concentradíssima no computador. E quando Santi veste o casaco e vai embora, a doutora Lišková não desvia os olhos da tela.

Ele volta para o apartamento no Bairro Belga e desaba na cama, cercado pelas imagens de estrela de que se lembra. Quando acorda, o dia está amanhecendo. Ele toma banho, troca de roupa e sai pelas ruas ensolaradas de Neumarkt para encontrar uns amigos em Der Zentaur. A mesa comprida e barulhenta hoje tem uma figura a mais e inesperada: Héloïse, *crush* de Santi da cafeteria do *campus*.

– Conheci um amigo dela – explica Jaime em espanhol, sem se preocupar em falar baixo. – E, sim, senhor, agora você me deve uma.

A noite de verão é regada a vozes arrastadas, ao tilintar dos copos ora cheios, ora vazios e à luz fraca. Santi passa de uma conversa a outra, alternando entre inglês e alemão, mudando para o espanhol para falar com Jaime sempre que não querem que os outros entendam. Enquanto a quantidade de marcas do copo de cerveja nos porta-copos aumenta mais e mais, Santi passa mais e mais tempo observando Héloïse através do espelho que há atrás do balcão. Ele contempla o brilho da pele dela entre a pouca luz do ambiente, o jeito com que as tranças balançam quando ela ri. Ele está muito longe dela à mesa para puxar conversa. Héloïse está bem ali, à vista, mas tão inalcançável, sempre.

A garota sentada de frente para ele se levanta, deixando a visão da janela livre. Na mesa do lado de fora, duas mulheres discutem. Uma delas parece estar chorando. A outra parece tensa, está de braços cruzados. Quando uma delas faz que não com a cabeça e vira em direção a janela, Santi reconhece o rosto: doutora Lišková.

O olhar dos dois se cruza pela vidraça. Santi fica paralisado, certo de que ela o viu, mas Lišková se vira, estendendo a mão em cima da mesa, em direção à mão da outra mulher.

Jaime dá uma batidinha no ombro dele.

– O que você está olhando?

– Minha orientadora – responde Santi, devagar, perplexo com o que vê.

Jaime ri e dá um tapa na mesa.

– Gente, olha! Aquela ali fora é a orientadora do Santi!

Como se fossem um único ser, todos viram em direção à janela. Santi agacha e se esconde.

– Parem! Não olhem para ela.

– Ela é mais nova do que pensei – comenta Jaime.

– Gostosa – diz um cara que Santi nem conhece.

– Parece que está brigando com a namorada – observa Héloïse. Maravilha. Justo *agora* ela resolveu falar com ele.

Santi cobre a cabeça.

– Gente, alguém pode cavar um buraco no chão pra eu me esconder?

A súplica é ignorada. Surgem numerosas e entusiasmadas especulações a respeito da vida amorosa da doutora Lišková. Santi rói as unhas e bebe até chegar ao desejado estado de esquecimento. Pela janela, a orientadora e a namorada trocam um gesto apaixonado. Depois de um tempo impreciso, mas que parece uma eternidade, a namorada se levanta e vai embora. Com certeza, a doutora Lišková também vai se retirar. Mas isso não acontece. Ela permanece ali, feito um fantasma raivoso, pedindo vinho, uma taça atrás da outra, ingerindo a bebida goela abaixo como se fosse uma espécie de veneno merecido. Aquela cena causa um certo constrangimento, mesmo assim, Santi não consegue parar de olhar. A garota de frente para ele, que há um tempo tinha retomado o assento, cansada de vê-lo espiar por cima do ombro dela, se levanta e troca de lugar.

Por fim, Jaime o sacode e diz:

– Ei, a gente tá indo.

Santi, desorientado, diz:

– Ah. Tudo bem.

– Quer que a gente faça um montinho em volta de você, enquanto a gente sai? Sei lá, tipo... um escudo humano?

Santi reflete sobre a sugestão.

– Melhor não. Vai dar na cara. Vou ficar aqui, esperando. Só faz um favor. Na saída, façam bastante barulho. Enquanto ela estiver distraída olhando pra vocês, eu saio de fininho.

Jaime ri, mas segue a sugestão e comanda a saída. Santi os observa do lado de fora, trôpegos, gritando e cambaleando pela calçada. A doutora Lišková tira os olhos da sua enésima taça de vinho. Santi respira fundo, abaixa a cabeça e caminha rapidamente, logo atrás dos amigos.

– Santi. Santiago López. Santiago López Romero. – Ela pronuncia o nome dele com a fala arrastada, mas perfeitamente articulada. Considerando que ele a viu entornar praticamente duas garrafas de vinho, sozinha, Santi quase fica impressionado ao ouvi-la. – Por favor, pare de ofender a minha inteligência e a sua e dê meia-volta.

A doutora Lišková está sentada à mesa, agarrada à sua taça de vinho vazia feito a corrente de uma âncora. Ela não chorou nem está chorando agora. Além de tristeza, há alguma outra emoção nesta cena. Santi teve a impressão de tê-la visto com raiva em algum momento da conversa com a outra mulher. Mas agora a raiva é elementar, incandescente, e está completamente voltada para si, dentro dela.

– Como... como vai? – pergunta ele.

É uma pergunta tão absurda que ele não espera outra resposta a não ser uma gargalhada. Mas Lišková sequer esboça um sorriso.

– A Jules acabou de terminar comigo – diz ela, acendendo um cigarro. – É isso.

Santi queria poder abrir asas e voar, ser teletransportado ou contemplado por alguma espécie de milagre que o tirasse daquela conversa.

– Pensei que eu tinha controle... – explica ela. – Achei que eu poderia simplesmente... escolher não deixar ela ir. – Enquanto Lišková bate as cinzas do cigarro, Santi nota uma tatuagem no pulso. Estrelas, uma constelação que parece familiar. – Talvez se eu tivesse feito alguma coisa diferente... Talvez, quando pedi pra ela voltar para a Holanda comigo, eu deveria ter perguntado de um jeito que a fizesse aceitar. – Ela para e dá um trago no cigarro. – Talvez haja um universo paralelo, e agora eu esteja no nosso apartamento... tão lindo... em Amsterdã, com ela, em vez de estar aqui, de frente para o idiota do meu orientando.

A memória de Santi o atormenta. Outra vez, mais uma discussão. Uma mecha de cabelo azul contra o céu escuro. Ele afasta o fantasma da lembrança e tenta voltar à realidade.

– Não acho que as coisas funcionem assim – diz ele.

– Claro, você sabe como elas funcionam. – Ela volta a bebericar o vinho, e parece chateada ao perceber a taça vazia. Lišková aponta a taça vazia para ele. – Ei, será que o seu amigo lá de cima pode me arranjar mais uma dose?

Santi cerra os punhos. Ele desvia o olhar e olha em direção ao outro lado da praça, para o grafite na torre do relógio. O CÉU NÃO É O LIMITE.

– Fui eu – diz ela.

Por um segundo, ele fica sem entender, não sabe a que ela se refere. Foi ela o quê? Quem teve a culpa pelo fim do relacionamento? Quem pediu vinho suficiente para botar um cavalo para dormir? Neste momento, ele acompanha o olhar dela, apontando para o grafite.

– A frase? – pergunta, olhando para ela. – Está dizendo que foi você quem escreveu aquilo?

Ela concorda.

Não pode ser. Mas é. A doutora Lišková, a orientadora distante e cética, é o par que faltava em sua vida. Finalmente ele começa a entender a repulsão magnética entre os dois, os dois polos que lutam por abrir distância entre si. Ele gargalha.

– Então é você – diz ele. – É você a outra pessoa que lembra.

A franqueza do olhar embriagado o surpreende.

– Do que está falando?

De canto de olho, Santi avista Jaime, acenando para ele em uma ruazinha, perto dali. Mas Santi não quer ir embora, não depois do que descobriu.

– As estrelas. – Ele se preparou a vida inteira por este momento. Agora, as palavras saem atropeladas, numa velocidade incontrolável. – Eu... Eu me lembro de constelações que não existem. De céus inteiros que nunca existiram. Toda vez que eu olho pra cima, tudo o que vejo é o que não está lá. – A doutora Lišková toca a própria tatuagem no pulso. Ele continua falando em meio ao silêncio dela, esperando uma reação. – Escolhi a astronomia para descobrir o significado disso. E você entrou na astronomia para explicar isso. Mas nós dois continuamos sem resposta.

Ela não diz nada. O cigarro em sua a mão continua aceso, queimando, formando uma cauda cinzenta feito a de uma estrela moribunda.

– É verdade – diz Santi, mas a voz vacila no meio da frase. – Diga que se lembra. Não me deixe sozinho nessa.

Os lábios dela se mexem. Santi sente uma onda prematura de alegria.

– Não estou entendendo nada – responde Thora. Os sinos da catedral tocam enquanto ela começa a se levantar. A taça de vinho bambeia e cai, rolando pela mesa até parar numa rachadura. – Vou pra casa. E você deveria fazer o mesmo. Esqueça nossa conversa, faça de conta que nunca aconteceu. – Ela faz que não com a cabeça, transtornada. – Meu Deus, espero que eu esqueça também.

Santi, confuso, a observa ir embora.

Ao cruzar a praça, contornando a fonte em direção às letras enormes do grafite, ele olha para cima.

Por um segundo, ele jura ter visto todas elas, cada estrela de que se lembra, sobrepostas em uma fileira progressiva, formando uma espécie de mensagem que ele não compreende. Sob a luz prateada, os ponteiros do relógio, congelados, marcam uma e trinta e cinco.

UM MUNDO MELHOR

Thora está na escada de incêndio do nono andar do hospital, observando as cinzas do próprio cigarro voarem pelos ares, rua abaixo. De frente para ela, o centro antigo de Colônia se esparrama, uma massa escura de prédios irregulares entremeados por faixas de paralelepípedo. O ar vibra com o som do carnaval: a batida de um tambor, as risadas entusiasmadas dos foliões embriagados. Um bando de gente vestindo fantasia de animais corre pelas vielas, aparecendo e desaparecendo feito uma alucinação. Para abafar o ruído, Thora cantarola consigo mesma uma melodia que não sai da sua cabeça desde que ela acordou.

– Achei que ia te encontrar aqui – diz a colega Lily, se aproximando ao lado dela.

– Hum. – Thora semicerra os olhos, se concentrando na torre antiga do relógio.

Lily balança a mão de frente para o rosto dela.

– Alô, Thora? Planeta Terra chamando!

– Desculpa. Pode falar, estou aqui. É que... sempre foi assim?

Lily olha em direção para onde Thora aponta.

– O quê?

– O relógio. Ele parou em uma e trinta e cinco.

– Ah, sim – responde Lily, num tom de que quem não tem a menor dúvida.

Thora franze a testa.

– E desde quando ele marca esse horário?

– Hum... Há uns duzentos anos?

– Entendi. – Thora esfrega os olhos cansados.

Lily dá um tapinha no ombro dela.

– Não seria bom marcar uma consulta pra você com o neurologista?

– Engraçadinha. Qualquer dia desses, acabo descobrindo um tumor no cérebro e aí a piada vai perder a graça.

– Ah, vai. E você vai me agradecer. Vai precisar de alguém por perto pra achar graça da situação.

Thora se afasta do gradil.

– Por que a gente faz isso? – pergunta ela a Lily.

– Fisioterapia geriátrica? Ou está falando de outra coisa?

– Não, fisioterapia geriátrica mesmo.

– No seu caso, eu diria que provavelmente por questões não resolvidas devido à morte prematura da sua mãe. – Lily é uma das poucas pessoas que conhece Thora o suficiente para poder brincar com ela sobre o assunto. – Fora isso, acho que você gosta de se jogar em coisas impossíveis. Agora, falando por mim...sinceramente, só Deus sabe. Às vezes acho que ele me jogou aqui bem do seu lado agora pra você ter com quem conversar.

– Eu não acredito em Deus – diz Thora.

– Melhor assim. Se acreditasse, era capaz de querer brigar com ele. Por que o cosmos isso, o cosmos aquilo etc. e tal...

Lily está tentando distrai-la. Mas Thora não quer se distrair. Ela quer ligar para Jules e conversar sobre esse assunto, mas Jules está numa reunião. E talvez seja melhor assim. As duas têm discutido muito ultimamente. Thora tem percebido um certo afastamento da parte de Jules. E isso causa tristeza e ao mesmo tempo cansaço, como assistir a mesma história pela centésima vez, conhecendo o final de cor.

Thora boceja e passa as mãos pelo cabelo. Optou pelo corte curto desde que a mãe morreu, quando também começou a tingi-lo de rosa, mas seu subconsciente ainda está acostumado com o comprimento longo. As mãos de repente caem frouxas, como se esperassem a continuação do movimento. *Será que todo mundo sente isso? Esse anseio de viver de diferentes maneiras, de existir em todas as possíveis versões de si mesma?*, ela se pergunta.

– Tem sempre aquele momento, não tem? – pergunta ela, dando um peteleco na bituca do cigarro, observando-a cair escada abaixo. – O momento em que você escolhe. Este caminho ou o outro. E se eu tivesse escolhido um caminho diferente?

De lado, Lily olha para ela.

– Neste caso, se livraria do seu paciente das três horas.

Thora suspira.

– Quem é mesmo?

Lily olha a lista com a escala dos funcionários.

– Ah. Está com sorte. É o senhor López.

O coração de Thora se anima.

– Eu sei que você está brincando. Mas esse realmente será o ponto alto do meu dia. Isso é muito triste?

Com calma e sem demonstrar nenhuma emoção, Lily olha para ela.

– Eu sei que você quer que eu diga não. Mas não fui programada para mentir.

Thora segura a porta corta-fogo aberta, deixando Lily entrar primeiro.

– Vamos, Lily, você sabe a dor de cabeça que são os pacientes. De vez em quando é bom arranjar algum com quem a gente se dê bem.

– Verdade. – Lily dá um tapinha nas costas dela. – Fique tranquila, não vou contar pra Jules sobre o seu amante secreto.

Por cima do ombro, Thora mostra o dedo do meio para Lily. Chegando ao consultório, ela pega a ficha do senhor López, e bem neste momento a porta abre.

– Boa tarde, doutora Lišková.

– Ainda não sou médica – diz ela com um sorriso. – Mas pelo menos você acertou o meu nome. Você é o único que nunca erra.

O senhor López franze a testa.

– Nunca achei que fosse um nome difícil de lembrar.

– Quem dera. Geralmente, eu desisto de repetir e passo por Jane Smith. – Enquanto ele ri, ela pergunta: – E como se sente hoje?

Ele responde com um sorriso que evidencia as marcadas linhas do tempo em seu rosto.

– Melhor agora, vendo você.

– Chega desse papo, seu xavequeiro. Me mostre suas mãos. – Ela começa a examiná-lo. – Alguém andou voltando a desenhar.

– É o meu jeito de dar sentido ao mundo – retruca.

– E também um jeito de forçar sua síndrome do túnel do carpo.

Ele olha nos olhos dela.

– Se eu não treinar, não vou melhorar.

Sem dizer nada, Thora se pergunta o quanto ele ainda pode melhorar, com a idade que tem. *Que pensamento mais perverso*, pondera ela, e trata de desviar mentalmente o assunto.

– Tem feito os exercícios?

– Tenho. Todo dia. – Ela percebe que ele não está mentindo, outro motivo pelo qual gosta tanto dele. O senhor López, ao contrário de muitos pacientes, não se resigna. Também não está bravo, pelo menos não como ela estaria, na situação dele. Ele simplesmente faz o que pode e deixa o resto por conta do universo. É o tipo de atitude que ela respeita muitíssimo.

Ele sorri para ela, enquanto Thora o observa, tentando identificar algum sinal de dor.

– E você, como se sente hoje?

Ela ri.

– Você é o único paciente que me pergunta isso.

– Ah, sei. Tentando fugir da pergunta, hein?

Ela o encara.

– Tá bom. Já que faz questão, estou me sentindo meio... estranha.

– Estranha? – Ele levanta as sobrancelhas. – Você deveria tirar uma folga. Minhas mãos podem esperar.

– Não, não é nada físico. Só... – Ela senta e olha nos olhos ele. – Alguma vez já olhou ao redor e teve a sensação de não entender nada?

– Sim – responde. – Mas eu tenho oitenta anos. Você ainda é jovem pra sentir isso.

– Talvez eu tenha espírito de velha.

Ele sorri.

– Melhor do que ter corpo de velho.

– Pra quem tem um corpo velho, você está se saindo muito bem – rebate. – Vou indicar um remédio pra dor, se não resolver, o senhor precisa diminuir o desenho e continuar com os exercícios. Eu sei que dói muito fazer esses exercícios, mas sua amplitude de movimento está ótima, muito melhor do que antes.

Ela volta para o computador para terminar de prescrever a receita. Enquanto digita, ela vê o reflexo dele na tela, olhando para as paredes ao redor do consultório: o mapa de estrelas atrás da cadeira dele; a cópia do juramento de Hipócrates, no idioma original, grego antigo (um jeito passivo-agressivo do pai de dizer que se fosse para se dedicar à saúde dos humanos, que escolhesse então se tornar médica); a foto dela e Jules se beijando numa parada gay de Berlim. O senhor López é de uma geração diferente, de uma cultura diferente, portanto, ela teme que ele faça algum comentário. Mas quando ele decide falar, a pergunta não é nada do que ela esperava.

– Que música é essa?

Thora não se deu conta de que estava de novo cantarolando pelas narinas, uma melodia anasalada.

– Ah. É... uma música que não sai da minha cabeça. Não sei de onde tirei. Por quê? O senhor conhece?

O senhor López não responde. Quando ela vira para entregar a receita, ele está com uma cara estranha, como se quisesse dizer alguma coisa para ela. Mas ele não diz nada e vira a cabeça na direção do mapa estelar, o segredo público de Thora, desafiando os curiosos a fazer perguntas. Thora acompanha o movimento dele, pensando nesse meio-tempo em como explicar que o mapa é uma espécie de válvula de escape, uma maneira de controlar a vertigem que ela sente quando olha para o céu à noite e pensa nas dezenas de maneiras diferentes de como as coisas poderiam ter sido. *Estas são as estrelas. Esta é a sua vida. Estas foram suas escolhas.*

– Eu achava que um dia eu iria pra lá – diz ele, batendo no mapa, em algum ponto a anos-luz de distância.

Thora decifra a angústia no olhar dele e a saúda como uma velha amiga. Dali a algumas décadas, ela terá a idade que ele tem agora. Será uma velha, presa à Terra há anos.

– Eu também – diz ela.

Ele pega a receita da mão dela.

– Eu sei que pode soar egoísta, mas fico contente que não tenha conseguido – comenta ele. – Ou então não seria a minha médica.

– Eu não sou...

– Eu sei. – Ele levanta, vacilante, e leva a mão à nuca.

– Está sentindo alguma coisa? – pergunta ela.

Ele faz que não com a cabeça.

– Sempre tive essa dor, desde que me entendo por gente. Infelizmente a doutora não tem o poder de curar isso.

Ela esboça um sorriso sem graça enquanto ele caminha até a porta. Antes de sair, ele hesita.

– O que foi? – pergunta Thora.

O senhor López franze a testa, como se não estivesse muito seguro do que está prestes a dizer, mas por fim, ele diz.

– Quando você falou que às vezes tem a sensação de não entender nada ao seu redor... O que quis dizer com isso?

– Quis dizer que... – Ela hesita. A consulta terminou. O próximo paciente cancelou, mas o senhor López não sabe disso. Ela deveria parar de falar, pedir para ele ir para casa, mas ele não tira os olhos de Thora, e ela, sem saber o motivo, sente vontade de compartilhar seu sentimento com ele. – Eu me lembro que ele já foi um lugar melhor.

Ele solta a maçaneta.

– Melhor como?

Thora engole em seco a angústia tão familiar.

– Minha mãe... ela morreu depois de sofrer um derrame, quando eu tinha dezesseis anos. E eu sinto... sei lá, me esforço pra não pensar nisso, mas sinto que não era pra ter acontecido. Que existe um mundo em que isso não aconteceu, e que, nesse mundo, vieram outras coisas boas depois. *Talvez esse mundo... sejam as estrelas?* – Ela sabe que precisa se conter. Não sabe por que está falando essas coisas para um paciente. Mas também sente que é importante que ele entenda o que ela quis dizer. – Eu achava que se eu me esforçasse bastante, que se me concentrasse o suficiente, conseguiria viajar pra lá. Para outro mundo. Um mundo melhor.

Com lágrimas nos olhos, o senhor López a observa. Thora entra em pânico.

– Ah, me desculpe! Falei algo que não devia?

Ele esfrega a aliança de casamento que há na mão direita e enrugada.

– A minha esposa... Há trinta anos, ela reagiu a um assalto, a abordaram com uma faca e... eles a mataram. Tentei impedir, mas... – A voz dele vacila.

Héloïse. O nome irrompe no pensamento de Thora. Ela fica reflexiva. O paciente acaba de revelar uma tragédia da vida pessoal e ela está ali, olhando para o nada.

– Meu Deus! – diz, se esquecendo que o senhor López provavelmente acredita em Deus e não vai gostar nem um pouco dessa blasfêmia. – Lamento muito. Acho que o senhor tem as suas razões para querer viver em outro mundo.

Ele leva a mão ao bolso do paletó. Thora espera que ele vá mostrar alguma fotografia, e quem estará nela: uma mulher morena, de tranças grossas e sorriso reticente. Prendendo a respiração, ela espera que ele contrarie suas expectativas. Mas a mão do senhor López continua no bolso do paletó, agarrada a alguma coisa.

Ele desvia o olhar para a janela, para a cidade em que a chuva transforma numa espécie de mosaico borrado.

– Eu sou... digamos assim... um fatalista. Não acredito que pudesse ter acontecido de modo diferente. E encontrei um significado nisso tudo... No fato de ter ou não acontecido... acredito que ela esteja viva em algum outro lugar, e ainda comigo... Ou melhor... com alguém que sou eu, mas não sou... uma cópia estranha de tudo o que eu sou. – Ele enxuga as lágrimas, com a mão trêmula.

Thora o observa, se perguntando o que pode estar acontecendo com ela. Nada. O nome, a imagem, tudo não passa de gatilhos aleatórios do próprio cérebro. Nenhuma relação com o senhor López nem com a falecida esposa dele. *Então, que tal comprovar?*, sussurra uma voz. *Muito fácil. Diga o nome dela. Descreva-a e observe a reação dele.* Mas esta conversa já passou da hora de acabar. Por mais curiosa que esteja (e está, muito!), não vale o sofrimento dele.

– Me desculpe – pede Thora. – Não cabe a mim... O senhor é meu paciente, eu não deveria estar aqui cogitando com o senhor as possíveis alternativas da sua própria vida. Não sei o que me deu.

Ele respira fundo.

– Talvez seja um dom. A possibilidade de enxergar um mundo melhor – diz, fitando os olhos dela. – Mas não acredito que as coisas seriam assim, como você fala. Não acredito que seria tão fácil assim. Não. Seria necessário muito esforço para isso.

Thora se permite refletir sobre o que acaba de ouvir. A ponderação desperta uma lembrança, feito uma cena em chamas: ela, sentada ao lado da cama da mãe depois do derrame, desesperada para conseguir alcançar a máquina e fazê-la voltar a funcionar. O desejo que a desviou do caminho que ela pensava ser dela e a lançou num rumo completamente diferente. Um rumo que acabou trazendo-a até ali, um consultório no nono andar de um prédio, numa tarde chuvosa de Colônia, com um senhor que a olha com uma infinita paciência, como se os papéis estivessem invertidos.

– Está ocupada, doutora – diz o senhor López. Ele abre a porta. Thora se esforça para conter a vontade de pedir para ele ficar. Sente-se estranhamente inquieta com o fato de o tempo entre os dois ser tão curto. *Não me deixe sozinha agora*, é um grito que irrompe internamente, sem que ela saiba bem de onde ele vem.

– Eu não deveria dizer isso, mas o senhor é o meu paciente favorito – confessa.

O senhor López a observa com um olhar sombrio.

– Se me resta pouco tempo de vida, por favor, seja sincera.

Ela ri.

– Não. O senhor ainda tem uns bons dez anos pela frente. Cinco deles trabalhando ativamente, com essas mãos, se fizer tudo como eu disse. – Ela segura a mão dele. Durante o cumprimento, ele repara na tatuagem no pulso dela.

Thora segura a porta para ele.

– Até a próxima – diz ela.

Ele pestaneja e fica olhando para ela, confuso.

– Até a próxima – concorda, depois, com cuidado, ele fecha a porta.

Ao final do dia, Lily aparece na sala, enfiando a cabeça ao lado do batente da porta.

– Ei! Falta muito aí? A gente está indo pra Chlodwigplatz pra se juntar à galera, se você quiser vir...

Carnaval. Uma semana de festa e bebedeira nas ruas, com a desculpa esfarrapada de sempre: extravasar antes da Quaresma. A ideia de participar disso tudo desperta em Thora a vontade de pular da janela do nono andar. Ela esfrega os olhos enquanto desliga o computador. No reflexo escuro da tela, Thora observa o próprio rosto, que parece perdido. Há algo que não sai da sua cabeça, algo que ela não consegue entender, mas que permanece ali feito cheiro de fumaça de cigarro no cabelo.

– Desculpe, hoje não vai dar.

– Vai sair com a Jules?

– Não, a Jules está fora do país. Tenho um compromisso hoje com o meu sofá e um pote de sorvete – diz, com gentileza. – Sei que soa meio antissocial, mas...

– Mas você prefere assistir a *Contact* pela quinquagésima vez a sair conosco, humanos reais. Tá legal. Eu entendo. – Lily balança a cabeça, fingindo estar ofendida. – Se cuida – acrescenta e, com isso, vai embora.

Caminhos, escolhas, pensa Thora, enquanto o som dos passos de Lily pouco a pouco diminuem no corredor. Caminhos e escolhas que se contrapõem, uma, duas, várias vezes, numa constante ininterrupta e aterrorizante. Mas também esperançosa. Talvez, no final das contas, ela não tenha se prendido a nada. Talvez não seja tarde demais para procurar um mundo melhor.

Ela tranca a porta do consultório, enrola no pescoço o cachecol de tricô que o próprio pai fez e desce as escadas. O celular toca. Thora suspira e atende.

– Oi, *tati*![2] Tudo bem?

– Oi! Muito, muito bem! – O pai parece estar bêbado. – E você?

– Tudo bem. Estou saindo do trabalho. – A porta automática da recepção abre e Thora dá de cara com uma tempestade. – Acabei de ter uma conversa meio doida com um paciente.

O pai ri discretamente, desdenhando.

– Não estou surpreso. Todos senis esses seus pacientes.

Não mais do que você, ela escuta ao longe uma resposta raivosa despontar dentro dela, como se outra Thora dissesse aquilo, mas decide não dar ouvidos a ela.

– Olha, preciso ir pra casa agora, estou de bike, mas... posso te visitar amanhã?

Um momento de silêncio.

– Tá bom. Combinado. Até amanhã.

A chuva fica ainda mais forte assim que ela chega à sua bicicleta. Thora coloca a toca do moletom e sai, desviando de um caminhão que quase a empurra para um buraco.

– Olha por onde anda! – grita ela, em alemão, inglês e, como se não bastasse, também em tcheco. *Que belo final para essa sua breve epifania*, pensa ela. Morrer num acidente de bike.

---

2   "Pai" na língua bávara. [N. E.]

Quando a chuva diminui e as nuvens começam a clarear, ela pedala pelo Neumarkt, contornando o Bairro Belga, atravessando o parque onde a mesquita brilha sob a luz do entardecer. Ela pedala até Ehrenfeld, passa pelo café turco e chega ao farol, perto dos trilhos do trem. Enfim, casa. Enquanto estaciona a bicicleta e destrava a porta do prédio, ela toca o seio, apalpando o caroço que a incomoda e de que Jules tanto fala, pedindo para ela agendar uma consulta com um médico. *Depois*, pensa ela. Em seguida, entra e fecha porta.

ESTAMOS AQUI

Santi está perdido.

Fica ali, parado, no meio de rua comercial movimentada, uma pedra em meio a um mar de gente curiosa. Ele conhece o resultado de um ano de sono perturbado: olhos assustados, tremedeira, uma tensão e um nervosismo que faz as pessoas se manterem distantes. Mas ele sabe que os olhares não são por esse motivo. Ser o centro do mundo é cansativo. Às vezes, ele queria simplesmente que as pessoas parassem de fazer isso. "Procurem outro" é o que ele gostaria de dizer, mas o problema é que todas as outras pessoas, sem exceção, são completamente transparentes. Mesmo que ficassem todos enfileirados, na frente dele, se esconder seria tão inútil quanto tentar se esconder na água cristalina.

Ele não tem dormido mal esses dias. Conseguiu um lugar fixo no albergue agora. E é pra lá que está tentando ir, mas as ruas dessa cidade se entrelaçam, parecem começar e terminar no mesmo lugar ou levam a becos sem saída. Ele leva a mão à jaqueta, à procura do seu talismã: a faca que era do avô. *O importante,* pensa ele, *é saber quem você é. Só assim é possível saber para onde se caminha.*

Ele escolhe uma rua e caminha por ela, os olhos semicerrados. Essa rua o tira do estado de confusão, e o leva para a área aberta e verde do parque, a sensação de que mundos diferentes terminam e começam de repente, estranhamente conectados. O vento arrasta as folhas que passam por ele, e a imensidão da cidade se propaga sob os seus pés. Ao cruzar o parque, raios de luz solar irrompem em torno da mesquita; de um lado, a área verde e, do outro, o crescimento pós-industrial de Ehrenfeld. O som se mescla a uma outra luz, um fogo celestial que, invisível, brilha no canto do olho dele. Ele pega a rua principal que leva ao coração do bairro. O farol perto da linha férrea mexe com ele, uma sensação difícil de explicar. Há uma revelação prestes a acontecer. Santi olha para o céu, as nuvens passam por ele feito navios inimaginavelmente acelerados, e essa imagem cresce cada vez mais, dentro e fora dele.

Na porta do albergue, ele procura o cartão, mas sente o bolso vazio. Pragueja. Esqueceu que perdeu o cartão naquela manhã, no pátio, perto da torre do relógio. Foi tudo muito rápido, num segundo, o cartão caiu do bolso e foi parar na grama, no outro, simplesmente desapareceu. Ele imagina o cartão escorregando em algum buraco por aí e se sente zonzo, nauseado. Ele aperta a campainha.

– Alô? – atende uma mulher, a voz comprimida pelo aparelho do interfone.

Santi sente um arrepio na nuca.

– Oi. Eu... eu perdi meu cartão.

– Certo. Um momento. – A campainha vibra e a porta abre.

A mulher atrás do balcão ergue a cabeça quando ele entra. Cabelo loiro tingido, curto, olhos azuis e penetrantes.

– Acho que o senhor quer um novo cartão, certo? – pergunta. Santi está prestes a dizer seu nome quando ela pergunta: – Santiago López?

Ele sente um arrepio.

– Como sabe meu nome?

– Ah... andei olhando as fichas.

Ele olha em direção à mesa dela, e lá encontra apenas a ficha dele, aberta. Sua vida retratada em poucas páginas, o eixo da própria existência, a base de todos os Santis passíveis de existência.

Ela fecha a pasta rapidamente.

– Um segundo, por favor – pede, levando a cadeira do escritório até a impressora.

A moça cantarola baixinho, pelas narinas, sem pronunciar uma palavra sequer, uma melodia que Santi conhece. Seus olhos percorrem a mesa dela. Uma caneca com estampa de estrela, cheia de chá. Uma foto dela abraçando de lado uma mulher sorridente.

– Aqui está, senhor López. – Ela entrega a ele o cartão novo. – Aproveitando, eu sou a Thora. Thora Lišková – acrescenta.

Ele fecha os olhos.

– Raposa.

Ela tosse.

– Como?

– Seu nome. – Ele abre os olhos e observa o rosto dela, à procura de pistas. – É o significado dele.

– Sim. – Ela sorri discretamente. – Os outros funcionários... me contaram que o senhor gosta de saber o significado das coisas. O senhor fala tcheco?

– Não.

Ela franze a testa.

– O seu nome significa "lobo". – Ela pensa no que acabou de dizer, confusa. – Eu... eu não sei de onde tirei isso.

Santi sente o mundo virar de cabeça para baixo.

– O que faz aqui? – pergunta gentilmente.

– Sou estagiária da área de assistência social. Sou nova aqui, comecei hoje de manhã...

– Não. – Ele a interrompe. – O que você está fazendo aqui?

– Eu... – Ela é familiar, tudo nela é familiar. Os olhos azuis-claros, a franqueza desse olhar. Ela tem mais ou menos a idade dele, apesar de ele saber que parece mais velho. A vida foi mais gentil com ela, desta vez.

– Você... – diz ele, compreendendo tudo de repente. – Você faz parte disso.

A expressão dela muda, fica reticente.

– Desculpe, não estou entendendo.

– Está sim. – A convicção flameja dentro dele. Ela é a revelação, e ela sabe disso. Ele bate as mãos no balcão. – Fale! – grita ele. – Fale o que está acontecendo comigo.

– Acalme-se. – Ela estica o braço até o botão de pânico, debaixo da mesa.

Ele tem poucos segundos para chegar até ela. Assim, inclina-se sobre o balcão, olha fundo nos olhos dela. E as palavras surgem como se não fosse pela primeira vez, como se já tivesse dito aquela frase antes.

– Não me deixe sozinho nisso.

Enquanto os assistentes o afastam, ele percebe uma mudança na expressão dela.

De volta ao quarto, os funcionários tentam acalmá-lo, conversando com ele. Dizem que não é permitido ameaçar a equipe, e que caso isso volte a acontecer, não poderão aceitá-lo mais no albergue. Explicam-lhe que uma das características da doença que ele tem é atribuir certo sentido a coisas e lugares, e que a impressão de conhecer Thora de outra ocasião não passa de mais um item da extensa lista de sintomas.

Santi finge compreender tudo. Depois que os funcionários saem, ele tira a faca do paletó e a enfia debaixo do travesseiro, um antigo hábito sem o qual não consegue dormir. Na cama estreita, ele deita de lado e fica olhando para a parede, procurando similaridades entre as rachaduras, até pegar no sono.

No sonho, ele está correndo pelo hospital, pelos intermináveis corredores ramificados, e todos eles levam à escuridão. É um sonho normal, e até rotineiro, a não ser quando a vê, de cabelo rosa, parada bem debaixo de um impossível raio de sol. Mesmo em sonho, ele reconhece que há algo de errado. A mulher que conheceu era loira. Esta é uma Thora diferente, mais velha, mais gentil, visivelmente sofrida.

No sonho, ela parece tão surpresa quanto ele por estar ali.

– Senhor López – diz. Depois, hesitante, acrescenta: – Santi?

O chão estremece. Santi cai. É como se o universo de repente se dividisse em dois e um buraco enorme se abrisse no chão. Thora está do outro lado. Ele estende a mão, e quase chega a alcançar os dedos dela.

A gravidade os arrasta, e eles se separam, dois planetas puxados pela força de dois sóis diferentes.

Ele abre os olhos e dá de cara com uma parede branca rachada. Não faz ideia de onde está. Apavorado, ele analisa o caleidoscópio de imagens guardadas na memória. Uma cortina amarela feito o sol, uma janela aberta, a cornija de um apartamento de pé-direito alto. Por fim, a resposta: está no albergue. Ele pega o caderno e nele encontra o que rabiscou entre o sono e a consciência. Um buraco em formato de relâmpago, duas figuras caindo.

Senta-se, sentindo a velha dor no pescoço que atribui ao ano que passou nas ruas, e vira em direção ao mural de fotografias pendurado na parede, ligadas uma à outra por um barbante vermelho. A velha torre do relógio, no centro; uma foto *timelapse* de um céu estrelado, constelações formando linhas irregulares; o registro de um pássaro na janela, penas fantasmagóricas na vidraça. Juntas, essas imagens formam uma espécie de mapa cujo significado ele espera descobrir um dia.

Ele olha para baixo e começa a desenhar. Várias versões de Thora, velha e jovem, o cabelo em todas as cores do arco-íris. A pauta do caderno corta cada uma dessas imagens, uma interferência indesejada que vem de muito longe.

Ele enfia o caderno dentro da jaqueta e segue o Sol nascente lá fora. Os ombros ficam tensos ao passar pela recepção, mas a pessoa atrás do balcão não é Thora. Ele para e acaricia o gato preto e magricela que assombra a porta do albergue. O bichano mia melancolicamente, como se estivesse tentando lembrá-lo de alguma coisa importante.

Santi mendiga uma fatia de *burek* no café turco, do outro lado da rua. Ele come metade e guarda a outra metade para mais tarde, deixando as migalhas para os periquitos. Os pássaros conversam nos galhos das árvores, murmurando alguma coisa que ele já escutou antes. Este mundo sobrepõe a própria existência, reutiliza partes de si para remendar o que está gasto. *Será que também sou fragmentado?,* ele se pergunta. Será que em algum lugar invisível aos olhos há penas cobrindo a pele dele? E se ele pulasse do alto da torre do relógio, uma única pena bastaria para ele conseguir voar?

Ele segue em frente, caminhando em direção ao emaranhado do centro da cidade. Antes do que deveria, a catedral surge, uma silhueta escura sobreposta ao céu. Santi ainda lembra como ficou com a garganta seca na primeira vez que entrou ali, como o espaço entre ele e o teto abobadado dava a impressão de estar em movimento, como se a construção inteira estivesse a ponto de decolar e levá-lo às estrelas. Ele deveria ter encarado isso como um aviso, não como uma promessa. Deveria ter saído da cidade naquela ocasião, enquanto ainda tinha condições para isso. Agora, está preso numa espécie de labirinto, perambulando em círculos, à procura da pista que possa levá-lo à saída.

Ele atravessa a Hohenzollernbrücke, desviando o olhar dos cadeados. Dentro do Odysseum, ele segura e mostra o cartão do albergue até que o funcionário gesticula e pede para ele atravessar a catraca. Uma sensação de entusiasmo o acomete quando ele entra na sala de estrelas. O museu tem pouco movimento. Há uma pessoa ao lado dele, na entrada, observando o veludo escuro cravejado de luzes aleatórias. Antes mesmo de olhar para essa pessoa, ele sabe que é Thora.

Há uma mensagem aqui, um código para ele decifrar. Como sempre, ele não consegue se concentrar o suficiente para compreender. Thora permanece ao seu lado, mas sem olhar para ele, seguindo a regra subentendida dos espaços públicos. Santi saboreia a assimetria dessa situação. Juntos, mas ao mesmo tempo separados, os dois observam o mapa de um cosmos que nunca existiu. A mão dela se mexe como se quisesse tocar as luzes.

– Por que está comigo? – pergunta ela, baixinho.

Santi sente o coração pular na garganta. Então, ele vê o celular na mão de Thora e escuta a voz de uma mulher na linha. Com o olhar fixo nas estrelas, ele presta atenção na conversa.

– Digo, o que eu fiz? Quando foi que você decidiu... Tipo, então é pra ser mesmo, vou ficar com ela?

Santi escuta o eco distante da voz do outro lado do celular. Qualquer que tenha sido a resposta, não agrada Thora. Ela vira e se afasta dele.

– Deve ter sido em algum momento... Eu devo ter feito alguma coisa de diferente... – Ela fica em silêncio por um instante. – Quer dizer, não "diferente"... – Ela leva a mão à cabeça. – Desculpa. É que... ontem foi um dia muito estranho. É. Te conto quando chegar em casa. Tá bom. Te amo. – Ela desliga. Depois, cobre o rosto com as mãos, inspira e ergue a cabeça em direção ao céu de veludo.

Santi não consegue mais se conter.

– Você também gosta de observar as estrelas.

Thora vira e, quando o reconhece, ele percebe o medo nos olhos dela.

– Senhor López... Eu... não vi que era o senhor.

Nesse momento, ele se dá conta. Ela pensa que ele a seguiu até aqui. A resposta vem de modo involuntário, na tentativa de tranquilizá-la.

– Venho sempre aqui – explica ele, mas convenhamos: que explicação mais esfarrapada, não?

– Ah, é mesmo? – murmura.

Ele percebe que a explicação não a convenceu. E essa constatação traz uma emoção diferente, que ele não reconhece, que parece pertencer a uma pessoa diferente: raiva. Da resposta desdenhosa dela. Ele repara uma mudança na própria voz, uma espécie de adaptação, como se um estranho estivesse falando por meio dele.

– O que faz aqui? – Ele precisa saber, precisa descobrir antes que o descubram.

– Me deram o dia de folga depois de... ontem. Este lugar me acalma. Quando sinto... – Ela para no meio da frase e parece voltar a si, como se de repente se desse conta da própria presença. Cada segundo dessa interação é mais uma mancha no relacionamento cuidadosamente manejado entre eles e que o trabalho de Thora exige. Fosse qualquer outra pessoa que estivesse ali, Santi a esperaria ir embora. Mas ele já aprendeu que, em se tratando de Thora, todas as suas expectativas não servem de parâmetro para nada. – Eu não deveria ter feito aquilo – acrescenta ela. – Adivinhei seu nome, falei o que ele significava. Eles...eles me disseram que esse é um dos seus gatilhos. Pensar que as pessoas sabem mais sobre você do que deveriam.

As palavras dela despertam mais um fantasma dentro dele, um diferente do anterior. Irônico, objetivo, páreo para ela.

– Mas você sabe mais sobre mim do que deveria, não é?

Ela prende a respiração.

– Não quero mentir pra você – responde. – Eu... eu tenho mesmo a impressão de que te conheço de algum lugar. – Ela o fita, visivelmente incomodada. – Mas isso não significa que eu saiba mais a seu respeito. Significa só que esse tipo de engano pode acontecer com qualquer um.

A resposta é tão inesperada, tão desconexa, que ele não resiste e dá risada.

– Por que me disse isso? Deveria simplesmente dizer que é tudo coisa da minha cabeça.

Ela olha sério para ele.

– Quero que confie em mim.

Ele não sabe o que dizer. Mas o que escapa pela boca, e o surpreende tanto quanto a ela, é a verdade. Entre todas as diferentes versões dele que ela desperta, há uma estável.

– Eu confio.

Ela assente e desvia o olhar.

Falando bem baixinho, mas de maneira perceptível, ela diz: *Foda-se.*

– Quer tomar um café?

Ela pede um café preto para ele sem perguntar se é isso que ele prefere. Os dois saem pelos fundos, passando por uma área fechada onde há uma placa dizendo "Em obras" e se deparam em um *playground* coberto de réplicas de planetas, todas feitas com fibra de vidro. A brisa fria do rio circula pelo ar. Thora tira um cachecol mostarda da bolsa e o enrola no pescoço antes de subir e se sentar com os pés apoiados nos anéis de saturno. Ela oferece a mão a Santi. Ele sobe para sentar ao lado dela, o mesmo planeta, mas uma pessoa diferente. A uma distância de dois metros e a mais de 640 milhões de quilômetros de distância, duas crianças pequenas se debatem, tentando sair de Júpiter. Santi é tomado por uma estranha sensação de perda. Do outro lado do largo de frente para o rio, a ponte Hohenzollernbrücke se esparrama e cobre a água, conectando-os novamente com a cidade.

– Já reparou nos cadeados? – pergunta ele.

Thora ergue uma sobrancelha.

– Oi?

Ele aponta.

– Na ponte. Aquele monte de cadeado. Tem duas toneladas só de cadeado.

Thora saca um maço de cigarros e oferece a ele. Ele tira um e o guarda para depois. Ela acende o dela, dá um trago e bafora para o lado, evitando que a fumaça chegue a ele.

– Já vi sim. "Joey e Bobby para sempre", essas coisas.

– Mas alguma vez já olhou pra eles? – pergunta, inclinando o corpo um pouco à frente. – Digo, analisar mesmo, sabe? Atravessar a ponte inteira e acompanhar a grade, prestando atenção neles.

– Não, nunca fiz isso. – Novamente, aquele sorriso familiar, que esboça tantas reações. Afeição, orgulho, mágoa. – Pra ser sincera, sempre achei aquilo uma besteira.

– Eles se repetem – acrescenta ele, sem perceber que está indo rápido demais. – Se... se quando atravessar você reparar nos cadeados, vai perceber que depois de um tempo eles começam a se repetir. O formato, as cores de cada um. E até os nomes.

Ela abre a boca, mas só fala um segundo depois.

– Não existem muitas marcas de cadeado por aí. E com o tanto de gente que passa por aqui, vindo de muitos lugares diferentes para fazer a mesma coisa, é natural que alguns nomes se repitam. Pura estatística.

Ele discorda enfaticamente.

– Não, não é disso que estou falando. A sequência não é aleatória. Já vi os nomes, são os mesmos, eles se repetem e na mesma ordem de sempre. – Ele brinca com o cigarro na palma da mão, rolando de um lado para o outro. – Tem uma sequência que se repete, pra mim, tem uma mensagem implícita nisso. Só preciso saber como decifrar.

Ela ri e joga a cabeça para trás. O gesto soa tão familiar que ele fica atordoado. Quem é essa mulher? Por que a presença dela o faz se sentir tão parcial, frágil, com a emoção à flor da pele?

– Você acha que tem uma mensagem pra você ali?

– Acho.

Ela olha para ele.

– Quantas pessoas moram em Colônia?

Seus papéis se invertem novamente: ela, a professora paternalista; ele, o aluno ressentido.

– Não sei. Um milhão?

– Exatamente. Um milhão. Quantas dessas pessoas atravessam a ponte todos os dias?

Uma reação diferente, um "eu" diferente. Irmão e irmã: ele, exausto; ela, superior.

– Mil. Cinquenta mil. E que diferença faz?

– Por que acha que essa mensagem é justo pra você e não pra qualquer uma das outras novecentos e noventa e nove ou das quarenta e nove mil, novecentos e noventa e nove que passam por aqui?

Santi fica sem reação. Ele detesta se sentir como uma marionete, sentir os gestos controlados por lembranças que não dizem respeito só a ele. Sendo assim, se concentra naquilo que o torna real.

– Porque ninguém além de mim vê o que há de errado no mundo.

Ela muda a expressão.

– E o que há de errado com o mundo, senhor López?

O fato de as estrelas continuarem mudando. De a cidade se repetir o tempo todo. De eu ser o único que está aqui, de fato. Essas palavras ficam presas na garganta, sufocadas pelo fato de um eu, então estável, se dissolver toda vez que ela abre a boca e diz alguma coisa. Afinal, será que ele sempre foi assim, tão irreal quanto o mundo, desde o primeiro suspiro? Seria ele apenas mais um sonho, fruto da imaginação de uma centena de Thoras mutantes?

Ela fala baixinho, como se estivesse com medo de alguém ouvir.

– Por que você vem aqui pra olhar as estrelas?

Ele vira em direção à parede de vidro do Odysseum e vê o reflexo deles, observando-os.

– Porque aquelas estrelas ali nunca mudam, continuam sempre as mesmas.

Ela olha para ele, cada vez mais inquieta.

– E por acaso já viu as estrelas mudarem?

– Sim. – Ele engole em seco. – Às vezes, quando olho pra cima, é como se elas estivessem sobrepostas... Como se o brilho delas pudesse me cegar.

– E aí você pisca, olha de novo pro céu – diz ela, com a voz gentil –, e lá estão elas de novo. E a única certeza que você tem é que as coisas não costumavam ser assim.

Santi a encara. Ele não sabe se Thora se refere a si própria, ou se o comentário não passa de um gesto de empatia, uma demonstração de que compreende muito bem o que ele quis dizer. Mas essa resposta nada importa agora. Ninguém nunca conversou com ele sobre esse assunto demonstrando compreender o que ele diz.

– É por isso que eu entrei para o serviço social – conta ela. Santi a observa, percebe que está pensativa, meio tímida. Mais uma letra de um alfabeto que ele está tentando aprender a ler. – Eu me senti tão deslocada, tão perdida. Pensei que caso não pudesse me consertar, talvez pelo menos conseguisse consertar outras pessoas que sentem que não se encaixam neste mundo. – Ela o olha nos olhos. – Mas nunca conheci ninguém que se sentisse exatamente como eu.

– Até me conhecer.

– Sim, até te conhecer.

Santi olha para Thora como quem está de frente para um tesouro que pensou ter perdido num incêndio. Ele conhece essa mulher, melhor do que conhece seu próprio eu, esfacelado. Uma sensação que remete a outra pessoa, mas por um instante ele deixa se afogar nela, nessa certeza que tão raramente sente sobre a própria vida. Seus dedos coçam para desenhá-la: uma garota com os pés apoiados nos anéis de Saturno, a cabeça apoiada nas mãos. Sem palavras, ele puxa o caderno de dentro da jaqueta e o entrega para ela. Hesitante, a princípio, ela folheia as páginas.

– É melhor não mostrar isso pra ninguém do albergue – diz ela pontualmente. – Te expulsariam antes que houvesse o menor tempo de você explicar que não é nenhum *stalker* e...

– Mas eu não...

– Eu sei. – Ela o interrompe. – Mas eles não vão nem querer saber. – Ela continua virando as páginas. – De onde tirou essas ideias?

Ele olha para ela.

– Eu sonhei com você. Mas não como você é agora.

Thora abre um sorriso.

– Só de imaginar que... que eu poderia ser tantas pessoas diferentes assim... – murmura ela, e prossegue virando as páginas. Num dos desenhos, ela está mais jovem, cercada de estrelas, o cabelo azul se esvoaçando ao vento noturno. – O que eu estou fazendo aqui? – Ela vira o caderno para ele, semicerrando os olhos. – Por acaso é aquela torre que tem no centro?

Santi concorda, cravando os dedos na superfície da réplica do planeta Saturno.

– Você está sentada no topo, me observando cair – explica ele.

Thora o encara.

– No seu sonho... tem versões diferentes de você também?

– Não me lembro. – *Não quero lembrar*. Mas ele está começando a entender. Cada um dos fantasmas de Thora arrasta consigo uma versão dele próprio, até o ponto em que ele começa a se afogar em vários reflexos, sem enxergar nenhum deles com nitidez, sem saber qual deles é a versão certa. Santi se esforçou tanto para se manter inteiro, para enfrentar a catástrofe que o separou de Héloïse e o levou para as ruas. Agora, sente que a cena se repete, seu eixo começa a dissolver e se esparramar, até se reduzir a absolutamente nada.

Ele desce de Saturno. Precisa colocar os pés no chão.

– Eu... eu preciso ir.

Thora olha para ele, sem entender.

– Tá. Posso te acompanhar?

Santi identifica mais uma característica recorrente. Thora nunca o compreende por inteiro. Essa versão dela é estável o suficiente para fazê-lo assentir e oferecer a mão para ajudá-la a descer. Talvez haja uma pista nisso tudo, uma rota do seu mapa à procura do sentido das coisas – caso ele consiga manter essa pista pelo tempo necessário para encontrar uma resposta.

Os dois atravessam a ponte rumo à cidade que, Santi insiste, parece repetir uma, duas, três, várias vezes, o mesmo ângulo das paredes, os mesmos paralelepípedos, uma cidade assombrada pela própria estrutura. E é assim, assombrado, que ele se sente, caminhando ao lado de Thora. A cada passo, ele oscila entre dois "eus": um jovem raivoso numa discussão com uma mulher mais velha; um pai tentando se comunicar com a filha mal-humorada.

– Eu tenho sorte de trabalhar no albergue – diz Thora, contente, enquanto descem pela ponte do rio em direção ao centro. – Assim fica mais fácil pra gente continuar conversando sobre o assunto.

Santi pensa no albergue, um "santuário" conquistado a duras penas, transformado numa espécie de laboratório onde ele será dissecado todo santo dia. Os funcionários talvez não o compreendam, mas o ajudaram. Num outro mundo, Thora bem que poderia ser um deles, mas neste, o conhece bem demais para isso. *Ninguém pode significar tudo para uma pessoa*, pensa ele, e se pergunta por que essa reflexão o chacoalha feito um sino que acaba de tocar.

Quando chegam ao centro, um vão entre dois prédios deixa à mostra a torre do relógio. Santi tem certeza de que, dali, não seria possível avistar a torre. É como se a gravidade entre ele e Thora estivesse distorcendo o mundo. Thora caminha pela passagem estreita entre os dois edifícios, em direção à praça, e Santi vai logo atrás. Os dois ficam lado a lado, ao pé da torre. O relógio está parado em meia-noite e cinco. Santi tem certeza de que ainda consegue ouvir o tique-taque dos ponteiros.

– Tenho a impressão de que o fim do mundo já aconteceu – comenta Thora.

Santi sente o contrário, sente que o fim do mundo está por vir.

– Talvez ele já tenha acontecido e a gente esteja esperando o próximo.

Thora faz uma careta.

– Mas o relógio parou.

Santi discorda.

– Não acho que tenha parado.

Perplexa, Thora olha para ele. Antes que haja tempo para Santi se explicar, alguém agarra o ombro dos dois e os vira.

– Com licença. – Um homem, de cabelo comprido e com um casaco azul olha para os dois, alternando entre um e outro, se mostrando ora satisfeito, ora confuso. – Eu... preciso contar... – Ele se detém, e então recomeça. – Vocês... vocês estão aqui.

Thora olha para Santi. Ele lê no rosto dela a pergunta não dita. *Conhece este homem?* Ele balança a cabeça, incerto.

– Desculpe, nós não... – Thora faz uma careta. – O que foi que você disse?

O homem olha para Santi.

– Que vocês estão aqui. *Aqui* – responde, com o rosto angustiado. – Eu... eu preciso dizer que vocês... vocês...

Thora tentar olhar nos olhos dele.

– Olhe, pode falar. Precisa de algo pra comer? De um lugar pra dormir?

O homem olha para Santi com desespero, como se não estivesse entendendo o que Thora acaba de perguntar.

– Vocês estão aqui – repete ele de novo, sem muitas esperanças. – Aqui!

Sem entender, Santi discorda e se desculpa.

– Sinto muito – diz, sem saber ao certo pelo que lamenta.

O homem torce as mãos, vira e começa a vagar pela praça. Thora o observa e rói as unhas.

– Vou ligar para o albergue daqui a pouco e pedir pra ficarem de olho nele.

Os olhos de Santi acompanham os passos vagos do homem e o casaco azul que balança ao vento. Há muito sentido nas coisas do mundo, mais do que ele pode suportar.

– Seja como for, ele tem razão – diz Thora.

Santi olha para ela, confuso.

– A gente está aqui. Nós dois. Seja lá o que isso quer dizer – acrescenta ela.

Ela pressiona a mão contra a parede da torre, rabiscada com mensagens que reverberam centenas de vozes da cidade.

– Acho que é isso que todas essas pessoas tentavam dizer com essas mensagens. – Ela tira um marcador da jaqueta e escreve ESTAMOS AQUI, num espaço vazio.

Santi compreende e ao mesmo tempo não entende o que quer dizer aquela frase, o significado se esvai feito as folhas levadas pelo vento. *Detesto palavras*, afirma consigo. Ele gostaria que aquele prédio velho tivesse coberto de fotos. Que houvesse murais espalhados por toda a cidade, feito portais para outros mundos.

Quando termina de escrever e abaixa a mão, ainda segurando o marcador, Santi repara algo diferente no pulso dela. Ele tenta segurá-la, mas ela dá um passo para trás, reticente mais uma vez. Ele ergue as mãos. Sem dizer nada, ele puxa a manga da camisa e mostra as estrelas tatuadas na própria pele.

Thora exclama algo, baixinho, sem acreditar no que vê. Ela agarra o braço dele e esfrega a tatuagem, como se tivesse a esperança de conseguir apagá-la.

– O que é isso? – pergunta Santi.

– Uma constelação – responde. – Que não existe mais.

Ele olha para a combinação de estrelas. Foi a primeira coisa que ele desenhou no próprio caderno depois que chegou à cidade. Parecia tão importante que ele foi direto para o Belgian Quarter para registrar na própria pele aquele momento. Mas a tatuagem não pertence a ele, pertence a Thora, ao inquietante tornado de existências que ela carrega. Ele dá um passo para trás, puxa a manga para baixo. Queria entender. Mas se o preço a se pagar por isso foi o desvendar da situação, não acha que seja capaz de suportar.

– O que foi? – pergunta Thora.

Santi sorri e aponta para as palavras que escreveu na parede da torre.

– Estamos aqui... mas, quem somos? E onde é *aqui*? – pergunta ele.

Hesitante, Thora caminha em direção a ele.

– Podemos descobrir. Juntos – responde.

Santi se opõe a fala de Thora e continua recuando. E volta a pensar naquilo que o levou para fora do labirinto, o pensamento que parecia tão maciço quanto a faca do avô na mão dele.

– Não podemos saber onde estamos se não soubermos quem somos. E... eu... não consigo saber quem sou se a cada momento que passo ao seu lado me deixa em pedacinhos... – Ele se afasta dela.

– Santi – chama Thora, do mesmo jeito que fez no sonho, tão carinhosa quanto uma gata carregando seu filhote pelo pescoço.

– Eu nunca pedi pra você me chamar assim! – diz, sem virar para trás.

Ele ouve os passos dela, vindo logo atrás dele.

– O seu livro está comigo!

– Fique com ele – grita ele, por cima do ombro, sem olhar para trás. – Não quero mais. – Santi acelera o passo, e passa correndo pela fonte onde a água borbulha entre moedas tão reluzentes quanto as constelações. Por um instante, ele vê cada gota que jorra da fonte congelar no ar.

Ele não vai voltar para o albergue. Nas ruas, ainda pode contar com ele próprio, ainda que tudo ao redor se dissolva. Enquanto corre, ele sente a torre do relógio se inclinar, como se estivesse se aproximando dele. E pela primeira vez na vida, ele não consegue ouvir o tique-taque dos ponteiros.

ATÉ A PRÓXIMA

– López!

Seu parceiro tira os olhos do chão de paralelepípedos, que forma um tapete úmido e lustroso na noite enevoada.

– Oi, desculpe. Achei que tinha visto o... – A voz dele vacila.

Thora cruza os braços.

– Suspeito? Se não era esse o final da frase nem se preocupe em terminar, não faço a menor questão.

López esboça um sorriso amarelo.

– Tá bom. Então não falo.

Como não poderia deixar de ser, ela agora se rói por dentro para saber o que ele quis dizer. López, como sempre, usou de isca as próprias palavras dela para aborrecê-la.

– Me avise quanto não tiver um maníaco com uma faca a solto por aí, por gentileza – diz ela, irritada. – Não consigo acreditar que você tem praticamente a minha idade. Juro que sinto como se estivesse trabalhando com uma criança. Será que consegue se concentrar por cinco minutos?

López a segue até Heumarkt, passando pela pista de gelo temporária que contorna a estátua de Frederico Guilherme III.

– Mas eu estou concentrado – argumenta em meio à multidão que se afasta ao ver o uniforme deles. – Na situação como um todo.

– Pois a situação como um todo é uma só. Um monte de inocente vai morrer se a gente não prestar atenção.

López ergue uma sobrancelha.

– Não está sendo dramática demais?

Thora acha graça.

– Eu me pergunto com quem será que aprendi. – Ela o imita. – Estou concentrada. Na situação como um todo. Nos mistérios mais profundos da existência. Sua mente mesquinha é ingênua demais para entender.

López balança a cabeça, contrariado.

– Não acredito que esteja perdendo seu tempo me imitando e tirando onda com a minha cara. Lišková, inocentes vão morrer se a gente não ficar atento.

É véspera de Ano-Novo, falta vinte minutos para a meia--noite. Há uma hora, um bêbado esfaqueou duas pessoas em uma cervejaria e fugiu. Agora, ela e López fazem parte da equipe encarregada de encontrá-lo. A área oficial de busca é Heumarkt e a praça ao norte, mas eles estão procurando também por entre o labirinto ambulante que se forma ali: as barracas da feirinha de Natal e a multidão de foliões formam fileiras infinitas, abrindo e fechando à medida que os dois vão cortando caminho e se embrenhando entre eles. Thora observa os quatro cantos da praça, à procura de alguém que corresponda à descrição do assassino. A todo o momento, ela sente que está prestes a colocar as mãos nele, mas quando vira e dá de cara com outra pessoa, é como se o rosto dele tivesse sido copiado e replicado múltiplas vezes na multidão em movimento. Ela sente o sangue ferver, tamanha ansiedade. Essa é a parte do trabalho que ela mais ama fazer. A adrenalina da procura, a promessa da descoberta, a sensação de perigo que a fez se sentir viva. Ao lado dela, López enfia a mão na jaqueta, um gesto de nervosismo que ela conhece bem.

– Trouxe uma faca para uma briga de facas? – pergunta ela.

Ele faz uma careta.

– Não desdenhe da escolha da minha arma só porque não sabe usá-la. – Ele puxa a faca sem tirar a capa protetora e aponta o cabo para ela. – Dá pra derrubar o cara em poucos minutos, se fizer a coisa certa. É só acertar o braço esquerdo, bem na altura do coração. – Ele gesticula, mostrando para ela.

Thora afasta a mão dele.

– Será que preciso lembrar que nosso objetivo não é matar alguém?

López sorri.

– Você sabe que eu jamais usaria. É simbólico.

– Tudo em você é simbólico – resmunga Thora, enquanto uma fila para o quentão bloqueia o caminho dela. Os dois se embrenham entre um grupo de gente trôpega e aos risos, e de repente Thora grita: *Polizei!*[3] e a multidão se dispersa, os risos se transformando em gritos embriagados. Thora faz uma careta.

– Por que esse cara sempre escolhe a véspera de Ano-Novo?

– Qual o problema, você tinha algo melhor programado pra hoje? – pergunta López.

– Claro que não. Cuidar da segurança dos moradores da cidade é a minha missão de vida – responde, olhando para ele de lado. – Mas se eu estivesse participando da festa, teria escolhido uma companhia melhor – acrescenta nem um pouco preocupada com a possibilidade de ele levar o comentário a sério. Aliás, quando conversa com López, ela nunca precisa se preocupar. Fala tudo o que pensa como se estivesse conversando com ela própria.

Como manda o figurino, ele sorri.

– Acha que a gente seria amigo se não fôssemos colegas de trabalho?

– Você quis dizer, se eu não fosse a sua chefe? – pergunta, percebendo o olhar irônico dele.

Ele desvia o assunto.

– Quem aqui gosta de especulações sobre universos paralelos é você, não eu. Estou satisfeito com o que temos.

Especulações. Fragmentos de outras vidas, outros eus, tão vívidos, tão reais que por vezes sobrepõem completamente a existência de Thora.

– Você não acredita que haja um universo melhor do que este nosso?

López coça a barba por fazer.

– Que tal o universo em que a gente prende o cara antes que ele faça mal pra mais alguém?

– É uma boa. – Thora abre espaço e os dois avançam mais em direção à praça. – E aí, quais são os planos para o Ano-Novo? – pergunta, observando a multidão enquanto fala, mais concentrada no trabalho do que na própria fala. – Acho que se você não estivesse de plantão estaria com a Héloïse agora, num programão bem romântico.

---

3 "Polícia" em alemão. [N. T.]

– A gente terminou.

Surpresa, num ímpeto, Thora se volta para ele.

– Ah, não acredito! Ela era um amor de pessoa. Amor demais pra você, obviamente. – Ela está tentando provocá-lo, mas ele não morde a isca. – Mas falando sério, por que não deu certo?

López sobe no apoio para os pés do banquinho de um bar para visualizar melhor a área.

– Porque eu a conhecia bem demais.

– E qual o problema nisso?

– Ah... parecia... injusto – responde, hesitante, como se estivesse com dificuldade de articular o que precisa dizer. – Era como se eu estivesse sempre um passo à frente dela.

Thora vai atrás dele em meio ao vapor que sobe de uma barraquinha de castanhas glaceadas.

– Sinceramente, isso soa pra mim como uma receita perfeita. Se pudesse antecipar todas as necessidades dela, ela se apaixonaria perdidamente por você.

López olha para ela.

– Mas isso não violaria o livre-arbítrio dela?

Thora percebe a ironia na pergunta dele, ela sabe que ele está cutucando-a pelo fato de ela falar bastante sobre a autonomia feminina. Comportamento típico de López: usar os argumentos de Thora contra ela própria.

– Não, se a sua vontade for a vontade dela também.

Ele ri.

– Adoraria ver você explicando isso pra Héloïse.

– Mas e aí, o que aconteceu? – indaga Thora. – Você trouxe uma xícara de chá sem ela pedir e de repente ela surtou?

– Não. Eu tentei explicar como estava me sentindo e... – Ele encolhe os ombros. – Ela disse que não sabia o que dizer... Depois disso, simplesmente foi embora.

Thora se detém por um momento, acompanhando o passo de um homem no meio da multidão, mas é um alarme falso: ele vira e ela percebe que se trata de outra pessoa, um jovem, sorridente. Ela se volta novamente para López. Apesar de tentadora a vontade de voltar a provocá-lo, Thora resiste e opta por um comentário sincero.

– Sinto muito.

Ele abre um riso discreto, sem graça.

– Mas durou mais do que eu esperava. Fico surpreso quando alguém atura a gente por muito tempo.

Thora bufa, discordando.

– Fale por você. Eu sou um partido e tanto e um dia desses alguma pessoa sortuda por aí vai perceber isso.

– Não foi isso que eu quis dizer. – Os dois agora se aproximam do final da praça, caminhando mais livremente à medida que a multidão diminui. – Nós dois sabemos que não somos pessoas comuns.

Thora sorri, ironicamente.

– O que será que você quer dizer com isso?

– A gente sabe de coisas que não deveria saber. – López acompanha o passo dela. – Sobre os outros. E sobre nós.

Thora faz uma careta.

– Não acho que a gente *saiba* de nada. Só acho que conseguimos enxergar as possibilidades, como as coisas poderiam ter sido diferentes, se o mundo fosse diferente. Se a gente tivesse feito escolhas diferentes.

López discorda.

– Não acho que seja bem uma habilidade de enxergar o que poderia ter acontecido se as coisas fossem diferentes. Acho que, na verdade, são pistas, indícios que apontam para uma verdade maior.

– Ah, claro – diz Thora, num tom de ironia. – A situação como um todo.

López interrompe o passo e olha para ela, sério.

– Acredito que era mesmo pra gente trabalhar junto – afirma. – Era pra gente estar aqui, neste lugar, neste momento. E as coisas que a gente parece lembrar... não acho que sejam lembranças. Acho que são parte de uma mensagem. Algo que nos guia em direção ao outro, muito antes de nos conhecermos.

– Uma mensagem? De quem? De Deus? – Thora discorda com a cabeça. – Desculpe, não acredito nele.

López continua sério.

– Mas aposto que você gostaria de uma explicação sobre a vida.

A verdade é que sim, Thora quer uma explicação. Mas ali, naquele momento, os dois têm um trabalho a fazer, e ela não quer engatar numa discussão teológica com seu colega altamente argumentativo. Não.

– Nas palavras do meu pai, filósofo, "o mundo é um lugar muito estranho. E você e eu estamos longe de ser a coisa mais estranha nele" – diz ela, se concentrando onde os dois pararam: entre dois becos que levam à próxima praça.

– Pra que lado? – pergunta López.

Thora olha de um lado para o outro, lutando contra uma estranha sensação de desconforto. Ela queria poder se dividir em duas. Enviar uma versão para cada caminho: acompanhar a que fosse bem-sucedida, apagar a versão fracassada.

– Você escolhe.

– Você é a líder, lembra? – pergunta López com um sorriso malicioso. – Sem pressão. Mas há gente inocente em risco.

– Não está sendo um pouco dramático demais?

López acha graça.

– Esquerda – decide Thora, e começa a caminhar nessa direção, o estômago agitado já dando sinal de que ela fez a escolha errada.

– Esquerda, lá vamos nós – anuncia López, com um suspiro de pesar. Ela o ignora e segue pelo beco, uma das mãos apoiada na arma. E neste momento ela avista algo.

Thora interrompe o passo de repente e apoia as costas na parede.

– Lobo... – diz ela, devagar e baixinho.

López a alcança.

– O que foi?

Ela aponta para a frente. López fica tenso. A silhueta de um homem, mãos na cabeça. Thora não consegue ver o rosto, mas as características físicas correspondem à descrição que foi passada: mesma altura, cabeça raspada e uma camisa de futebol do FC Köln.

– Era a esquerda mesmo – sussurra López no ouvido dela.

O cheiro de fumaça no cabelo dele desperta nela a vontade de fumar um cigarro. Sem fazer barulho, ela ri:

– Era cinquenta pra um lado e cinquenta pro outro.

– Acho que a gente deu sorte de ser esse o universo em que você escolheu a opção certa – brinca López. Ele começa a avançar, mas detém o passo logo depois e leva a mão ao rádio. – Talvez seja melhor a gente chamar reforço.

Thora não concorda.

– É um bêbado com uma faca. Não precisa chamar reforço pra isso.

López sorri para ela, os dentes brilham na semiescuridão do beco.

– Por que você age como se fosse imortal?

Como tantas coisas que ele diz em tom de brincadeira, essa também flerta com a verdade. Thora não quer admitir que essa sensação de ser imortal tem a ver com ele, com a presença dele ali. Quando está perto de López, uma parte dela acredita que não pode sofrer nenhuma consequência irreparável.

– É você aqui quem acredita que tudo que tem de ser, será – retruca ela. – Deus vai permitir que a gente seja esfaqueado por um doido qualquer?

López parece incomodado. Sem a intenção, Thora o empurrou para uma daquelas infindáveis espirais contemplativas. Ela suspira

– Vamos, não temos tempo pra isso agora. Se ele se mexer, vamos perdê-lo no meio da multidão. Dá a volta e pega o outro beco...

López a interrompe, completando o raciocínio dela.

– Não deixe ele chegar lá na frente.

E assim López segue, sem hesitar.

Thora sente uma estranha ansiedade ao observar a silhueta dele diminuir, e a sombra que acompanha seus movimentos se misturar à escuridão maior em torno do beco. *Merda*. Ela pressiona com força as têmporas. Isso não é hora para uma daquelas crises que Lily chama de "enxaqueca cósmica". E a dor começa a dar sinal agora, encurralando-a contra a parede numa escuridão turbulenta e perturbadora. Tudo fica instável, alternando entre a existência e o vazio a cada vez que ela pisca; tudo parece errado, fora de ordem, num ciclo repetitivo. Thora prende a respiração, na esperança de conter esse assombro, mas ele só piora. Torres desmoronam e se entrelaçam feito um ponto de crochê malfeito, e uma cratera se abre no centro de tudo feito a boca do inferno. *Isso não pode ser real*, diz consigo mesma, fechando os olhos. *É um delírio. Dê um passo à frente. Abra os olhos.*

Ela dá um passo à frente. E abre os olhos. Está de volta à escuridão habitual da cidade, e lá está a parede maciça, bem atrás dela. Nesse meio-tempo, o suspeito se deslocou. Lá está ele no final do beco, o tronco à frente espiando a praça. Já, já, vai sair correndo em disparada, antes que dê tempo de López dar a volta completa e prendê-lo.

– Não, não, não! – diz Thora consigo, baixinho. Como se a ouvisse, o homem sai correndo em direção à praça, abrindo caminho entre a multidão.

Thora pragueja. Ela corre atrás do homem pelo beco, em direção ao amontoado de gente.

– Lišková! – Ela escuta López gritar. Sabe que ele está em algum lugar à direita dela, sua sombra desponta na luminosidade surreal que arde no canto do olho, mas Thora prefere não perder tempo procurando-o, pois está ocupada acompanhando o movimento do sujeito à frente, uma sombra ondulante que atravessa a praça em direção à torre velha do relógio. À medida que ela desvia, ziguezagueia e avança, um pensamento a acomete, tão claro quanto uma revelação. A causalidade nesta cidade tem uma inclinação descendente e a torre, nesse caso, fica num vale onde as chances beiram a zero. Ela olha para cima e vê que o relógio marca meia-noite, uma marcação prematura. Nesta praça, será Ano-Novo para sempre. O homem que Thora persegue abre passagem pela multidão e corre em direção ao vão que há entre as paredes da torre. Ele olha para trás e corre para dentro.

Thora corre até o pé da torre e para ali. López vem logo atrás e para ao lado dela, com o peito arfante.

– Pra onde ele foi?

Thora aponta para o vão irregular entre as pedras.

López não diz nada. Thora está acostumada com o sumiço do parceiro, mesmo quando ele está ali, bem ao lado dela, como se estivesse se comunicando com o mundo num nível mais profundo, montando um quebra-cabeças de paralelepípedos e fragmentos do céu. Mas, desta vez, há algo de diferente. A feição dele a desloca, a transporta para um outro momento, para outro López, uma dualidade que Thora não consegue explicar.

– Ei! – diz ela, tocando o braço dele. – Tá tudo bem?

Ele dá um sobressalto.

– Tá. Ele é... ele...

Thora se agacha na entrada da torre, espiando lá dentro. Ela se endireita e olha para López.

– Ele subiu as escadas lá de dentro. Mais ou menos uns vinte metros acima. Estou vendo ele daqui, encostado na parede.

López olha para a torre, esfregando a nuca. Enquanto Thora comunica via rádio a localização deles, ele avança em direção à torre, primeiro devagar, depois aperta o passo, determinado.

Thora abaixa o rádio.

– O que você está fazendo?

López parece exaurido, meio sonolento.

– Vou subir e pegar ele.

Thora o encara e visualiza a cena com muita clareza: López subindo os degraus, as pernas ágeis e habilidosas, destemido. A possibilidade de queda sequer passa na cabeça dele. Um ímpeto violento e primal se apossa dela. Não pode deixar isso acontecer.

– Não.

Ele parece não escutar. Thora passa por López, e joga o corpo entre ele e o vão das paredes da entrada.

– Ei. Eu sou a oficial aqui, lembra? – *Lembra*. A voz ecoa pelas pedras e volta para Thora, mas diferente. – Você não vai subir.

Os olhos de López vagueiam, depois se concentram nela.

– Por quê?

Ela abre a boca, faz que vai falar. A resposta não se consolida em palavras, não passa de um grito mal articulado.

– Eu só... não vou deixar você se matar caindo lá de cima. – *De novo*. Ela engole a palavra que a boca não pronuncia. A cabeça volta a latejar, outra enxaqueca que faz pressão sobre a cabeça e provoca uma sequência de imagens. Um cachecol amarelo amarrado em algum lugar, soprando ao vento contra o céu noturno. Um homem sorrindo, saindo do consultório pela última vez. Uma cama de hospital, Santi com acessos, agulhas e tubos presos ao corpo; ela está perdendo-o, pouco a pouco, e a filha deles está ali, assistindo a tudo, e ela é jovem, jovem demais, por que o câncer não a esperou crescer, por que não esperou até o momento em que ela pudesse entender...

López se aproxima dela. E indaga, em tom de exigência e desespero:

– Quero saber por quê.

Thora sente a garganta seca. Ela não pode contar por quê. Mas pode sim, afinal, para López ela pode contar qualquer coisa.

– Porque você morreu aqui.

Ele ri, quase aliviado.

– Eu sei. – Ele vira e olha para a torre. As luzes ofuscantes da praça transformam o rosto dele no de um crânio laranja e preto. – Eu lembro da queda. Lembro de não acreditar que estava caindo, de não entender como o universo permitiu que a minha mão escorregasse. – Ele se volta para Thora. – Foi como se eu tivesse bastante tempo para pensar nisso tudo. E quando meu corpo acertou o chão, eu já sabia. Sabia que era pra ser. Que era pra eu morrer ali mesmo, e que nada do que eu fizesse ou que devesse ter feito mudaria isso.

– Foi culpa minha – declara Thora, interrompendo-o. – Não foi Deus nem o universo. Foi culpa minha você ter caído, e eu não vou deixar isso acontecer agora.

López ri.

– Thora – diz com gentileza, como se ela fosse uma criança incapaz de entender daquele assunto.

Nunca antes ele a chamou assim, pelo primeiro nome. Não nesta vida. Thora olha dentro dos olhos de López. E não vê ali o parceiro de trabalho, com quem se identificou tão rapidamente que Lily chegou a brincar que os dois devem ter se conhecido em alguma vida passada. Ela vê ali seu professor, aluno, irmão, marido, pai: um vórtice de realidades diferentes que giram e colidem entre si.

– Santi? – chama ela, enquanto o universo explode.

Um estrondo, profundo e reverberante. Na sequência, outro. Thora olha para cima. O céu está cheio de estrelas, estrelas que irrompem e caem, deixando para trás rastros de fumaça. Os fogos de artifício do Ano-Novo, estourando sobre o rio. Entre a queima de fogos, os sinos da catedral badalam e anunciam uma meia-noite interrompida.

Eles têm dois segundos para se olharem. Dois segundos para compartilharem a revelação que os vira do avesso: um desabrochar, uma fogueira, o deleite da recordação. Então, tudo acontece de uma vez. Thora avista o homem surgir pela fenda da torre. A expressão dela chama a atenção de Santi, e ele vira. Antes que haja tempo de ela se mexer, o homem já cortou a garganta de Santi.

Thora se lança contra o homem sem nem sequer sacar a arma. É loucura, mas ela não está com medo. É Thora Lišková, imortal, e não vai permitir que Deus, o destino nem o universo tirem Santi dela, não desta vez.

Ela acerta o homem com toda a sua força. Ele tropeça, mas se mantém de pé, virando para atacá-la. Nesse momento de delírio, ela não sabe ao certo se a faca erra ou a atravessa. Thora se esquiva, agarra o pulso dele e o torce até a faca cair no chão. Ela grita, dá uma joelhada no estômago do criminoso e o derruba. O homem resmunga, surpreso ao ver a facilidade com que ela prende suas mãos com as algemas.

A equipe de reforço chega. Alguém coloca o homem de pé e o leva para longe. Thora permanece ali, atordoada, tomada por um sentimento de vazio apesar da vitória. Neste instante, ela vê Santi de joelhos, os dedos sobre a garganta ensopada de sangue.

– Não! – Ela cai de joelhos ao lado dele, as mãos procurando em vão o sinal da artéria. – López. Santi. Lobo! Acorda.

As sirenes tocam, mas não estão tão perto quanto deveriam. Thora sente como se estivesse observando tudo de longe, uma minúscula figura num universo distante.

– Não, não, não! Merda! Não! – Ela se agarra a ele, o abraça apertado, desesperada. – Não me deixe sozinha nessa.

Santi abre a boca, os olhos fixos nela.

– Lembre-se – diz, antes de desfalecer nos braços dela.

OLHE PARA TRÁS

Santi acorda dentro de um trem parado.

Ele lança o corpo à frente num movimento abrupto, sentindo a dor no pescoço. Onde será que está? Ele espia pela janela e avista um teto alto e abobadado. Estação Hauptbahnhof. O destino dele.

Ele recosta e semicerra os olhos até conseguir ver as estrelas. Ele não veio dali? É como se tivesse entrado num trem que, em vez de andar para a frente, anda para trás, refazendo um caminho já feito, como se Santi estivesse em sentido anti-horário e fosse acabar exatamente onde começou.

O auxiliar do condutor passa pelo vagão:

– *Bitte aussteigen! Der Zug endet hier!*[4]

Tudo termina aqui. Santi se levanta feito um sonâmbulo no meio de um transe e desce os degraus da plataforma até a entrada movimentada da estação. Planejou pegar um táxi até o hotel, tomar um banho e descansar, além de se aprontar para o trabalho, que é a razão pela qual ele se mudou para a cidade. Mas em vez disso, hesita, examinando a diversidade de rostos entre a multidão. Não conhece ninguém nesta cidade. Por que tem a sensação de que deveria haver alguém para recebê-lo?

Ele caminha na direção oposta ao ponto de táxi, em sentido à praça da catedral. A temperatura está amena, acaba de começar a chover. Santi não sabe bem o motivo, mas tem a sensação de que deveria estar frio, que o chão deveria estar escorregadio por conta da neve. O cheiro dos paralelepípedos úmidos, o aroma pungente de *currywurst*[5] o acompanha pelos degraus da catedral. Santi fica parado ali, debaixo da garoa, sentindo a cidade passar apressada por ele feito um rio de significados que ele só será capaz de compreender ao se entregar à correnteza.

---

4   Do alemão: "Por favor, desçam! Última estação". [N. T.]
5   Prato típico alemão feito com salsichas cortadas e temperadas com ketchup ao curry. [N. E.]

– Estou ouvindo – diz ele baixinho, consigo mesmo.

Estava contando as horas para visitar a catedral. Mas, estranhamente, agora que está ali, é como se as paredes góticas fossem transparentes, como se não houvesse nenhum mistério lá dentro. Ele continua caminhando pelo centro. Enquanto anda, canta sozinho uma melodia que não sai da cabeça desde que acordou. A chuva para. Alguns raios de sol perfilam as nuvens, feito dedos que apontam para todas as direções ao mesmo tempo. Santi caminha pelas praças e vielas da cidade feito um cego que atravessa o labirinto onde nasceu. Os edifícios parecem nada além de suas fachadas, frágeis feito uma folha de papel, acobertando algo maior. Ele para debaixo da torre velha, olha para cima e vê o relógio ainda parado, marcando meia-noite. *Ainda.* Ele não sabe de onde vem esse conhecimento nem por que ele parece errado, tanto quanto o clima e a temperatura daquele dia. Tão errado quanto o fato de estar sozinho aqui, quando deveria haver alguém ao lado dele. Seus olhos vagueiam e descem até encontrar uma mensagem escrita com tinta preta, em letras grandes e reforçadas: OLHE PARA TRÁS.

Santi se vira. Do outro lado da praça, debaixo de uma estátua de um centauro que ergue seu arco em direção às estrelas, uma adolescente acena para ele, sentada em uma mesa externa. Ela é mais nova do que ele se recorda. Esse pensamento surge antes de ele processá-lo e compreendê-lo. Como pode se lembrar dela mais velha do que é? O cabelo da moça é vermelho vivo feito sangue, uma cor chamativa.

Ele leva a mão à garganta. O último suspiro nos braços de Thora, enquanto os fogos de artifício explodiam no céu feito estrelas. A última vez que estiveram aqui. A primeira vez que se lembraram.

Santi tropeça em direção a ela e ao sol caleidoscópico. Ele levanta, e acaba derrubando a cadeira no chão. Aos risos, os dois se trombam. Santi recua e olha para ela numa mistura de surpresa e espanto.

– Como...

– Não faço a menor ideia! – exclama ela. Os outros clientes olham fixamente para os dois, mas Santi mal percebe, está concentrado em Thora, nessa Thora inverossímil, nesse olhar triste e surpreso como se ela estivesse diante de um fantasma. Ela esfrega o braço dele.

– Poxa, como é bom te ver!

Você me viu morrer. Santi se lembra do rosto dela, dos olhos fixos nele, e que essa foi a última coisa que seu antigo eu viu. Ele começa a falar, hesitante.

– Quanto tempo mais você... depois que eu...

– Cheguei aos 55 anos. Câncer de mama. De novo. – Thora endireita a cadeira e recosta nela, olhando para ele. – Você me deixou sozinha.

– Não era isso que eu queria. – Thora continua brava, e Santi quase não contém o riso ao sentar ao lado dela. – Thora, você não pode achar que a culpa de eu ter levado uma facada é minha.

– Não posso?! – pergunta ela baixinho, como se ele tivesse acabado de desafiá-la. Como ela pode ser tão madura e tão adolescente ao mesmo tempo? – Seja como for, que bom que você reapareceu – prossegue, fazendo sinal para chamar Brigitta. – Estava aqui esperando alguém aparecer para me pagar um vinho.

Santi, ainda absorto na vida que o trouxe até ali, tenta se concentrar.

– Quantos anos você tem?

– Quinze. – Ela o observa da cabeça aos pés. – E você? Cinquenta?

– Quarenta e cinco. – Ele fica em silêncio, confuso. – Por que estou mais velho de novo?

– É *isso* que você quer saber? – pergunta, jogando a cabeça para trás, rindo. – Merda, a gente tem muito pra conversar. Por onde andou?

Brigitta chega para anotar o pedido. Santi pede uma taça de vinho tinto e uma cerveja.

– Espanha – responde. – Depois fui pra França. Eu fui... – Ele fecha os olhos, tentando conciliar a versão dele que acordou no trem e a miríade de outras versões que despertam agora ao escutar a voz de Thora. – Eu... eu não estava feliz com o que vinha fazendo. Trabalhava com consultoria. Sei lá, parecia... vazio. Eu queria fazer a diferença, de verdade, tornar o mundo melhor. – Ele balança a cabeça, desanimado. – Me mudei pra cá pra trabalhar numa organização sem fins lucrativos que auxilia crianças refugiadas. Eu tinha tanta certeza de finalmente ter encontrado a minha missão... – A certeza agora parecia se esvair, feito o sonho fracassado de um homem morto.

– Até agora, tudo com a sua cara. – Thora pega o vinho que Brigitta trouxe e toma um gole. – Você não poderia ter tido sua epifania um pouco antes? Estou aqui há anos.

Ele discorda.

– Só me lembrei disso quando cheguei aqui.

– Conveniente. Por outro lado, óbvio, eu sei disso desde os dez anos. – Ela gira o vinho na taça. – Esse assunto rendeu umas conversas interessantes com os meus pais. Minha mãe basicamente improvisou um tratado sobre as crenças ocidentais da alma imortal em oposição às crenças orientais de reencarnação.

Santi faz uma careta.

– Achei que reencarnar significava não voltar como a mesma pessoa.

Thora o encara.

– Mas a gente não voltou no corpo da mesma pessoa. – Thora fala mais baixo agora, olhando ao redor em direção às outras mesas. – Santi, a gente se *casou*. Não entenda mal o que eu vou dizer, mas mesmo que a gente tivesse a mesma idade, a pessoa que eu sou agora jamais se casaria com você. – Ela recosta e o encara. – E, sinceramente, acho que você também não. Não como a pessoa que é agora.

Ele dá de ombros.

– Detalhes.

Thora mantém os olhos fixos nele, sem acreditar. Depois, ela ri.

– Que foi? – pergunta ele.

– Sinto que a gente já teve essa discussão antes.

– Provavelmente nós já discutimos bastante.

– A gente nunca debateu se já tivemos essa discussão – comenta Thora.

Santi sorri.

– Acho que não.

– Mas tem uma coisa que nunca muda. Eu sempre ganho – afirma Thora, satisfeita.

Santi começa a pressionar as têmporas, tentando organizar os próprios pensamentos.

– Então, seus pais não se lembram?

Thora diz que não.

– Acho que ninguém mais sabe. Só você e eu.

Santi pensa no que é estável na vida dele. O pai. Aurelia. Jaime. Héloïse: esposa, namorada, ex. Ele lembra da estranha solidão que sentiu quando esteve com ela da última vez, da familiaridade perturbadora que ele sentia a todo momento, enquanto tudo para ela era novo.

– Por que só acontece com a gente? – pergunta Thora. – O que isso quer dizer?

Thora olha para ele como se estivesse esperando por essa conversa há décadas; e, Santi, com a sensação de que está numa espécie de túnel do tempo, tem certeza de que ela está mesmo.

– Tá legal, então vou te dizer a conclusão que cheguei – anuncia ela. – Estamos morrendo.

Santi faz uma cara séria.

– Morrendo?

Thora assente veementemente.

– A gente... sei lá, a gente sofreu um acidente de carro, caiu de uma ponte ou algo assim, e agora estamos no leito de um hospital e o nosso cérebro está... repassando diferentes versões da nossa vida – explica, simulando com os dedos a atividade cerebral.

Num gesto gentil, Santi segura as mãos dela e as abaixa.

– Se tudo isso está na cabeça, por que está na cabeça dos dois ao mesmo tempo?

Thora encolhe os ombros.

– Talvez esteja na mente de um de nós apenas. Talvez você seja fruto da minha imaginação. E talvez eu seja uma invenção da sua. Faz alguma diferença? – Pela primeira vez, Santi enxerga uma leveza nela, um limite entre a calma e a histeria que havia notado. Santi estava tão apegado à certeza de estar ali com a Thora de sempre que essas diferenças passaram despercebidas. Quais teriam sido as consequências para ela, tendo de lidar com isso sozinha esse tempo todo?

– Mas é claro que faz – responde ele. – Não acho que eu conseguiria inventar você na minha imaginação. E sei que eu também não sou imaginário.

Thora revira os olhos.

– Ah, claro... Óbvio que você diria isso. – Como ele parece não se abalar com o comentário, ela acrescenta: – Tá legal, então, gênio. Qual é a sua opinião sobre isso?

Santi achava que não tinha uma opinião a respeito do que acontece entre os dois, até Thora decidir perguntar. Mas parece algo tão óbvio, uma lembrança tão fresca da morte mais recente, que a resposta vem de supetão.

– Talvez a gente já esteja morto.

Thora faz uma careta.

– E o céu, então, é uma cidade alemã provinciana?

– Não tem céu.

– Inferno, então?

Ele discorda. Santi ainda não consegue expressar seu sentimento em palavras, não consegue explicar como se sentiu ao longo de tantas vidas, a vontade de cumprir uma missão que ainda não sabe bem qual é.

– A gente voltou. Somos os mesmos, mas diferentes. Cada vez com novos desafios, novas possibilidades de ser melhor ou pior. – Ele bate na mesa, enfatizando as próprias palavras. – Uma, duas, três vezes... deram outras chances pra gente.

Thora arregala os olhos. Por um momento, Santi acredita que a convenceu. Ele sente um alívio e tanto, a solidão que nunca entendeu muito bem se dissipa. Os dois estão juntos nisso.

– Você tem razão – afirma ela. – Sempre há outra chance. Uma, duas, três, infinitas chances, diferentes caminhos.

Santi sente um nó no estômago, o começo de uma queda sem fim.

– Não, não é isso que eu quero dizer. – Ele se inclina, se aproximando. – O que estou dizendo é que há um único caminho, que é o certo, e que a gente precisa encontrar ele.

Thora faz uma careta.

– Certo de acordo com quem? E por quê?

– É isso que precisamos descobrir. – Ele assente, completando o raciocínio dela. – Talvez isso seja parte do teste. Descobrir o que significa tudo isso.

– O que significa tudo isso? – Ela ri. – *Significa* que a gente é imortal. Que nunca mais precisamos nos prender a uma escolha errada.

Depois de tantas vidas, ele ainda esquece como a mente dela é o oposto da dele.

– Eu não acho que... – diz ele, mas ela o interrompe, com cara de quem acaba de ter uma revelação.

– Eu não entendia direito, até você explicar isso em palavras, desse jeito. Mas, veja... Percebe que isso é tudo que eu sempre quis, a minha vida inteira? Todas as possibilidades que vidas diferentes podem me dar? Um meio de poder voltar. De ver como seria se eu fizesse as coisas de um jeito diferente. – Ela sacode a cabeça, maravilhada. – Eu sempre tive tanto medo de fazer a escolha errada... Mas agora eu não tenho apenas *uma* escolha. Posso ter todas as vidas que eu quiser. Explorar todas as versões de quem posso ser.

Com cautela, Santi diz:

– Não dá pra controlar tudo o que acontece com você.

– Talvez não. Mas eu lembro de como foi todas as vezes em que as coisas deram errado. E agora posso aprender com isso. Posso fazer as escolhas certas. – Ela se debruça sobre a mesa, os olhos radiantes, ardentes. – Eu já comecei. Antes mesmo de perceber. Minha mãe e meu pai... você lembra como minha relação com eles era terrível... Mas agora eu aprendi a lidar com eles. Ao longo dessas vidas todas, eu aprendi. – Ela ri. – E se aprendi isso, posso aprender qualquer coisa.

Santi não consegue verbalizar o sentimento de pavor que o assola, tão imenso quanto a existência dos dois, um sentimento que o faz regredir, regredir em direção a um começo de que ele não consegue lembrar. Thora toca a mão dele.

– Ei. O que foi? Você pode fazer o mesmo. Descobrir a vida perfeita pra você... as vidas que são perfeitas pra você e... se permitir.

Ele não aceita o que Thora diz e balança a cabeça num gesto mecanizado.

– Não é possível ter mais de uma vida perfeita.

Thora discorda.

– Fale por você. Eu sempre quis poder fazer tudo. Ser tudo que eu quisesse. Por que então me contentar com uma única versão de mim mesma? Por que não posso viver todas elas?

– Eu não posso viver assim... Em... Em pedaços – declara Santi, segurando a cabeça entre as mãos como se isso pudesse conter as diferentes versões que jorram de dentro dele, sem deixar nenhum resquício. – As coisas precisam fazer sentido, juntas. As estrelas, o relógio... tem de haver uma explicação... – Ele olha para cima, implorando para que ela entenda. – Tem de haver um motivo. Um significado em meio a tudo isso.

Thora olha para ele, séria, equilibrada. Mas no instante seguinte se distrai, um movimento por trás do ombro dele chama a atenção dela. Ela prende a respiração.

– Jules.

Santi olha para trás e avista uma garota atravessando a praça, correndo. Ele lembra dela do outro lado de uma janela salpicada pelas gotas de chuva; várias fotos, os braços de Thora envolvendo a cintura dela em todas elas, como se com o gesto pudesse segurá-la por perto a vida toda.

– Toda vez que a gente teve a chance de ficar junto, de um jeito ou de outro eu estragava tudo. – Thora se levanta. – Mas agora eu me lembro. Não vou cometer os mesmos erros de novo. Finalmente vou fazer as coisas do jeito certo.

– Thora...

Ela sai correndo atrás de Jules, em direção à primeira de suas vidas perfeitas. Santi a observa ir embora, a taça de vinho deixada para trás, vazia, a cerveja dele reluzindo sob a luz do sol outonal. Em todas as vidas que teve, nunca antes se sentiu tão sozinho.

PARTE III

O AGORA SE FOI

Thora cochila nos braços de Jules, com a luz da tarde de verão se infiltrando nas janelas empoeiradas do apartamento de Ehrenfeld. No quarto ao lado, o bebê dorme, por isso as duas aproveitam o precioso oásis de silêncio.

Thora acalma a mente apressada e reflete sobre qual é a sensação de ter essa vida e saber o quanto é uma vida boa. Ser feliz e ter consciência disso. Talvez só seja possível porque ela se lembra de como foi todas as outras vezes: Jules gritando com ela na porta, Jules bêbada, chorando, sentada a uma mesa do Der Zentaur, Jules chamando-a de egoísta, enfim, Thora infeliz onde quer que estivesse. Mas, agora, ela está aqui, com a cabeça apoiada no peito de Jules, e a mão de Jules enroscada no cabelo dela. Como ela gostaria de poder congelar o tempo. Já experimentou o que é a eternidade. Não poderia transformar esse momento em algo eterno?

Thora sabe a resposta. Um dia, esta vida vai acabar e ela passará para a próxima. *Poderia fazer este momento se repetir*, pensa ela. Poderia fazer Jules se apaixonar perdidamente por ela, conquistá-la com as palavras mais doces do mundo quantas vezes precisasse. Thora a conhece muitíssimo bem, sabe quando ela está de bom ou mau humor, sabe o que a deixa feliz.

Enquanto Jules murmura e se mexe, sonolenta, uma dúvida repentina surge. Esta não é a primeira vez que ela tenta. Às vezes, ela não consegue encontrar Jules, por mais que tente. Às vezes, Thora age na mais errática das versões, é muito impaciente, ou brava ou pessimista demais para fazer a coisa dar certo. Em algumas vidas, ela mal se mantém de pé por conta do peso de todas as coisas que não pode controlar. Ela inclina a cabeça para observar o rosto adormecido da esposa. Ainda que Thora tente fazer tudo igual, nada será exatamente assim de novo.

A campainha toca, estridente como um alarme.

– Eu atendo. – Thora beija a testa de Jules, se desvencilha devagar do braço dela e vai até o interfone. – Quem é? – Antes, ela jamais teria feito essa pergunta, mas, agora, com uma pessoa sob seus cuidados, cada passo, cada ação tem consequências e se reflete no futuro de Oskar.

– Vim aqui pra roubar seu bebê, querida. – É a voz de Santi. A prova definitiva do fim e do começo que a esperam quando esta vida acabar.

Thora respira fundo, refaz sua perspectiva. O importante é quem Santi é nesta vida: um amigo que veio conhecer o bebê.

– Vem, entra – diz ela, contente, pressionando a tecla do interfone para liberar a porta.

Santi aparece com uma sacola nas mãos.

– E aí, Lobo. – Com uma das mãos, ela aceita a sacola que ele entrega, e com a outra o abraça, enquanto ele inclina e beija sua bochecha. – Você é um anjo – diz ela, remexendo a sacola. Refeições prontas, lanches, um punhado de comidinhas e guloseimas deliciosas.

– Minha mãe é uma anja. Foi ela quem disse que era disso que você precisava agora. Graças a ela, foi isso que eu trouxe pra você, em vez dos ingredientes para fazer risoto.

– Bendita seja a sua mãe! – Ela segura a mão dele. – Venha, sua majestade está recebendo as visitas.

Devagar, os dois vão até o antigo quarto de hóspedes que Thora ainda tem dificuldade de enxergar como berçário. Jules, bocejando, está sentada ao lado do berço, segurando com dois dedos o pequeno punho de Oskar.

– Olha esses olhinhos castanhos que ele tem... – sussurra Jules enquanto Santi entra.

Thora dá uma cutucadinha em Santi.

– A gente sabe de quem é a culpa.

Santi encolhe os ombros.

– Eu avisei, vocês deveriam ter optado por um doador anônimo... deviam ter pedido o melhor DNA viking que tivessem em estoque.

– Você é perfeito, sabe bem disso – comenta Jules, beijando a bochecha dele enquanto se levanta. – Alguém a fim de um chá?

Thora e Santi assentem, sem tirar os olhos do bebê.

– Ela se parece com a Estela – comenta Santi.

– Shh! – Thora olha para a porta, mas Jules continua na cozinha.

– É verdade. – Ele está fazendo o de sempre, obrigando-a a admitir que esta não é a única vida que tem. É uma espécie de jogo entre os dois, uma antiga discussão virada de cabeça para baixo, embasada no que só os dois sabem.

Thora se aproxima do berço, oferecendo o dedo para Oskar, que agarra ele na hora.

– O nariz da Estela nunca foi assim – resmunga baixinho. Há um motivo pelo qual Santi quase sempre vence o jogo. O enigma da vida dos dois é um mistério a que Thora insiste em voltar.

Santi ri baixinho.

– Você só não quer pensar na última vez em que a gente fez isso.

– Teve uma última vez? – pergunta Jules, voltando com as canecas de chá. – Você nunca me contou isso.

Thora fulmina Santi com o olhar. Ele ri, pegando a caneca da mão de Jules.

– Claro que a gente contou. Nosso filho bastardo é um segredo nosso.

– Bom, nesse caso, pelo menos me avise quando for o aniversário dele – diz Jules, sentando ao lado de Thora. – Eu gostaria de enviar um cartão e um presentinho.

Thora acha graça, em partes nervosa e em partes aliviada. Ela puxa a esposa para perto e a beija.

Jules inclina o corpo e cutuca o ombro de Santi.

– Ei, você. Aquele monte de coisa na cozinha... Não precisava ter feito isso.

– É o mínimo que eu poderia fazer pelo meu sobrinho favorito – diz, gesticulando com a mão para o lado, mostrando que não fez nada demais.

– Mas você não tem grana pra comprar tudo aquilo.

– Meu salário dá conta.

– Não, não dá! Te pagam um salário-mínimo! – retruca Jules. – Por falar nisso, meu chefe está procurando um assistente. O salário não é lá essas coisas, mas é maior do que o que você recebe. E tem chance de crescer. – Jules inclina o corpo à frente até o ponto em que Santi não tem alternativa a não ser olhar para ela. – É a chance de você usar esse cérebro prodigioso, em vez de se matar numa linha de produção.

Ele ri.

– Valeu, mas eu já tenho meu trabalho. E não é bem assim como você diz que eu ganho a vida.

Jules ergue uma sobrancelha.

– Hum... Quanto mistério.

– Não é fácil... – comenta Santi. – Encontrar o caminho certo. – Os olhos dele cruzam com os de Thora, e ela desvia o olhar.

Depois que ele vai embora, Jules se senta à mesa da cozinha, com aquele vinco entre as sobrancelhas que Thora tanto adora nela. Ela inclina e beija sua testa.

– Que foi?

– Santi. – Jules suspira. – Não sei, de novo ele parece muito magrinho. E o suéter dele, você viu? Cheio de buraco.

– Não reparei. – Thora vê Santi exatamente como espera, um retrato pintado mais pelas lembranças sobrepostas do que pela realidade em si. – Tá tudo bem com ele – acrescenta. – Ele fez as escolhas dele. Se quisesse ajuda, ele pediria.

– Será?

– Ele já fez isso, lembra? Do contrário, a gente não estaria aqui cuidando da pestinha da gata dele.

– Ela não é nenhuma pestinha. – Como se quisesse provar que Jules está errada, a gata escolhe justo aquele momento para pular na mesa, e quase derruba o chá dela. – Caramba, Félicette!

Thora acaricia a gata e fita as profundezas dos seus olhos verdes.

– Lamento que o seu tutor tenha enlouquecido. Mas não se preocupe. – Félicette se esfrega nos dedos, com um miado baixo e repreensivo.

– Só estou preocupada com ele – comenta Jules, com o queixo apoiado na mão. – Esse trabalho está acabando com ele, e cada minuto que sobra ou ele arranja um trabalho voluntário ou enfia a cara naquele caderno dele. E o que ele tanto escreve lá?

Thora a encara. É num momento como este que ela sente uma vontade tentadora de contar toda a verdade. *Esperei tanto por você, tantas vidas...* Mas isso implicaria contar a ela sobre as outras vezes em que estiveram juntas, sobre as versões de si mesma, versões que cometeram tantos erros... Thora não quer que Jules conheça nenhuma outra versão a não ser esta de agora.

– Vai saber... – responde Thora. – Talvez esteja escrevendo a teoria de tudo.

Por um mês, ela não vê Santi. Está acostumada com o fato de ele desaparecer por algumas semanas, e depois voltar com a cabeça cheia de perguntas e um livro cheio de anotações e desenhos. Ela não sabe ao certo o que ele faz quando não está com ela, sobretudo porque boa parte do tempo está ocupada demais com Jules e Oskar para pensar sobre o assunto. Mas vez ou outra, Thora sente um certo comichão, uma espécie de cutucada que a instiga a investigar. *Outra hora*, diz para si mesma. Ela não tem pressa. A vida não é mais limitada pelo nascimento e pela morte; talvez não esteja limitada a mais nada.

Ela está dando mamadeira para Oskar às duas da manhã quando a campainha toca. Ela atende.

– Santi, são duas da manhã.

– Eu sei. Posso subir?

– O que houve? – pergunta ela, enquanto abre a porta. – Te despejaram?

– Como foi que você morreu?

Thora fica parada, piscando, observando-o.

– Oi?

– Naquela vida em que eu fui seu professor. Eu morri um ano depois de você, de ataque cardíaco. E como você morreu?

– Fala baixo! – Thora agarra o braço dele e o puxa até a cozinha. Santi saca sua carteira para tabaco e começa a bolar um cigarro artesanal. – Espero que não esteja pensando em fumar isso aqui.

Ele a olha de soslaio.

– Claro que não. Me responde logo.

Thora se ajeita na cadeira, segurando Oskar nos braços.

– Morri num acidente, quando tinha oito anos. Primeiro semestre na escola nova – conta. – Acho que foi castigo para os meus pais, por terem me trocado de escola. Lembra quando aquele teleférico caiu no rio?

Santi concorda.

– Eu estava nele.

Ele ergue a cabeça, atento.

– Você se afogou?

– Sim. É o tipo de morte que não quero experimentar de novo. – Thora não pode negar o alívio que sente ao falar sobre isso. Ela observa Santi terminar de bolar o cigarro e tirar o livro de recordações do casaco esfarrapado. – A Jules estava me perguntando o que você tanto escreve aí. É melhor não deixar ela chegar perto disso nunca. – Ele a ignora, está ocupado escrevendo em um quadrado, de uma folha meticulosamente quadriculada, o que ela acabou de dizer. – Sua letra mudou – comenta Thora, traçando os itálicos que projetam à frente como se não conseguissem transmitir a mensagem com a rapidez suficiente. – Acho que não é de se estranhar. A sua personalidade também é outra.

– A grafologia é uma pseudociência – murmura ele.

Thora acha graça.

– Então você continua empenhado em continuar sendo o mesmo Santi em todas essas vidas? O mesmo, por toda a eternidade?

Ele não responde. Ela estica a mão livre em direção ao livro. Surpreso, ele desliza o caderno e o entrega. Ela folheia as infinitas versões dos dois: dupla policial, fogos de artifício estourando sobre a cabeça, adolescentes perseguindo as próprias sombras oscilantes pela praia. Ele está melhorando. Thora lembra quando os desenhos dele eram hesitantes, imprecisos. Agora, são quase magistrais. Ela imagina que ele tenha treinado bastante.

– Continuo achando que se eu desenhar todas as versões, vou acabar encontrando um padrão – explica ele – e descobrir qual delas foi real.

– Qual delas foi real? – Ela o encara. – Santi, ou todas elas são reais ou nenhuma delas é. Não adianta ficar procurando diamante no meio de cacos de vidro.

Ele continua a encarando, com o olhar cansado.

– Eu não entendo. Você realmente se sente feliz sem se perguntar o porquê disso tudo?

Thora se segura. Ela quer contar a ele sobre as noites em que acorda em meio a alucinações, quando vê estrelas passando de um lado para o outro no teto do quarto dela e de Jules, formando todo tipo de constelação de que ela se lembra. Mas Oskar está protegido em seus braços, e Jules dorme a alguns metros dali, por fim, ao lado dela.

– Se eu perguntar por que, vou perder tudo isso que tenho – sussurra.

Santi discorda.

– Acho que é mais que isso, acho que você tem medo.

Thora bufa.

– Ah, é mesmo? Medo de quê?

– De eu ter razão. De isso tudo ser um teste. Um teste que exija algo da gente, algo que talvez a gente não esteja disposta a entregar.

– Acho que quem tem medo aqui é você – retruca ela. – Você não consegue encarar a possibilidade de que isso não signifique nada. Que seja apenas algum tipo de erro cósmico. – Ela fala ainda mais baixo, e troca Oskar de braço. – Há muitas vidas você vem tentando passar neste teste, trilhar o caminho certo. E aonde isso te levou?

Eles se encaram até que Félicette salta entre os dois. Santi a acaricia distraidamente.

– Você acha que ela se lembra?

Thora acaricia o pelo macio da gata.

– Talvez a Félicette seja a chave de tudo.

Quando chega a hora de Santi ir embora, Thora coloca uma chave reserva na mão dele.

– Nada de tocar a campainha da próxima vez.

Ele beija a bochecha dela e sai.

Dois meses depois, Thora está enviando algumas fotos de Oskar para os pais quando escuta a chave girar na fechadura da porta.

– Chegou cedo – diz ela, esperando que seja Jules.

– E quando você foi minha orientadora de doutorado?

– Prazer em revê-lo também – diz ela, quando Santi entra na sala. – Presumo que seja a questão da morte de novo?

Ele assente e senta no sofá, abrindo o caderno de recordações.

Thora rememora a solidão daquela vida.

– Na minha cama, de velhice. Ou assim acho eu. É claro que um assassino pode ter invadido a minha casa e me matado enquanto eu dormia. – Ela observa Santi rabiscar o caderno de recordações. – E você?

– AVC – diz ele, sem titubear. – Eu tinha só 35 anos.

– Sempre tirando a sorte grande, não é? – Ela senta ao lado dele. – E o que pretende fazer com tudo isso?

– Estou perto de descobrir alguma coisa. – Santi coça a barba por fazer e olha para Thora, que está com os olhos arregalados. – E se, cada vez que a gente morreu, foi porque era pra ser assim?

Ela leva um tempo para entender o que ele quer dizer. Ela pigarreia.

– Desculpe, deixa eu ver se entendi. De novo aquele papo de destino? Levando em conta toda nossa situação, achei que essa coisa de destino tinha ficado pra trás.

– Eu já te falei. Você precisa parar de pensar em cada uma dessas vidas como algo isolado, sem relação entre si. É preciso enxergar a coisa como um todo – diz ele, com as mãos espalmadas, como se as palavras não fossem suficientes para expressar seu ponto de vista.

– Naquela vez que a gente estava junto, trabalhando, correndo atrás do cara com a faca. Você lembrou que eu morri prestes a subir a torre, e me impediu para tentar me salvar. Mas não adiantou, eu morri do mesmo jeito. – Ele bate o braço no sofá para enfatizar o que diz. – Porque era pra ser.

– Eu não... – Thora fecha os olhos, frustrada. – Como você refutaria uma teoria como essa?

Ele a observa sem entender, como se ela tivesse feito a pergunta errada. Por um brevíssimo momento, Thora vê Santi exatamente como Jules o vê: preocupantemente magro, com olheiras, usando roupas velhas e sujas.

– Santi, olha pra você. Você mal tem condições de ficar em pé. Está dormindo menos do que eu, que tenho um bebê de três meses. – Ela apoia a mão no braço dele. – Você precisa se cuidar.

– Igual você faz?

Thora o encara.

– O que quer dizer com essa pergunta?

Santi hesita, como se a pergunta o obrigasse a engatar numa conversa que ele não está disposto a começar.

– A gente recebeu esse privilégio por algum motivo – responde, por fim. – Por que você se aproveita do que sabe? Para manipular a Jules e fazer com que ela queira ficar com você. Você se aproveita das lembranças que ela não tem, mas você sim, para parecer uma pessoa melhor.

– Como é? – questiona Thora, recuando o corpo.

– O que eu estou dizendo é... – começa Santi, e no mesmo momento ouve-se Jules girando a chave na fechadura.

Santi e Thora congelam.

– Desfaz essa cara – Thora diz entre dentes enquanto se levanta. – Ela vai achar que a gente está tendo um caso.

Jules entra.

– Oi, meu amor – cumprimenta, quando Thora vai ao encontro dela, a abraça e beija. Jules ri. – Nossa, posso saber o motivo de tanta receptividade?

– Ué, só faço isso para a minha esposa favorita – responde Thora, tentando agir com naturalidade.

Jules a encara desconfiada.

– De todas as outras que você já teve?

– Sim – responde Thora, sem hesitar.

– Tá bom. – Franzindo a testa, Jules analisa o rosto dela. Por que ela tem de ser tão observadora? – Bom, a sua esposa favorita aqui vai tomar uma ducha. Oi, Santi – diz, acenando por cima do ombro de Thora.

– Oi! – cumprimenta ele, com o olhar explicitamente triste.

Thora solta Jules, que segue para o banheiro. Quando a porta fecha, ela volta a sentar no sofá.

– Desculpe, onde paramos mesmo? Você estava me contando como eu me aproveito da minha esposa, não era?

Santi esfrega os olhos.

– Deixa pra lá.

– Não. Agora você já disse, não pode apagar. – Thora leva a mão à testa e a pressiona. – Eu só quero ter a certeza de que entendi. Invadir uma ocupação ilegal e morar lá... e viver rabiscando um caderno é o certo a se fazer, mas construir uma família com Jules não é? – Ela o encara e quase chega a rir, mas é um riso de fúria, raiva. – Você é um *egoísta*, Santi. Você se acha um herói, o nobre mártir que sacrifica o próprio conforto para fazer a sua existência valer a pena. Mas quer saber? Você é um péssimo amigo. Jules e eu... a gente se preocupa o tempo todo com você. A coitada da sua mãe...

Santi fecha a cara.

– Pelo menos eu estou tentando fazer algo mais do que simplesmente me preocupar em maximizar a minha felicidade.

– Você não quer ouvir – reclama Thora, erguendo as mãos. – Você sempre sabe o que é o melhor a se fazer, né? Sinceramente, *numa vida* você foi meu pai e...

– E você ainda age como se fosse a minha orientadora. – Santi a encara com a raiva que raramente demonstra, entalhada na paz natural de um arabesco de cicatrizes. Thora se lembra dele como irmão, na noite em que o encontrou na garagem, chutando uma máquina de lavar velha, caindo aos pedaços.

Santi suspira.

– E na próxima vida? O que você vai fazer?

– Já te falei. Quero fazer de tudo. Ser tudo. Talvez eu vá trabalhar num circo. Ou talvez fique rica e compre uma mansão em Rodenkirchen. Ou quem sabe eu finalmente vire astronauta. – Ela observa a cara que ele faz. – O que foi, não gosta dessa ideia também?

Ele discorda com a cabeça.

– Tudo isso não vai fazer o menor sentido se a gente não entender.

Thora acha graça. Santi atura a risada dela pacientemente, como sempre faz. E ela detesta o fato de saber disso.

– Por que é você quem decide o que faz sentido e o que não faz?

Santi levanta.

– Não tem por que a gente continuar essa conversa com você desse jeito.

– Que jeito? – Thora sente a raiva corroer as entranhas. – Você não pode fazer isso. Não pode se meter na minha vida assim e dizer que nada faz sentido.

Santi caminha pela sala.

– Agora sou eu quem vou te dizer o que você não pode fazer.

– Fala baixo, caralho! – Ela o repreende.

Mas Santi mal escuta. Ele vira para ela, cuspindo fogo pelos olhos.

– Você não pode colocar uma cerca em volta de mim. Isso é tudo o que eu te peço, Thora. Só isso, nada mais. Eu e você estamos muito além disso. Temos sido demais um para o outro. – Ela precisa detê-lo, precisa fazer ele calar a boca, mas Santi é primal, ininterrupto feito um vulcão em erupção. – Você não pode simplesmente me usar como um acessório dessa sua vida perfeita. Mandando eu me calar quando te convém, te ouvir quando você está entediada.

Ela detesta o modo como ele entra na cabeça dela, o modo como ele diz as coisas que ela mal admite para si mesma.

– Eu não fico entediada.

– Mentirosa! – esbraveja ele. – Você é como eu. Você quer *saber* também. Quer *entender* tudo isso. Você quer procurar, encontrar e... tocar o que não consegue explicar. Não... enfiar a cabeça embaixo da terra e se esconder disso. – Santi está gritando, bem de frente para ela, mas Thora se recusa a recuar. – Por que finge ser outra pessoa?

Thora o encara. Ela não pode responder à pergunta. *Porque é essa pessoa que Jules precisa que eu seja*. Ela não sabe de onde vem essa convicção de que procurar em outro lugar e permanecer com Jules são incompatíveis, a convicção de que terá de abrir mão de uma dessas coisas.

– O que está acontecendo aqui?

Thora vira e o coração parece que vai saltar da boca. Ela não sabe há quanto tempo Jules está ali, enrolada numa toalha, molhada.

– Merda – reclama Thora, em pânico. Ela caminha em direção à porta. – Preciso sair.

– Pra onde? – pergunta Jules, aproximando-se dela. – A gente pode conversar sobre o que está acontecendo aqui?

Thora nega com a cabeça e começa a calçar as botas.

– Acredite em mim, estou dizendo que não vai ser bom conversar comigo desse jeito.

Jules fica ali parada, tremendo, a água escorrendo pelos ombros. A cara de preocupação e reticência que ela faz é muito familiar. É a mesma que ela faz quando tudo sai errado.

– Thora, por favor...

Thora se detém no batente. Ela tinha um plano para esta vida: Jules acima de tudo e todos. Mas não pode continuar ali, oscilando à beira do abismo que Santi acabou de abrir entre eles. Ela desce os degraus, afundando no eco dos próprios passos numa centena de lances sobrepostos, que ela desce de uma só vez. Ela sai em disparada pela rua onde o farol aponta para o céu feito um dedo acusativo. Naquele momento, tudo parece fora de ordem. A cidade, que ela vem se esforçando tanto para enxergar como algo real, agora se desintegra em pedacinhos bem diante dos seus olhos.

– Thora!

Ela vira a cabeça para olhar para trás e avista Santi correndo atrás dela. No instante seguinte, Thora se esgueira e entra numa viela e sai na mesquita na extremidade do parque, cuja vidraça panorâmica reflete uma centena de "eus" fragmentados. Ela continua correndo, como se pudesse deixar todas essas versões dela mesma para trás.

Santi a encontra na igreja onde eles se casaram. Ela sabe que é ele logo que a porta abre, mas não vira para olhar. Continua olhando para o altar, para o Cristo pendurado e inexpressivo. De canto de olho, ela percebe que Santi faz uma pausa no corredor para se benzer.

– Achei que este era o último lugar do mundo em que você viria me procurar – comenta ela.

Ele desliza para o banco até chegar ao lado dela.

– É por isso que vim aqui primeiro.

Thora suspira.

– A Jules está bem?

Ele diz que não.

Thora não precisa perguntar mais nada. Ela começa a roer as unhas, sente o gosto amargo do esmalte com que as pintou, uma tentativa para tentar cortar o hábito.

– Eu finalmente sei como ela é de verdade. Finalmente aprendi como devo agir, o que fazer pra ela ficar comigo. E não fui eu quem estragou tudo desta vez. Desta vez, a culpa foi sua. – Ela respira fundo. – Você contou pra ela?

– Não – responde Santi gentilmente.

Thora observa as velas bruxuleantes. Ela semicerra os olhos até as chamas se fragmentarem e se fundirem com o brilho no canto do seu olho. Ela lembra de quando entrou por esse corredor usando um vestido vermelho-sangue, enquanto Santi a aguardava no altar. O abismo entre aquele eu e o atual é grande o suficiente para fazê-la cair e ser engolida.

– Quando você era minha filha... – começa Santi.

Thora se prepara para a sessão "conselhos de um sábio".

– Sim?

– Você lembra como a gente morreu?

– Claro que eu lembro. – Thora envolve o corpo com os próprios braços, sentindo o banco duro nas costas. – A gente estava num carro. Ele derrapou no gelo e... – Ela vacila, sentindo novamente a dor lancinante e inimaginável. – Você morreu primeiro. Fiquei sozinha no carro por meia hora. – A angústia daquela vida a acomete, apossando-se dela feito um fantasma vingativo. – Você prometeu que nunca me deixaria sozinha.

Com o olhar pesaroso, Santi a observa.

– Mas eu voltei.

Ela tira sarro.

– Claro. Como um irmão gêmeo insuportável.

– Como irmão mais velho.

Ela revira os olhos.

– Por meia hora de diferença, eu...

Os dois se encaram. Sem dizer uma palavra sequer, Thora estica o braço até o caderno de recordações. Santi o folheia até encontrar a página certa e o entrega para ela. Os olhos de Thora observam o quadro desenhado ali, de ponta a ponta.

– Faz sentido – diz ela. – É sempre assim. Quando você morre primeiro, na próxima vida vem mais velho. Quando eu morro primeiro, sou eu quem vem mais velha. E quando a gente morre ao mesmo tempo, voltamos com a mesma idade. – Revolvida pela emoção da descoberta, ela volta a olhar para Santi.

– Eu sabia... Eu sabia que tinha alguma mensagem, algum significado por trás disso – afirma Santi.

A alegria de Thora se esvai tão rapidamente quanto surgiu. Ela afunda o corpo no banco, devolvendo o caderno para ele.

– E daí? A gente vai continuar morrendo. Que diferença faz se eu ou se você for mais velho da próxima vez? – Thora faz que vai começar a roer as unhas, mas percebe e enfia a mão debaixo da perna para se conter. – Contanto que eu venha com a mesma idade da Jules, pra mim tanto faz.

– Pensei que você sempre viesse com a idade dela.

– Nem sempre. Ela é um ano mais nova – responde Thora, com um sorriso. – Ela sempre diz que eu devo ter algum erro de fábrica, porque ela é evidentemente mais madura que eu.

Santi hesita por um momento antes de falar.

– Mas, então, sobre o que eu estava tentando dizer antes... Eu não quis... Digo, não cabe a mim dizer como você deve ou não viver.

Thora bufa.

– Você poderia ter me enganado.

– Mas uma coisa é certa. A sua relação com a Jules é construída com base no que você sabe a respeito de vocês, mas ela não. Isso não é justo. E eu acho que você sabe disso.

Thora desvia o olhar. Um vazio começa a se abrir dentro dela, uma solidão que ela não consegue suportar.

– Eu só quero poder ficar com ela – conta, entristecida.

– Então, fique com ela. Mas você precisa ser sincera. Com ela. Mas com você também.

Ele levanta. Thora olha para a mão estendida que ele oferece como se fosse uma escolha. Mas na verdade, não é. Todo esse tempo ela tem vivido com Jules dentro de uma redoma de vidro. Agora, chegou a hora de romper essa caixa e de saber se é possível transformar os cacos em algo.

– Eu continuo querendo saber o porquê – diz ela. – Você acha que eu parei de perguntar, mas não é isso. A gente volta a se falar quando... eu tiver menos a perder.

Santi a encara com o olhar sério.

– Vou fazer isso.

Ela segura a mão dele e aceita sua ajuda para ficar de pé.

– Talvez a gente seja simplesmente dois loucos – pondera ela enquanto caminham pelo corredor, sob o vitral escuro. – Trancados num quartinho por aí, sonhando com outras vidas.

Sob a brisa noturna de verão, os dois caminham pelo centro em direção a Ehrenfeld. Enquanto atravessam o parque, Thora olha para cima. O brilho das estrelas parece artificial, próximo demais, como um conjunto de pontinhos de luz pendurado num teto falso.

– Lembro do quanto fiquei assustada quando percebi pela primeira vez que elas tinham mudado – comenta com Santi.

Ele olha para a mesma direção que ela.

– O que me assusta é que elas não mudam mais.

– Quê? – Thora semicerra os olhos, tentando fazer combinações entre os pontinhos de luz espalhados e os inúmeros mapas estelares que ela tem guardados na memória. – Desde quando reparou nisso?

– Há algumas vidas... Tem sido assim, são sempre as mesmas, nunca mudam.

Thora observa Santi, tentando descobrir se ele está pregando uma peça nela ou se aquilo é verdade mesmo. Mas ela conhece o Santi desta vida. Ele não é o tipo que curte brincadeira, pelo menos não em relação a esse tipo de assunto.

– Acho que parei de olhar pra elas – comenta.

O silêncio dele vale mais do que uma resposta.

Thora suspira.

– Então me diz. Qual é o motivo disso?

Santi dá de ombros.

– Vários.

Ela desdenha.

– Ah, claro, bem típico de você responder isso. E tendo conhecido várias versões suas, posso dizer isso com propriedade. – Thora pisca e a estrela desaparece. Na sequência, lá estão elas mais uma vez, imóveis e à espera. – Por que acha que nunca conseguimos ir até lá?

Santi desvia os olhos dos céus e olha para Thora com um sorriso afável.

– Não existe *nunca*. Não para a gente.

Thora estremece ao refletir sobre o que acabou de ouvir. Ela sente uma mistura de pavor e conforto ao pensar que esta não é sua última chance. De repente, outra estranha sensação a acomete, e ela começa a achar graça de tudo aquilo.

– O que foi? – pergunta Santi.

– Sabe do que eu preciso agora? – Ela o observa, encara o olhar soturno que nunca olha para trás, sempre fixo na eternidade. – De um amigo. Como você deveria ser, nesta vida. Não de um... sei lá o que diabos manda a tal conversa do "enxergar a situação como um todo". Será que você não poderia simplesmente... ser isso pra mim? Um amigo? Só desta vez?

Por um momento, os olhos de Santi se detêm no céu. E, na sequência, ele oferece o braço a ela.

– Vem – diz. – Vou te levar pra casa.

Jules está esperando quando ela chega em casa.

Thora fica parada na porta. Talvez seja este o momento em que ela estraga tudo, o momento em que Jules sai de casa para nunca mais voltar. Ela poderia simplesmente se entregar a ele, feito quem fecha os olhos e se prepara para uma queda livre. Ou poderia lutar para se erguer, teimando com a gravidade, rumo às estrelas.

– Desculpa – pede Thora. – Eu não deveria ter saído, deveria ter ficado e conversado com você.

Jules não diz nada. Thora tem a inquietante sensação de que a esposa consegue atravessá-la com os olhos e enxergar todas as suas camadas e versões, todo o seu vazio interior.

– É verdade o que o Santi disse? – indaga Jules. – Que você estava fingindo? Porque... se você se sente presa, se quiser outra coisa neste momento, eu... – Ela balança a cabeça, enxugando as lágrimas.

Thora segura o queixo de Jules e o levanta para olhar para ela.

– Isto é tudo o que eu quero – afirma com total convicção. Porque, para esta versão dela, a versão deste exato momento, é a mais pura verdade.

Jules a abraça, suspirando.

– A gente ainda está junto? – pergunta Jules.

Thora a beija profundamente.

– Sempre.

As duas fazem amor pela primeira vez desde que Oskar nasceu. Depois, deitada nos braços de Jules, Thora sente vontade de chorar, mas se contém. Ela nunca chora. Vida após vida, esse bolo preso na garganta, a secura nos olhos, essa eterna sensação nunca passa, como se alguma parte fundamental dela estivesse faltando.

Jules enrola uma mecha do cabelo de Thora – laranja vibrante das pontas à raiz, raiz que ela ainda não teve tempo de tingir – em volta do dedo.

– O que foi, amor?

Thora olha para ela, o rosto que ela conhece há tantas vidas, os olhos que conhecem apenas essa versão dela. Santi tem razão. Não é justo. Como Jules pode perdoá-la por tudo de errado que Thora fez, se para Jules as outras vidas nunca existiram?

– Preciso te contar uma coisa – anuncia Thora.

Jules vira de lado no travesseiro.

– O quê?

Thora fecha os olhos.

– Eu não lembro do começo – diz. – Não sei quando começou nem se teve um começo. Mas vou te contar como tem sido, pelo menos pra mim.

Ela conta tudo a Jules. E sente um estranho alívio de compartilhar isso com uma pessoa que não seja Santi. Thora pôde contar tudo como se fosse uma história, sem ser interrompida, sem que o modo de Santi de enxergar as coisas a atrapalhasse. Enquanto contava, ela passou o tempo todo de olhos fechados, sem se atrever a olhar para o rosto de Jules.

Ao terminar, ela espera que Jules diga algo. Mas em vez de ouvir a sua voz, ela escuta Jules virar para o outro lado, na cama. Ao abrir os olhos, Thora vê Jules sentada, de costas para ela.

– Jules – chama, apavorada. – Fala comigo.

Jules não se mexe. Thora senta e segura os ombros dela para virá-la. Jules a encara. Ela não está com raiva. É pior. Está completamente inexpressiva, talvez confusa. Devagar, ela se desvencilha das mãos de Thora.

– Não sei o que dizer. – Ela levanta e começa a se vestir.

O coração de Thora congela. Ela se lembra de outra noite, enquanto abria caminho por entre a multidão, no Ano-Novo. Santi contou a ela sobre ele e Héloïse. *Eu tentei explicar pra ela como me sentia. Ela falou que não sabia o que dizer. Depois disso, foi embora.*

– Jules – chama Thora, seguindo a esposa que sai do quarto, e caminha até o quarto do bebê. Jules acomoda Oskar no canguru. – Você não vai... Você não pode...

Jules a encara, decepcionada.

– Não posso deixá-lo com você. Eu não sei quem você é.

Thora não consegue se conter. Ela começa a rir e, em meio aos risos, dá suspiros dolorosos que a fustigam feito as contrações de um parto.

– E quem eu sou, então? – Ela segue Jules até o banheiro, depois de volta para o corredor e até a porta do apartamento. – Por favor, Jules, me diz, quem eu sou?

Jules faz que não com a cabeça, sai e fecha a porta.

Thora arqueja. Está se afogando de novo, a água gelada a suga para as profundezas. Ela pragueja, se veste e desce as escadas correndo, procurando o celular nesse meio-tempo para ligar para Santi.

Ele atende imediatamente. Ela tem suas dúvidas se Santi ainda dorme.

– É a Jules... – diz, enquanto desce as escadas. – Ela está indo embora. A culpa é sua. Você tem que vir aqui e consertar as coisas. Você tem que...

– Thora, se acalme. – Ela detesta a calma com que ele diz a frase. – Onde você está?

– Em casa. Você tem que vir, ela está... – Thora desliga ao avistar Jules já dentro do carro, Oskar ajeitado na cadeirinha, no banco de trás. O carro dá a partida. Thora congela. E faz uma escolha. Ela sai correndo para pegar a bicicleta. É absurdo, claro. Nunca vai alcançar Jules. Mas a outra opção seria ficar ali, parada, assistindo a melhor vida que ela já teve sumir, desaparecer por completo, ou seja, não é bem uma opção, porque ela jamais escolheria isso.

Cinco minutos depois, estirada na sarjeta, Thora treme de dor e raiva.

– Você me falou pra fazer isso – diz ela, ofegante, em meio a uma risada agonizante. – Você me disse que, se eu quisesse ficar com a Jules, teria que contar toda a verdade. Eu fiz isso e ela foi embora. Você sabia que ela iria embora, como a Héloïse fez. Você sabia que eu iria atrás dela. E provavelmente sabia que a porra de um caminhão iria me atropelar. Você sabia de tudo isso, não sabia?

Santi está lá com ela, é claro, além dos destroços retorcidos da bicicleta, além dos paramédicos que zunem feito moscas alaranjadas ao redor dela, e Thora consegue enxergar tudo isso com o pouquíssimo campo de visão que lhe restou.

– Aguenta firme – pede ele.

– Você errou – resmunga ela, quase sem ar. – Isso não está *certo*. Não está no meu *destino* morrer agora. Está no meu destino viver com a Jules, amá-la, criar o Oskar, beber chá e jogar tempo fora... ai, meu Deus, que dor! Cadê a Jules?

– Ela já vem, Thora. Ela está com o Oskar, aguenta firme.

– Aguentar firme – repete ela. – Era isso que eu estava tentando fazer. – O mundo está se dissolvendo, oscilando feito a chama de uma vela gotejante. – Eu nem consegui me despedir deles. Como pode ser tão injusto assim?

A voz dele vacila.

– Você vai encontrar eles na próxima.

– Não, não vou. Ela não vai ser a mesma Jules, eu não vou ser a mesma Thora, e Oskar nem vai existir... – Dói respirar, mas Thora não quer que Santi fique com a última palavra. – A esta altura, você pode achar que eu já estou acostumada com a morte. Mas ela é sempre apavorante, sempre...

Ele pega a mão dela e a aperta firme. Santi chora, claro. Ele sempre chora por ela, mas ela nunca chora por ele.

– Eu vou cuidar dos dois – diz ele.

Thora ri, embora isso doa mais do que ela tenha imaginado.

– Vai se foder – esbraveja, com toda a sinceridade que consegue transmitir. Ela entende, agora, a revelação que se manifesta gradualmente, feito ondas de dor: as escolhas que fez por causa dele, a forma como a sua vida se deturpou por conta dele. – Foi você! – reclama. – O problema é você. Você está sempre no meio do caminho!

– Thora... – diz, arrasado, aos prantos. – A gente vai conversar sobre isso. Vou te achar na próxima vez.

As sirenes gemem feito pássaros selvagens. Thora reúne todas as forças que restam e, pressionando os lábios, quase cerrando os dentes, ela consegue articular a última coisa que quer dizer a ele.

– Nunca mais quero voltar a te ver.

NUNCA SIGNIFICA NUNCA

Santi olha para o próprio reflexo no vidro, encapuzado e atento, preparando-se para quebrá-lo. Puxando a manga da blusa para cobrir a mão, ele a enfia no buraco do tecido, abre a janela e limpa os cacos do peitoril para poder subir ali. Ele se agacha, na expectativa de que o eco do vidro quebrado suma e dê lugar ao silêncio. Depois de se certificar que está sozinho, ele se endireita em meio à escuridão e ao silêncio da sala de atendimento a ex-alunos da universidade. Em algum lugar desta sala empoeirada, abarrotada de computadores velhos e armários, ele vai encontrar Thora.

Está caçando ela pelos quatro cantos desde que chegou em Colônia, seis meses atrás. Mas não veio de trem desta vez, veio no banco do passageiro de um estranho, de carona, num trajeto extenso e irregular, fugindo da bagunça que deixou para trás, na Espanha. Santi nunca quis que fosse o ponto-final, mas sim mais uma parada da jornada. Porém, quando avistou a linha do horizonte da cidade, começou a chorar, sem saber por quê.

O motorista, perplexo e solidário, olhou para o lado:

– Está viajando há muito tempo, cara?

– Acho que sim – responde, mas, à medida que a cidade se aglutinava em torno dele, Santi tinha cada vez mais a sensação de nunca ter estado em outro lugar a não ser ali.

O motorista o deixa em Hauptbahnhof. Santi caminha para a praça da catedral, e as lembranças começam a chegar aos poucos, fragmentadas feito uma música que soa num fone de ouvido quebrado. Ele, sentado naqueles degraus, desenhando as torres em seu caderno; saindo apressado da delegacia numa manhã gelada, tomando o último gole de café antes de seguir para o quartel da polícia. Ele continua sem entender nada até que um homem de casaco azul caminha até ele e toca seu braço.

– Você está aqui.

Santi olha para o rosto assustado do homem e seu cabelo comprido e emaranhado pelo vento. Ele não consegue se livrar da ideia de que esse homem é transparente, de que, se observá-lo com muita atenção, vai conseguir enxergar o que ele representa.

– Você está aqui – diz o homem mais uma vez.

Santi olha para cima, em direção à catedral.

– Estou – responde. As palavras escorregam pelo pensamento, ganham a forma de uma imagem, de letras maiúsculas numa parede. As letras mudaram. Não sou mais *eu*. Mas *nós*.

Lembra-se da última vez que viu Thora. Sentindo muita dor, ofegante, apertando a mão dele, agarrando-se àquela vida, desesperada por perdê-la.

O homem de casaco azul está indo embora.

– Espere – pede Santi, chamando-o. – Onde está a Thora?

O homem olha para Santi como se a pergunta não fizesse sentido.

– Aqui – responde ele.

Santi começa a compreender enquanto corre pelo centro da cidade, tropeçando na vida e na morte para encontrar a vida que realmente importava, a de Thora. Da última vez, ele viveu 45 anos a mais que ela. Agora, tem 35, então, ela deve ter oitenta. *Meu Deus, permita que ela ainda esteja viva*. Ele acelera o passo, as últimas palavras dela martelam a mente dele. *Nunca mais quero voltar a te ver*.

Ele não achou que ela tivesse dito aquilo pra valer, até que chegou ao Der Zentaur e não a encontrou lá. Santi examinou todas as mesas, uma por uma, várias vezes, procurando por alguma senhora com os olhos de Thora.

– Posso ajudar?

Brigitta, tão familiar quanto um fantasma. Ele agarra os braços dela, aliviado. Ela se afasta, erguendo as mãos.

– Desculpe – pede ele, afastando-se, cerrando os punhos. – Estou procurando uma pessoa. Ela... ela vem sempre aqui. É uma senhora, alta, sotaque inglês. O cabelo... deve estar tingido.

Brigitta balança negativamente a cabeça.

– Não me lembro de ninguém assim por aqui.

Ao sair do bar e olhar para o outro lado da praça, Santi começa a rir. Na torre do relógio, escrita em letras pretas e garrafais, está a mensagem de Thora: NUNCA SIGNIFICA NUNCA.

A esta altura, não deveria restar a menor dúvida de que ela estava falando sério mesmo. Mas, de todo modo, uma mensagem como aquela era um aviso para ele não se aproximar, uma escolha consciente dela, ciente de que ele a leria. Santi não poderia ter encarado de outro modo: um desafio.

Um desafio que o trouxe para esta sala escura, cheia de papéis voando pelos ares por conta da brisa que atravessa a janela quebrada.

Algo se mexe no corredor. Santi encosta o corpo contra a parede, sentindo o coração disparar. Ele se lembra de ter sido, em outras vidas, calmo, confiante, resoluto. Agora, ele se sente feito um novelo de lã da mãe, que afrouxa e se solta pouco a pouco ao menor barulho que escuta. Santi respira entrecortado, tentando se controlar; não que esteja contando com a própria capacidade de fazer isso, mas de uma outra instância que ele não tem mais certeza se deve se chamar "Deus".

Primeiro, ele tentou fazer isso do jeito certo. Depois de seis meses assombrando o Odysseum, o cinema de arte, o centro LGBT, a cafeteria turca Ehrenfeld, os estúdios de tatuagem do Bairro Belga, enfim, todos os possíveis lugares que Thora frequentaria, todo e qualquer lugar onde ela poderia ter deixado algum rastro, o desespero o trouxe à faculdade.

– Estou tentando entrar em contato com uma pessoa – disse ele. – Talvez ela tenha sido aluna daqui, há sessenta anos.

Por cima dos óculos, a recepcionista o observa.

– Qual o nome dela?

– Thora Lišková. – Dizer o nome dela em voz alta era como proferir uma oração. Enquanto soletrava, Santi lembrou da mão dela esculpindo as letras, uma por uma na torre, tantas vidas atrás.

A recepcionista fecha a cara.

– Desculpe. Nenhum registro.

Claro. Se ela queria se esconder dele, a primeira coisa que faria seria mudar de nome.

– Será que... será que eu poderia ver algum registro de fotos dos alunos? Eu a reconheceria, se a visse...

A recepcionista o mede da cabeça aos pés. Santi e suas roupas surradas, o sotaque estrangeiro, as mãos trêmulas.

– Desculpe. Você é ex-aluno da universidade? – Santi nega. *Não nesta vida.* – Nesse caso, sinto muito não poder ajudá-lo. Protegemos a privacidade dos nossos alunos. Com certeza compreende, não é?

E por isso ele foi embora e voltou naquela noite, quebrando a janela que ele já havia observado como um possível ponto de entrada. Difícil se livrar dos hábitos de uma vida criminosa. Agora, cá está ele, de frente para um computador, abrindo a tela de login. Em outra vida, Santi já trabalhou aqui. Era um emprego temporário, no verão, quando estudava engenharia. Ele anseia pelo foco e pela rapidez daquele eu. Por que não pode ter vontade de mudar, mesmo quando se lembra ter sido uma pessoa diferente? As primeiras semanas depois de ter chegado... foi quase um alívio lembrar de tudo aquilo. Santi estava tão perdido nesta vida... dez anos fora da prisão, apreensivo por conta de todos os erros que cometeu. Ter a consciência de que nem sempre foi assim parecia um verdadeiro presente, mas agora se assemelha mais a uma maldição: a memória guarda inúmeras versões melhores de si mesmo, versões diferentes de um Santi que ele nunca poderá ser.

Ele reflete sobre as decisões que o trouxeram até ali. Um roubo na adolescência para impressionar uma garota, o envolvimento com a turma errada, riscos cada vez maiores que, no fim, o fizeram parar na cadeia. Decisões tomadas às cegas, ignorando a convicção que o acompanhava há tantas vidas, a convicção de que a vida dele e Thora valiam a pena. É inevitável, dói pensar na injustiça disso tudo. Como Santi pode buscar o caminho certo se a vida que ele teve antes de recuperar certas memórias o transformou numa versão que ele não pode mudar?

Santi. Concentre-se. Ele imagina a voz de Thora, a mão firme dela no ombro dele. A tela de login aparece, o monitor se ilumina, aguardando que ele insira os dados. A senha costumava ser *heimweh*[6]. Ele tenta. Funciona. Observando a tela de uma ponta a outra, ele procura o registro dos alunos que frequentaram a universidade sessenta anos atrás. Santi vasculha os nomes, de vez em quando olhando para o vidro da porta, espreitando algum possível

---

6 Termo alemão que significa "saudade de casa". [N. E.]

movimento ou indício de luz. Quase ele pula um nome, mas se dá conta a tempo e volta. Lá está ela: uma foto de baixa resolução no canto superior direito da tela.

– Jane Smith – lê. Santi não consegue conter o riso. Ele ri, e ri alto. É o mesmo nome que ela usou para fingir se apresentar. O nome que ele adivinhou, na vida em que se casou com ela. Thora poderia ter escolhido qualquer outro. A descoberta só confirma o que ele pensou logo ao ver a mensagem dela na torre. De certo modo, Thora quer, sim, que ele a encontre.

Ele analisa a ficha dela e lembra de quando conseguia ler esse tipo de informação sem o menor esforço, mas agora a mente se inquieta, fugindo de um lado para o outro. Cursos que ela fez na época da graduação, nenhum deles familiar: literatura, economia, teatro. Um endereço, atualizado recentemente, com um número de telefone e uma observação, que diz: *Doadora assídua, entre em contato!*

Com as mãos trêmulas, Santi pega seu caderno de recordações. Ele anota o número do telefone e o endereço: Rodenkirchen, um bairro nobre do sul, vizinho ao rio. Santi nunca conheceu nenhuma versão de Thora que morasse lá. Ele escuta a voz dela mais uma vez, baixa e sarcástica. *Talvez eu fique rica e compre uma mansão em Rodenkirchen.* Outra pista que ela deixou para ele. Ele olha para o endereço dela no meio dos desenhos e precisa se conter para esconder a euforia: o inexplicável materializado, a imaginação se fez carne.

Uma luz se acende do lado de fora da porta. Santi pragueja. No momento em que ele enfia o caderno de recordações dentro da jaqueta, o segurança já está destrancando a porta. É tarde demais para escapar pela janela. Em silêncio, Santi roga por um milagre. Ele corre em direção ao segurança, na esperança de derrubá-lo. Mas o homem se esquiva. Antes que haja tempo de mudar de direção, Santi corre para a parede, ou melhor, *atravessa* a parede, transportando-se magistralmente da existência para a não existência.

Santi se vê do lado de fora, a grama sob os pés, cercado de árvores e com o céu noturno sobre a cabeça. Ao olhar para cima, espantado e aterrorizado com o que vê, ele prende a respiração: as mesmas estrelas mais uma vez, reluzentes e estáveis, iluminando o céu.

Na manhã seguinte, de seu apartamento mofado em Kalk, do outro lado do rio, ele liga para o número de telefone que encontrou na ficha. As cortinas cinzentas, o tapete manchado, tudo se confunde com a irrealidade enquanto ele escuta a linha chamar.

– Alô? – atende uma voz jovial. Não é Thora.

Ele pigarreia.

– É... gostaria de falar com Jane Smith?

– Aqui é a filha dela – responde. – Desculpe, mas minha mãe está muito doente... Perdão, com quem eu falo?

Uma filha. Ele imagina uma Estela adulta que ele nunca chegou a conhecer. O choque o faz esquecer o próprio nome.

– Eu... Santiago López – responde. – Poderia fazer a gentileza de avisar que eu liguei? Diga... diga que foi o Santi. Ela vai saber quem é.

Um momento de silêncio.

– Tá bom – diz a moça brevemente e desliga.

Ele não espera que ela retorne. Santi está na metade do caminho até a porta, rumo ao endereço em Rodenkirchen, quando, menos de um minuto depois, o telefone dele toca.

– Ela não quer te ver. – A filha de Thora parece brava. – Ela mandou dizer que achou que isso tinha ficado claro.

Santi hesita. Como explicar que ele não está nem aí para o desejo de uma mulher moribunda, e que ele vai atrás dela mesmo que para isso tenha que quebrar todas as janelas da cidade para encontrá-la? Mas a filha não acabou de dizer tudo que tinha para dizer. Com uma secura fantasmagórica que ele reconhecia, ela acrescenta:

– Ela também me pediu para avisar que está no hospital central e que o horário de visita é até as seis.

Santi ri, em silêncio.

– Em qual ala?

– Oncologia – responde ela e desliga.

Câncer. Como Santi gostaria que Deus fosse um pouco mais criativo. Pelo menos desta vez ela chegou aos oitenta. Ele ainda lembra da visita que fez à sua jovem fisioterapeuta na mesma enfermaria, e o quanto aquilo machucou para sempre seu coração velho e cansado.

Ele pega um ônibus até o hospital. Enquanto o veículo se arrasta no caminho até o outro lado do rio, Santi se contorce no próprio assento, arrependendo-se de não ter feito o percurso a pé. Ele desce antes do ponto certo e corre, o vento primaveril chicoteando a jaqueta. Na recepção, diz seu nome e senta. Depois de uma eternidade aguardando numa cadeira de plástico, uma mulher de aparência preocupada se aproxima.

– Senhor López?

Ele levanta.

– Sou eu.

– Sou Andromeda. Filha da Jane. Pode me acompanhar, por favor?

Andromeda não se parece nem um pouco com Estela, e não há absolutamente a menor semelhança com nenhuma das versões de Thora de que ele lembra. Ele a acompanha, pela primeira vez se perguntando se tudo isso não foi um grande erro, se não está prestes a importunar uma moribunda que por acaso se parece com sua amiga imaginária. *Ela pediu pra você vir*, ele lembra a si mesmo enquanto entra num corredor cheio de pessoas da família, todos observando.

A filha se vira. Está chateada, mas disfarça bem. Agora, Santi consegue identificar semelhanças entre ela e Thora.

– Ela pediu pra falar com você a sós. Queremos respeitar as últimas vontades dela, mas não temos muito tempo. Agradecemos se puder ser breve.

Ele chega a pensar em dizer a ela que o que não falta à Thora, ou a ele, é tempo. Mas desiste.

– Vou me esforçar para isso, pode deixar – diz, entrando no quarto. Ele fecha a porta.

Thora está deitada na cama, as mãos nodosas seguram a colcha. O cabelo tem aquela mistura entre branco e grisalho das mulheres velhas, com cachos artificiais. Ele nunca a viu tão velha. Essa versão da vida deve ter sido boa para ela. Uma vida segura. Santi pensa na infância difícil que ele teve e que rendeu dois anos na cadeia, e sente uma tristeza repentina. Nesta vida, ele não viverá até a idade dela.

– Você está atrasado. – A voz da senhora é quase inaudível, e parece mais um suspiro do que uma voz. Mesmo assim, é inegável. Thora. Em carne e osso, bem na frente dele, a um triz de perdê-la mais uma vez.

Ele se senta na cadeira ao lado da cama dela.

– Parece que quem quase se atrasa é você.

Santi fica feliz por ainda conseguir arrancar um sorriso dela. Ele passa a mão pelo cabelo de Thora, e a maneira como ela o observa, um tanto aborrecida, o deixa muito entristecido.

– Me desculpe – pede ele. – Eu teria vindo antes. Mas você se escondeu muito bem. Eu estava começando a achar que você estava certa quando disse que era fruto da minha imaginação.

Ela desdenha, nada impressionada.

– Sério? Acha mesmo que conseguiria me imaginar?

– Tem razão. – Ele olha nos olhos dela. São os mesmos olhos de sempre, azuis, observando-o agora através do rosto combalido de uma velha. – Jamais pensei que você escolheria dar o nome de Andromeda para uma criança.

Thora cerra os dentes.

– Se eu tivesse força pra levantar o braço, te dava um soco agora mesmo.

Ele ri. Ao vê-la passar a mão pelas cobertas, Santi percebe que a tatuagem não está mais no lugar de sempre. E sente vergonha de dobrar a manga da camisa e mostrar a ela a réplica que ele mandou fazer no pulso dele, no último estúdio de tatuagem em que esteve, à procura dela, no Bairro Belga.

– Há quanto tempo você está em Colônia? – pergunta ele.

– Sessenta e dois anos.

Santi sente o corpo vacilar ao se dar conta do tempo perdido. Dos 62 anos, desde os últimos 35 deles, ele vive. E por quinze como um cidadão livre. Ele poderia ter vindo para a cidade durante esse tempo e encontrado Thora antes que fosse tarde demais.

– Só lembrei quando cheguei aqui. De novo. Foi assim com você também?

Ela assente, com os olhos fechados.

Santi inclina o tronco à frente, aproximando-se.

– Qual é a deste lugar? Por que a gente sempre acaba parando aqui? Por que a gente só lembra dele quando põe os pés aqui?

– Talvez, se a gente conseguisse sair daqui, esqueceríamos. – Ela tosse, e é uma tosse profunda, terrível, típica dos doentes terminais. – Você deveria tentar – acrescenta, quando consegue recuperar o fôlego. – Pra mim, não dá mais tempo.

A última coisa que Santi quer é esquecer este lugar. Assim como também não quer que Thora esqueça.

– Eu cuidei deles. Da Jules e do Oskar, depois que você morreu. Como eu te prometi.

O olhar anuviado de Thora não vacila.

– Eu deveria te agradecer por isso?

– Sim. – Ele treme, de raiva. Por um bem-aventurado momento, ele não se sente o Santi perdido desta vida, mas o entusiasmado da última. – Eu tinha uma missão. Estava tentando achar o caminho certo. Mas desisti disso pra cuidar deles. Desisti pelo que eles significavam pra você.

– Você sempre tem que ser o mártir. – Ela remexe nos cobertores, as mãos trêmulas cheias de veias sobressaltadas. – Eu estaria lá pra cuidar deles, se não fosse por sua causa.

A velha culpa recai sobre ele. Pesada. Thora estava feliz com Jules, ele não deveria ter se intrometido. Santi estava tão comprometido com a verdade maior por trás de tudo aquilo que não conseguia entender por que Thora queria tanto se esconder dela. *Você é um egoísta, Santi*. A frase dela se repete, agora na própria voz dele. Uma ideia surge em sua cabeça, tão vistosa quanto a luz do sol. E se o que se passa com os dois não é um teste, mas uma punição? E se o que acontece na vida de agora for uma consequência do que ele fez de errado na anterior?

Ele fecha os olhos, esfregando o pescoço dolorido. Está cansado, exausto. Só Deus sabe quando isso terá fim, quando Santi vai ter visto o suficiente, feito o suficiente e sido o suficiente.

– E por falar nisso – comenta Thora –, acho que já roubou tempo demais da minha família.

Ele olha para Thora e percebe seus olhos fixos na janela de vidro, onde seus entes queridos a observam com um olhar suspeito, e obviamente compreensível. Um homem com a metade da idade dela, um homem que nunca viram, de repente aparece em seu leito de morte. Ele acena para as pessoas, que continuam o encarando, inexpressivas. Santi levanta.

– Vou sair pra deixar você se despedir.

– É o melhor a fazer. Não sei se vou ver todo mundo que está ali de novo. Agora, quanto a você, não tenho como escapar.

Ela diz isso em tom de piada, mas Santi agora conhece Thora o suficiente para saber que o comentário também carrega uma dose de raiva. Ele sente vontade de perguntar por que ela se escondeu dele, por que o deixou sozinho. Mas a raiva que Thora sente forma uma barreira de vidro entre os dois, maciça e intransponível.

Com delicadeza, ele pega a mão dela, sentindo a pele fina feito papel deslizar sobre os ossos frágeis. Thora, tão sonhadora, tão cheia de objetivos, reduzida a isso. Ela se recosta no travesseiro e fecha os olhos.

– Até a próxima – diz Thora.

Na porta, Santi se vira para olhar para ela pela última vez, tão enraivecido e chateado quanto Thora. Ela não abre os olhos. Ele sai e passa depressa pela família dela, antes que haja tempo para fazerem perguntas.

Ela morre na semana seguinte. Andromeda o avisa por mensagem de texto e envia, contra a própria vontade, um convite para o funeral. Santi não comparece. A lembrança do caixão de Thora no chão, com Jules ao lado, aos prantos, continua muito fresca. Em vez de ir ao velório, Santi se dirige ao endereço que encontrou na ficha dela, na faculdade. Do outro lado da estrada, incrédulo, ele observa uma casa grande e quadrada feito uma caixa, coberta por trepadeiras. A construção não lembra em nada nenhuma das versões de Thora que ele conheceu: é como se ela soubesse que a única maneira de se esconder dele seria se distanciar completamente do que ela de fato é. Santi lembra das palavras que disse naquela torre, como se a Thora adolescente, de cabelos azuis, as sussurrasse de propósito no ouvido dele, para provocá-lo. *Seríamos os mesmos, independentemente do que acontecesse com a gente.* Ela passou a vida inteira lutando contra uma discussão sem fim entre os dois.

Alguém está observando. Uma vizinha na janela, telefone à mão. Santi se imagina sob a perspectiva que ela o vê: um jovem de moletom, capuz e jeans sujo, espiando a casa vazia de uma senhora que acaba de falecer. Ele enfia as mãos nos bolsos e continua andando.

Na noite daquele mesmo dia, ele volta ao endereço e invade a casa. Enquanto sobe pela janela dos fundos e encontra o que parece ser uma biblioteca, Santi dá graças à infância criminosa por ter ensinado a ele as habilidades de que precisa. O fato de já ter feito aquilo antes, de ter um plano, transmite a sensação de serenidade quando Santi fecha a janela. Ele se afasta antes de acender a lanterna.

A casa é grande. E o que mais inquieta é a organização imaculada, tudo em seu devido lugar. Santi se pergunta de novo o que teria acontecido com Thora nesta vida, o que a transformou numa colecionadora de ferraduras – encontrou cinquenta na casa –, e o que despertou nela, aparentemente, a vontade de tocar piano. Ele imagina a agitada e impaciente Thora sentada, tentando praticar escalas, e tenta conter a risada.

Santi aponta a lanterna escada acima e ilumina as fotografias: uma vida exposta e pendurada na parede. Na maior parte das fotos, Thora aparece sozinha. Em algumas, está ao lado de um homem alto, de ombros largos, que Santi imagina ser o marido dela. Num primeiro momento, é estranho vê-la com um homem em vez de uma mulher, mas logo ele lembra que uma vez já foi marido dela. E parece tão estranho para esta vida atual, tão desproporcional a qualquer coisa que ele esperasse ou precisasse dela... O pensamento parece mais um sonho, daquele tipo que você acorda dando risada, não dando a mínima para as peças que o subconsciente pode pregar.

O suposto marido aparece ao lado de Thora ao longo dos anos, ela cada vez mais grisalha e com a coluna mais e mais arqueada, até a última foto. Santi se detém nela. Thora, na casa dos setenta anos, ainda alta, forte, o cabelo grisalho recaindo nos ombros. Foi preciso uma doença para derrubá-la e deixá-la naquele estado que ele a viu, no hospital.

Até o momento, tudo indica que ela teve uma vida comum. Santi lembra de algo que ela disse a ele, na vida anterior. *A gente volta a se falar quando... eu tiver menos a perder*. Mas desta vez ela tinha muito a perder também: marido, uma filha, uma casa maior do que qualquer outra em que esta versão de Santi já botou os pés alguma vez, imagine só se ele poderia morar em uma dessas. Ele se afasta das fotos e continua explorando o andar de cima.

Partes das Thoras que ele conheceu estão espalhadas por essa casa estranha feito os estilhaços de uma explosão. Um diploma de um curso de física que ela fez entre a adolescência e a fase adulta, num quadro, acima do piano; a coleção de ficção científica vintage, enfiada, feito um segredo comprometedor, atrás de uma planta rasteira. Partes da Thora permanente que ela não poderia reprimir. A cada nova descoberta, uma nova vitória. É assim que ele se sente. *Viu só, Thora? Você continua a mesma. Mesmo que nascesse num planeta alienígena, você continuaria a mesma pessoa. Impossível fugir disso, impossível querer ser uma pessoa diferente, não naquela casa, em Colônia.* Esse pensamento reformula o plano de Santi, transforma-o num macabro jogo de esconde-esconde. O corpo de Thora a esta hora está debaixo da terra, mas, vasculhando o que ela deixou para trás, talvez ele consiga resgatar o fantasma dela.

Essa ideia ocorre no momento em que ele se depara com uma porta trancada, no segundo andar. Santi perdeu as contas de em quantos cômodos já entrou. Esse é o primeiro que não foi deixado aberto. Atrás dessa porta está o que Thora considera mais precioso. Santi sacode a maçaneta, fuça a fechadura, pensa em usar uma faca, mas desiste. Ele sente que o que há ali foi reservado para ele. Que Thora deve ter deixado a chave em algum lugar que ele pudesse encontrar.

Ele dá um passo para trás, desliga a lanterna. Quando moravam juntos, num apartamento no Bairro Belga, deixavam a chave reserva do lado de fora, na porta de entrada, debaixo de um limpador de solas em formato de gato.

Santi espia pelo vidro deformado da porta da frente, averiguando se há luzes acesas antes de abri-la, com cuidado. Ali, no degrau, ele encontra. O mesmo limpador de solas, ou um irmão--gêmeo, idêntico.

– Oi, Félicette! – cumprimenta com um suspiro, sentindo saudade da gata que ele não teve nesta vida. Devagar, ele ergue o limpador e encontra uma chave embaixo dele.

A porta do cômodo secreto abre. Santi, sentindo-se a esposa do Barba Azul, empurra a porta, que não abre de uma vez e parece bater em algo. Tateando as superfícies volumosas até a janela, abre a cortina antes de acender a lanterna.

Ele abre um sorriso de orelha a orelha. Agora sim, esta é a casa de Thora. A organização meticulosa agora dá lugar à bagunça de que ele lembra. A lanterna ilumina uns brinquedos de infância, e ele reconhece alguns deles; livros que não chegaram a lotar prateleiras; um enigmático punhado de cacos de porcelana, como se Thora, num acesso de raiva, tivesse quebrado toda aquela louça. Há uma caveira apoiada no manequim de uma costureira, um *memento mori*[7] para quem ela acena respeitosamente. No pescoço da manequim, amarrado com um nó cuidadoso, há um familiar cachecol mostarda.

Uma escrivaninha em uma lareira desativada chama a atenção dele. Apoiada nela há uma lousa de cortiça, coberta com pedaços de papel e barbante. Santi se lembra do quarto de um hostel, do mapa da própria loucura, preso na parede. Um mapa que Thora nunca viu e, mesmo assim, inconscientemente ela o reproduziu aqui, nesta vida em que ela mais tentou se distanciar dela própria. Santi pensa nos aposentos meticulosamente organizados desta casa espaçosa, no quarto escondido que há nela, o esconderijo do fantasma dele. Santi não consegue conter o riso. Uma parte de Thora não resistiu à vontade de decifrar o mistério entre eles, sem se preocupar com o que ela viesse a perder.

O papel e o barbante extravasam as bordas do quadro, cobrindo boa parte da parede. Santi acompanha as tiras e fios como se estivesse seguindo os pensamentos de Thora, que acabam formando nós de memórias. Ela não é uma artista como ele. Em vez de desenhos, ele encontra trechos de uma caligrafia diferente, mais uma vez, feito fungos que se espalham sobre o respeitável papel de parede típico da casa de uma velhinha. Ele quer beber os pensamentos dela como um sedento por água, mas leitura nunca foi o forte de Santi nesta versão, e os últimos rabiscos em estilo gótico de Thora também não ajudam. *Nós somos o que somos*, ele consegue decifrar. *Seríamos pessoas completamente diferentes. Jules*, o último nome destacado. *Colônia*, ela escreve dentro de um círculo, como se tivesse a intenção de começar um mapa mental, mas não há nada ligado a essa palavra. *Por que a gente quer a mesma coisa*

---

7   Expressão latina utilizada por monges que significa "lembre-se de que você também vai morrer", que representa um exercício diário de aceitação da morte. [N. E.]

e por que a gente nunca a consegue? Por fim, colada na parede feito uma reflexão tardia: *Estou presa dentro deste pássaro*. Santi pega a caneta dela e rabisca o desenho de um periquito, com um balão de fala com essas mesmas palavras.

A trilha termina nas estantes. Santi observa os volumes, reconhecendo, entre os títulos, alguns que ele próprio recomendou. Na prateleira de baixo, há uma coleção de livros de memória, vidas passadas, reencarnação. Ele pega um exemplar entre os volumes New Age e o abre no frontispício. *Besteira*, escreveu Thora, e sublinhou a palavra três vezes.

Há algo a mais. Ele sente isso, feito um formigamento na ponta dos dedos. Santi volta para a parede onde há um mapa estelar preso, meio obscurecido por uns rabiscos. Ele desliza a mão por trás do mapa e esbarra num envelope, endereçado a ele, escrito em letras grandes e aparentemente reticentes. Com as mãos trêmulas, Santi tira a carta de dentro.

Não foi escrita pela mulher com quem ele conversou no hospital. Para começar, o papel é velho, foi dobrado e desdobrado a ponto de os vincos provocarem rasgos nas pontas. Mas mesmo que fosse novinho em folha, Santi saberia, ao ler a mensagem, que havia sido escrita por alguém mais jovem.

> *Querido Santi,*
>
> *Certa vez, perguntei para o meu pai se era possível lembrar de alguém que a gente nunca conheceu. Ele, é claro, transformou o assunto num tratado filosófico sobre a natureza da memória. Falou a respeito do fato de que lembrar das coisas é um ato de reconstrução, cada vez mais distante da experiência que construiu essa memória. Mas não era isso que eu queria saber. Quando fiz a pergunta pra ele, eu me referia a você. Você, meu irmão, meu amigo, meu parceiro de tantas maneiras, todas essas versões espalhadas na minha memória como fragmentos de luz lançados sobre mim por um prisma.*
>
> *Eu pensei que me conheceria melhor sem você. Mas ao tentar me esconder de você, matar todas as partes de mim que você poderia reconhecer, acabei me escondendo de mim mesma. Agora é tarde demais para fazer outra escolha. É a vida que eu tenho. Por enquanto. Até que venha a próxima.*

Eu queria experimentar todas as vidas, ser todas as versões possíveis de mim mesma. Mas perder Jules e Oskar me ensinou que você tinha razão. Não dá pra viver em pedaços. Agora, eu queria poder esquecer tudo isso. Uma parte de mim acha que, se eu conseguir passar uma vida inteira sem te encontrar, o ciclo terá um fim e eu serei livre. Talvez isso aconteça conosco.

Mas uma parte de mim ainda imagina isso. Talvez um dia você venha até mim, com aquele sorriso impossível de esquecer, e diga que tudo faz parte de um plano. Não posso dizer que vou ficar feliz em te ver. Se isso acontecesse, significaria que você sabe onde me encontrar, até quando eu mesma não sei. E que realmente não há como fugir de você. Mas seria um alívio deixar de sentir saudades de alguém que eu nunca conheci.

A cada dia que passa, este mundo parece cada vez mais superficial, mais cheio de buracos. Talvez um dia eu acabe caindo em um. E talvez eu te encontre lá.

Þ

Santi passa o dedo sobre a assinatura e se dá conta de que está chorando.

Ele lê a carta de novo, imaginando as palavras que leu, ditas pela mulher que viu nas fotografias. E de repente tem a sensação de que teria gostado desta versão de Thora. A tranquilidade desta vida proporcionou a ela espaço para florescer, afastando aquela amargura que costumava se apossar dela tão rapidamente. Talvez ela estivesse certa, sem nem mesmo se dar conta disso. Talvez a melhor versão de si mesma seja aquela em que ele não está por perto.

Absorto com tudo aquilo, Santi não percebe a luz piscando entre as frestas da persiana e, quando se dá conta, a polícia já está batendo na porta.

Droga. Vacilou, não tomou o cuidado que precisava. A vizinha deve ter visto ele. Santi enfia a carta de Thora no bolso e desce as escadas. Ele escuta alguém arrombar a porta, e os passos pesados logo atrás dele. Pela segunda vez, em tão pouco tempo, ele fecha os olhos e reza por um milagre. Desta vez, Deus não responde. Um dos policiais o agarra e o joga no chão. Na visão turva, por entre os feixes de luz da lanterna, Santi avista a sombra de uma outra luz, uma chama, silenciosa e reluzente, que se afasta logo em seguida.

O julgamento é breve. Nem Santi nem o advogado gastam muita energia com a defesa. A maioria do júri local não está disposta a pegar leve com um jovem de pele escura, com sotaque estrangeiro, pego em flagrante, invadindo a casa de uma senhora falecida. A sentença é anunciada: três anos sob regime fechado. A mãe dele chora e promete se mudar para Colônia para ficar perto dele; a irmã Aurelia recebe a notícia com raiva. Santi tenta consolá-las, mas não faz o menor sentido para ele sofrer por algo inevitável. Desde o momento em que passou a lembrar de Thora, não restou nenhuma outra opção.

Da prisão, ele escreve para ela. Ele sabe que não há para onde enviar a carta a não ser para o túmulo de Thora, mas a imagina rasgando o véu que cobre o rosto, dando um jeito de ir para algum lugar onde os dois se encontrarão, na próxima vida.

Querida Thora,

Na última vez em que te conheci pela primeira vez, você estava numa cama de hospital. Você era uma senhora, estava mais velha que todas as outras vezes. Mesmo assim, eu sabia que era você, a Thora de sempre.

Esta vida não tem sido legal comigo. Tenho saudade daquela em que a gente era feliz. Você sabe qual foi.

(Qual a probabilidade de a gente estar pensando em mundos diferentes?)

Tem uma música que não sai da minha cabeça. Tenho uma tatuagem no pulso. Eu roo unhas e estou doido por um cigarro, e já não sei mais o quanto de mim sou eu mesmo ou você. Logo eu, que sempre tive certeza de quem era. Por acaso você roubou isso de mim? Ou estamos os dois à deriva agora, um tão perdido quanto o outro?

Talvez você tenha razão, talvez seja melhor mesmo esquecer. Talvez as coisas fossem mais fáceis quando a gente não lembrava, quando a gente achava que cada vida era a nossa única chance. Mas olhando pra trás agora, não lembro de tê-la esquecido em nenhum momento sequer. Tudo parece apontar para um único lugar: um caminho onde passo a passo nos aproximamos do exato lugar onde precisamos estar.

Sei que você lutou, se esforçou para não pensar no porquê de tudo isso. Eu sei que você gosta de explicações e que tem medo de não haver uma explicação para o que acontece com a gente.

Mas eu acho que a gente já tem a explicação. Não sei se isso faz sentido pra você. Nunca fui muito bom com as palavras.

Eu gostaria de poder te contar.

Santi hesita. Ele tem tanto a dizer a Thora, tanto que não caberia em palavras. Ele dobra a carta e a coloca debaixo do colchão, com toda a intenção de terminá-la.

Entre o *déjà-vu* diário na cadeia, entre as visitas da mãe que o deixam ainda mais triste e as ligações de Aurelia que o faz lembrar que ainda há vida fora daquelas paredes, ele continua pensando no mistério que ronda a existência dele e de Thora. O guarda confiscou a carta que ele estava escrevendo, e Santi supõe que a entregaram a Andromeda. Ele a imagina no caos do quarto secreto de Thora, observando o mapa da loucura da mãe. Santi gostaria de poder voltar lá, ler as anotações de Thora, ter algo com que se ocupar. Em vez disso, está tentando terminar de montar um quebra-cabeças sem a metade das peças e, para completar, com grande dificuldade: agora tem a mente frágil, incapaz de se concentrar e se deter em detalhes, desvantagem que esta vida trouxe. Ainda assim, ele insiste, e escreve aquilo de que consegue lembrar e cola na parede, em forma de notas, imitando o mural caótico de Thora. No meio, ele coloca um desenho que fez pensando em uma das fotografias que viu. Thora jovem, mas muito mais jovem do que ele jamais a viu, montada num cavalo, o rosto redondo e cheio de vida, seus olhos sorrindo. Nos dias em que sua cabeça dói de tanto tentar descobrir quem são eles, por que estão neste mundo, ele olha fundo nos olhos de Thora, como se com isso pudesse, de algum modo, olhar para trás.

– Preciso de você – diz ele, baixinho. – Preciso que me ajude a desvendar esse mistério.

– É sua mina? – pergunta Jaime, chegando suado, depois do exercício no pátio. É reconfortante ter um amigo antigo como companheiro de cela, mesmo que, para Jaime, os dois tenham acabado de se conhecer.

– Não – responde Santi. – É a senhora de quem eu roubei e por isso vim parar aqui.

Jaime ri.

– Você é doido, López – comenta ele, balançando-se no beliche.

Talvez a gente seja simplesmente dois doidos. Thora, na última vida, sob as estrelas que não mudaram nada. Trancada num quartinho, em algum lugar por aí, sonhando com outras vidas.

Santi ergue as sobrancelhas.

– É uma possibilidade.

Ele folheia o caderno de memórias, cheio de desenhos, representações dele próprio em todas as vidas: versões de um Santi melhor, mais inteligente. Santis que teriam a chance de encontrar o caminho certo. Ele achava que isso tornaria o teste injusto, mas estava errado. Ele se detém em uma foto de sua antiga sala de aula de Ciências, Thora ereta, mas tímida, na segunda fileira. Ele escuta a própria voz, dizendo: *Se o teste de Deus fosse fácil, não faria sentido.* E Santi decide que vai tentar passar por esse teste com as ferramentas que lhe deram, com a versão que é nesta vida; se fracassar, talvez a próxima versão de si mesmo consiga passar. Cada renascimento é uma nova chance de acertar.

Ele fecha o caderno e olha nos olhos de Thora. Ela já está aproveitando a nova chance. Enquanto Santi definha ali, Thora cresce, o tempo que passou desde a morte dela molda a próxima Thora que ele vai conhecer. E quando chegar esse momento, ela estará pronta, madura, e ele será um simples novato, fadado a aprender tudo de novo. Mas há um consolo. Nesta vida, não há a menor chance de Santi viver até os oitenta anos. Os anos perdidos se transformaram num presente, na promessa de reencontrá-la em breve.

Ele não precisa esperar. Poderia segui-la, alcançá-la. Às vezes, Santi considera a ideia, de simular um acidente, cair do alto, e deixar que a gravidade leve a culpa. Mas nunca passa de uma ideia. Mesmo sabendo que ele vai voltar, com a mesma certeza que tem de que o sol vai nascer no dia seguinte, Santi ainda acredita que se matar para acompanhar o passo de Thora seria o tipo de pecado mais imperdoável de todos. Mas ele está sendo testado, e falhar não é uma possibilidade.

Ao sair da cadeia, Santi vai morar com a mãe, num apartamento na periferia da cidade. E sobrevive de bicos como pintor, jardineiro. No tempo livre, trabalha como voluntário, recolhendo o lixo das ruas, no centro. Estar em um ambiente aberto o acalma, coloca seus pés no chão, em contato com o que pensa ser o real. Ele continua tentando resolver o quebra-cabeças que Thora deixou para ele, mas a mente o tapeia e o desvia, repelindo essa verdade grande demais para a visão dele suportar.

Santi não termina a carta que começou a escrever para Thora. Um dia, ele saberá o que dizer. Quando isso acontecer, vai escrever tudo e, no leito de morte, lerá mil vezes até decorar, até que essas palavras, na próxima vida, sejam a primeira coisa que venham à cabeça dele.

NADA A PERDER

Thora está fugindo.

Ela puxa o capuz, cobrindo a cabeça, e aproxima o rosto da janela do ônibus até a respiração embaçar o vidro. Ela já teve dezessete anos algumas vezes e sabe bem o quanto chama a atenção uma adolescente nessa idade viajando sozinha. Lá fora, a cidade às margens do rio, cinzenta e vazia, corre pela visão dela feito um sonho.

Ela desembarca no ponto final da linha, numa área industrial com o aspecto fidedigno de um diagrama, tão surreal que Thora chega a desconfiar do que seus olhos veem. Ela caminha na direção norte, com o sol poente à esquerda. A cidade não pode ser infinita. Deve haver uma linha que delimita o fim, assim como há uma que marca o começo, uma linha invisível no ar que o avião em que ela viajava cruzou quando ela chegou com os pais, dois meses atrás.

Ela não leva muito tempo para lembrar. Na primeira vez que caminhou pelo centro da cidade, uma sensação de pavor acompanhou cada um de seus passos, feito uma sombra projetada contra o sol. Quando as badaladas dos sinos da catedral ressoaram por entre seus ossos, Thora parou bem onde estava, debaixo das ruínas da torre antiga do relógio.

– Não – disse baixinho. – De novo, não.

Santi queria entender por que eles só lembram quando chegam ali. Para Thora, não há nenhum mistério. Por todos os cantos da cidade há tantas memórias e experiências que viveram juntos que é impossível estar ali e não se lembrar.

Ela olha para os ponteiros do relógio que continuam parados à meia-noite. Ela escuta o eco da própria voz, dizendo aquelas palavras para Santi, da última vez: *Talvez, se a gente conseguisse sair daqui, esqueceríamos.*

Para começar, ela tenta pegar o trem. Nem sequer pensou para onde queria ir. Simplesmente entrou no primeiro que viu e esperou o veículo partir. Olhando pela janela, agora, ela começa a cogitar algumas situações. Como seria esquecer tudo de uma vez, acordar num lugar lindo, completamente diferente daqui, sem fazer ideia de como chegou lá? Ou como seria esquecer aos poucos, uma espécie de demência benéfica, que a curasse de todas as lembranças e resquícios das outras vidas, parte por parte, até se esquecer de Santi completamente? Uma sensação repentina de pesar a acomete, mas Thora resiste. Lembrar de tudo o que aconteceu só trouxe sofrimento para os dois. Melhor recomeçar do zero, mesmo que isso significasse nunca mais voltar a encontrar Santi.

O trem começa a partir. Um estalo na cabeça. Por fim, a fuga começa.

De repente, o zunido do trem é interrompido e as luzes se apagam. Uma voz mórbida avisa: falha no trem. Os passageiros resmungam e desembarcam. Thora fica paralisada, enfurecida, quase chegar a rir.

Ela perdeu as contas de quantas tentativas fez. Algumas vezes, o trem conseguiu atravessar o rio inteiro antes de quebrar. Um parou na Hohenzollernbrücke, com o estrondo de um fusível que estourou. Thora continuou sentada, olhando para os cadeados no gradil, quarenta mil relacionamentos deixados ali para servir de alimento à ferrugem. Quando o trem começa a dar marcha ré, ela sente o tempo se desfazendo, levando-a de volta ao ponto de partida, de onde ela veio.

Depois de descer do trem, Thora decide não confiar em nada nem ninguém, a não ser nela própria. Ela não vai desistir no meio do caminho. Vai caminhar até o fim do percurso e, quando chegar lá, vai continuar andando.

Ela sobe uma cerca-viva e dá de cara com um descampado. A essa altura, está fora da cidade, numa miragem infinita de campos e cercas. Ela agarra um arame farpado para tentar escalar e, quando o solta, percebe que machucou o polegar. Thora chupa o sangue do dedo e continua.

Norte, sempre ao norte. O sol poente projeta a sombra dela pelo campo. Vem a noite, e com ela as estrelas, mas Thora não olha para cima. Ao olhar de relance para trás, a cidade parece estar sempre perto, não importa quantas cercas ela pule, quantos campos ela atravesse. Thora imagina a cidade inteira desprendendo-se das próprias raízes, avançando sobre ela feito um rastro de concreto. Ela aperta o passo, e quase chega a correr. Enquanto derruba a próxima cerca que encontra, percebe uma mancha escura no arame. Era o próprio sangue.

Ela para e ri, mas de desespero. É o mesmo campo. Está atravessando o mesmo campo, repetidamente.

– Não pode ser! – grita. – Estou presa aqui? O que foi que eu fiz?!

Ninguém responde. Mas, mesmo sem resposta, a pergunta instintiva parece uma revelação. É um castigo, arquitetado especialmente para ela. O que poderia ser pior do que um mundo sem ter outro lugar para ir?

Ela deita de costas no chão frio. Aqui, longe das luzes da cidade, as estrelas parecem uma tinta prateada pulverizada no interior de uma cúpula maciça. Ela poderia ficar ali, e esperar morrer de sede ou de insolação. Thora nunca morreu por nenhum desses motivos. E suspeita que sejam um tipo de morte dolorosa.

Ou ela pode continuar tentando.

Ela levanta e liga para a mãe.

Já com a mãe, no banco do passageiro do carro, Thora olha para a janela, para o mundo lá fora, e o reconhece pelo simulacro que ele sempre foi. Ela lembra dos buracos que viu em outras vidas, sem entender o que eles significavam: a janela da infância com vista para o impossível, o espelho atrás do balcão no Der Zentaur que tinha uma vista para o céu. Talvez, em algum lugar nas divisas desta cidade, um desses buracos esteja esperando-a para ela sair.

– Thora... Está ouvindo? – pergunta a mãe, com o sotaque herdado do islandês.

Thora sai do transe.

– Estou.

– Então responde. Aonde você estava indo?

– Lugar nenhum – responde, olhando para a vista da cidade que passa através do vidro da janela. – Lugar nenhum, mesmo.

A mãe segura o volante com força, a ponto de as juntas da mão esbranquiçarem. Thora aprendeu a dissolver a pílula amarga da raiva que a mãe sente, bem como aprendeu a desarmar o desprezo do pai. Mas, ali, naquele momento, ela não quer fazer nada disso. Por que é sempre ela quem tem que quebrar essa barreira? Por que ela é a única que sempre se lembra de fazer isso?

– Às vezes você age como uma criança – ela sussurra.

Thora a encara. Sente vontade de dizer à mãe que não, ela não é criança nem adolescente, é imortal. Mas a mãe não sabe disso. Ela só conhece a mesma filha mal-humorada que teve vida após vida. A mãe exaurida de Thora sempre retorna com uma empatia relutante, e lembra Estela, na mesma idade. Então vai ser sempre assim agora? Sentir o peso de todas as idades ao mesmo tempo, sem conseguir viver um momento sequer sem se afogar em reflexões?

– Desculpe – pede Thora. – Não vou fazer mais isso.

Mas é claro que ela volta a fazer, com cuidado, vez aqui outra ali, para não correr o risco de os pais descobrirem. Ela passa os fins de semana mapeando as divisas da cidade, avançando até as margens onde a realidade se confunde. Tropeça em bosques sem fim, cruza e volta a cruzar a mesma rodovia mais de uma vez, atravessa a correnteza que acaba em águas rasas e a leva de volta para o mesmo lugar onde começou. Thora procura desesperadamente um buraco, uma passagem que a tire dessa mentira. Mas seus carcereiros trancaram muito bem a cela. E se houver fendas entre as grades, nenhuma é grande o suficiente para ela conseguir fugir.

Ela tem dezenove anos, e está atravessando um descampado com vegetação baixa quando percebe o pôr do sol projetando a sombra dela em direção a leste. O círculo se fecha. Thora testou cada centímetro das possíveis divisas da cidade e não encontrou nenhuma saída.

Algo dentro dela irrompe, feito um estalo. Thora lança a cabeça para trás e grita, puxando o arame farpado até as mãos sangrarem.

– Me deixa sair *daqui*! Caralho, vai se foder! Me deixa sair daqui!

O vento sopra e arrasta a voz dela para longe. Mas ninguém a ouve.

Ainda.

Na lembrança, Santi se senta, meio desajeitado, ao lado da cama dela, no hospital. Ele parece ter trinta e poucos anos. Ela faz a conta, tentando chegar ao número das possíveis mortes dele – dias, meses ou décadas depois da morte dela – até o novo nascimento de Thora. É possível que ele já esteja aqui. Ou talvez ela tenha de esperar mais uns trinta anos.

Ela envolve as mãos sujas de sangue no cachecol que ganhou do pai e pega um ônibus de volta para a universidade. Ao chegar ao quarto, ela cobre os ferimentos e contempla para além do próprio reflexo a escuridão espelhada da prisão onde aguarda a chegada do companheiro de cela. Depois disso, ela pega a bicicleta e pedala em direção ao centro. Ela se pergunta, enquanto estaciona a bicicleta no gradil perto da torre do relógio, se o Santi que conheceu no hospital continua vivo, bem ali, do outro lado, onde os dedos dela não conseguem alcançar. Thora pensa em como ele estava quando o viu pela última vez: desmazelado, cansado, com as marcas do sofrimento da vida cravadas no rosto. E pensa nele dezenove anos depois, imaginando-o ao lado dela, olhando para os ponteiros do relógio, bem onde as duas pontas quase chegam a se encontrar, como se estivessem rezando.

Ela tira a lata de *spray* de dentro da mochila. NADA A PERDER, escreve em letras grandes o suficiente para quem estiver do outro lado da praça enxergá-las, o suficiente para ultrapassarem a distância entre dois mundos. Quando Santi ler essas palavras, entenderá o significado. Entenderá que ela finalmente se sente pronta para os dois encontrarem uma saída disso juntos.

Certo tempo depois de ela ter escrito a mensagem e de ter certeza de que Santi não está na cidade, Thora reaprende espanhol com o objetivo de ligar para os hospitais da cidade em que ele costuma nascer. Ela não tem dúvidas de que vira motivo de piada, "a estrangeira que não sabe espanhol direito e fica ligando pra perguntar por um bebê que não existe". A Espanha não é a única possibilidade. Em algumas vidas, os pais de Santi se mudaram para Colônia antes de ele nascer. Toda semana, ela folheia o jornal local, abre nos anúncios de nascimento e vasculha linha por linha feito a sobrevivente de um furacão examinando uma lista de pessoas desaparecidas. Passados alguns anos, ela perde as esperanças de encontrar o nome dele ali. E o hábito vira motivo para brincadeira, um passatempo entre ela e os amigos, acostumados a vê-la folheando o Stadt-Anzeiger[8] e lendo em voz alta os nomes mais bizarros enquanto tomam café à mesa grande da cozinha dela.

Thora é médica agora, está se preparando para tornar-se cirurgiã. Era um sonho antigo e algo dentro dela não queria desistir. Ela folheia o jornal enquanto Lily reclama do mesmo cara por quem Thora foi obcecada em outras vidas, e sente como se tivesse quinhentos anos de idade.

Lily inclina o tronco e quase apoia o queixo no ombro dela.

– Dennis – diz Lily. – Imagine só. Bebê Dennis.

Thora olha atravessado para ela.

– De onde acha que vieram todos os Dennis adultos?

– De alguma fábrica – responde Lily, mas Thora mal escuta, porque lá, bem ali, ela lê um anúncio pequeno, no topo da página: "Santiago López Romero".

Um zumbido a ensurdece por alguns segundos. Ele está aqui. Está vivo.

– Thora? – chama Lily, acenando em frente ao rosto da amiga. Ela olha na mesma direção em que Thora. – Oh, nome espanhol. Sexy. – Ela muda a expressão. – Pega mal falar assim sobre um bebê?

– Pega – responde Thora, virando a página, a cabeça a mil, pensando no que fazer para conhecê-lo.

A primeira coisa que ela faz é ir ao hospital, mas Santi e a mãe já tiveram alta. Então, Thora começa a pensar no que fazer para descobrir onde eles moram. Pelo que ela conhece de Colônia, a mãe de Santi deve trabalhar numa loja no centro da cidade. No horário de almoço, todo dia Thora inicia um circuito irregular de prováveis candidatos. Faz dois meses que ela começou a procurá-lo, quando entra num mercadinho perto da igreja onde ela e Santi se casaram uma vez e vê a mãe dele atrás do balcão.

---

8 Jornal alemão publicado diariamente na cidade de Colônia. [N. T.]

Thora a observa fixamente, tomada por uma sensação parecida com medo. Ela se enfia no corredor das revistas, fingindo folhear algumas. Maria Romero, sua sogra, mãe do melhor amigo dela, a voz do outro lado do telefone que ela ouviu em meio a um chiado e muito barulho. Thora sabe pouco sobre ela, mas haverá de ser o suficiente. Ela pega uma revista sobre crochê e vai para o caixa.

– Estou começando agora... – conta para Maria.

Maria não diz nada, a não ser "hum".

Thora se atrapalha, procurando dinheiro trocado.

– Não sei se vou conseguir aprender muita coisa com uma revista, mas...

Maria pega o dinheiro da mão de Thora e sorri.

– Boa sorte – diz, com um sorriso amigável.

Thora vai embora, frustrada por ter perdido a chance. Ela vasculha a memória, tentando encontrar tudo o que lembra sobre a personalidade de Maria: resistente para confiar em um estranho, ainda mais num país estrangeiro. Não há outra forma de quebrar essa barreira a não ser pela paciência.

Ela compra uma revista nova toda semana. Às vezes, não faz nada além de esboçar um sorriso na hora de passar no caixa. Outras, conta animada sobre uma peça de crochê que está tentando bordar, ou lamenta algum ponto que ainda não conseguiu fazer. Seis semanas depois, Maria diz:

– A gente tem um grupo que se reúne na minha casa toda segunda-feira. Você podia participar.

Thora sente como se tivesse terminado de montar um quebra-cabeças dificílimo. Ela sorri, tomando cuidado para não esboçar alegria demais e acabar dando na cara.

– Poxa, vou adorar. Obrigada.

Maria rabisca o endereço numa tira rasgada de papel.

– Até segunda, então.

Thora sai da loja radiante. *Foi fácil*, pensa consigo, parabenizando-se, até perceber que tem dois dias para aprender a fazer crochê.

Ela passa o fim de semana em casa, de mau humor e confusa. Ela detestava crochê quando Santi, naquela vida em que foi pai dela e muito paciente, tentou ensiná-la, e o ranço perdurou vidas adentro. Mesmo assim, quando chega a segunda, o que ela treinou será o suficiente para se passar por uma amadora entusiasmada. Ela mantém a cabeça baixa ao se aproximar do terceiro de uma série de blocos de prédios idênticos. Ao chegar à porta de Maria, ela bate e dá um passo para trás, tentada a desistir daquilo e sair correndo. Santi é um bebê. O que ela espera? Que os dois continuem de onde pararam?

Maria abre a porta.

– Thora, certo? Bem-vinda. – Uma pequena figura agarra a perna dela. – Esta é Aurelia, minha filha.

– Muito prazer. – Thora abaixa a cabeça e vê os olhos escuros da bebê que começa a dar os primeiros passos. Aurelia, que morreu aos nove anos, vítima de um acidente de carro. Aurelia, que mudou para Colônia para ajudar a criar Estela depois que Santi morreu.

Aurelia olha para ela de um jeito desconfiado e foge.

Maria ri.

– Não repare, hoje ela está de mau humor. Entre.

Maria conduz Thora por um corredor com carpete e brinquedos espalhados pelo chão, em direção à cozinha onde já há quatro mulheres sentadas, conversando e tomando café.

Thora não esperava encontrar Santi de cara. Mas também não esperava passar uma hora tentando fazer crochê. Enquanto se atrapalha com a agulha, ela tenta desligar a voz de Maria e das outras, prestando toda atenção a qualquer outro barulho, esperando ouvir o choro de um bebê. Mas não ouve nada.

Claro que Santi ficaria quieto, mesmo com três meses de vida. Ela o imagina contemplando serenamente o universo, no berço, e a raiva que sente por ele só aumenta, a ponto de ela se desconcentrar totalmente e dar uma agulhada no próprio dedo.

Todas as outras vão embora, uma por uma. Thora percebe que chegou a hora de ela ir também, pelo que demonstra Maria.

– Aceita mais uma xícara de café? – pergunta Maria, enfaticamente.

Thora já tomou três. As mãos já estão trêmulas.

– Não, obrigada. – Ela olha para cima, se sentindo nauseada. – Eu... estava aqui, pensando... você... você tem outros filhos?

Maria a olha de um jeito estranho.

– Por que pergunta?

– Tive a impressão de ter escutado o choro de um bebê – responde, com um sorriso nada convincente. – É que eu sou louca por bebês.

Thora mal consegue enganar a si mesma, que dirá Maria. Assim, ela espera ser convidada a se retirar. Mas, inesperadamente, Maria sorri.

– Desculpe. É que você não aparenta ser o tipo que gosta de bebês. – Ela se levanta. – Sim, tenho um filho recém-nascido. Venha, vou te mostrar ele.

As duas entram num quarto escuro. À medida que se aproximam do berço, perto de uma janela coberta com cortinas, a sensação apavorante de suspense desperta em Thora uma vontade repentina de rir. Maria pega a figura toda enrolada, incrivelmente pequenina.

– Este é o Santi – apresenta. – Quer segurar ele um pouquinho?

Thora luta contra a vontade de fugir, sair gritando. Ela estende os braços.

Não é a primeira vez que ela segura um bebê no colo. Já teve a oportunidade de segurar Estela, Oskar e Andromeda. Mas desta vez é diferente. Thora fica verdadeiramente apavorada ao sentir o peso quente nos braços, e sabe que ela é a única coisa que há entre o bebê o chão.

A campainha toca. Maria vira para olhar.

– Desculpe, preciso ver... se incomoda de...

– Não! Não, pode ir – diz Thora, enquanto a mente grita: *Sim, sim, sim, me incomodo, por favor, não saia daqui!*

Maria sai depressa, deixando Thora no quarto, com o bebê.

Ele olha para ela com os olhos castanhos e arregalados. Por um momento, é o Santi que ela conheceu, preso nesta forma indefesa feito uma mosca em âmbar; mas, logo depois, ele é simplesmente um bebê, contorcendo-se em seus braços. Ela o segura de um jeito mais firme, para protegê-lo melhor.

– Ora, ora... – diz ela baixinho. – Finalmente te encontrei. Pensou que ia se livrar de mim tão fácil assim? – Thora começa a cantarolar uma música que não tem certeza se aprendeu com Santi ou se foi ele quem aprendeu com ela. Ao voltar, Maria encontra Santi todo risonho.

– Ele gostou de você! – exclama Maria. – Curioso. Ele costuma estranhar quando alguém desconhecido o segura no colo.

Thora olha para o rosto dele e oferece o dedo que ele segura com a mãozinha pequena, mas forte.

– Que honra!

Foi fácil estreitar a amizade com Maria. Do círculo de crochê às segundas, Thora passa a fazer algumas visitas para um café e se oferece para cuidar das crianças uma vez por semana. Nesta vida, o pai de Santi morreu de ataque cardíaco e Maria está "com a água batendo no pescoço". Thora acredita ser uma boa pessoa por tentar salvá-la e impedi-la de se afogar, mesmo sabendo que é a coisa mais egoísta que ela já fez em todas as vidas que teve. Ela tem quase certeza de que Santi vai perdoá-la quando tiver idade para isso. Mas, por ora, ele mal sabe pronunciar o próprio nome. Thora o observa engatinhar em direção a uma bola que ele mal consegue segurar e se sente impotente, como se em vez da bola ele estivesse tentando segurar ela.

Puxando pela memória, ela lembra como era em outras vidas conhecer uma pessoa ainda criança e reencontrá-la na fase adulta, do choque que era ver uma pessoa emergir de um potencial tão caótico. Agora, pela primeira vez, ela enxerga isso da perspectiva oposta. Conheceu várias versões de Santi: o pai, esgotado, mas dando o melhor de si; o orientando dedicado e filosófico; o policial distraído, parceiro de trabalho. Agora resta apenas essa curiosa e indecifrável coisinha que ela precisa impedir de se autodestruir. Dentro dele, há todas as possíveis sementes das múltiplas versões que poderiam haver de Santi. Ou nem tanto: a trajetória desta vida, a mudança da família para Colônia e a morte do pai já o afastaram dos caminhos que ele poderia trilhar, das pessoas que ele poderia ser. Desconfortável com a própria constatação, ela acrescenta o próprio nome a essa lista. Que consequências Santi sofreria por passar tanto tempo com alguém que tem uma noção tão clara de quem ele deveria ser? Como a reação de Thora a algo tão simples quanto o fato de ele pressionar uma estrela pontiaguda na palma da mão dela poderia desviar Santi de um caminho para outro? Inúmeras vezes, pensando no assunto, ela toma a decisão de se afastar de Santi, e voltar quando ele estiver mais velho. Mas Maria passou a contar com a ajuda dela, e até Aurelia começou a amolecer com Thora: senta-se ao lado dela e começa a lhe fazer tranças no cabelo enquanto conta histórias sobre seus bichinhos de pelúcia e suas aventuras. E mesmo que Santi ainda não seja Santi, mesmo que ele ainda mal saiba pronunciar o nome dela, Thora não tem força suficiente para tirar os dedos e soltar o único galho em que se agarra e que a impede de cair em queda livre.

E ao que parece, o sentimento é mútuo. Cada vez que ela sai para ir ao hospital, Santi se agarra a ela, sem querer que ela vá embora.

Maria vem a seu socorro.

– A Thora precisa ir, *mi hijo*, cuidar de quem está dodói – diz, arrancando-o da perna de Thora. – Desculpe.

– Toia – chama Santi, insistente. O pavor no olhar dele não é algo natural. É o mesmo pavor de quando ele se sentou ao lado da cama dela, no hospital, e de quando amparou o corpo quebrantado dela, na calçada.

– Eu vou voltar – diz Thora, uma promessa amarga que Santi ainda é incapaz de compreender. – Eu sempre volto.

Thora ensina Santi a escrever o nome dela. Ele tem cinco anos agora. É um menino inquieto e curioso, e conseguir com que fique parado e se concentre é um desafio. Mas ele se esforça, por Thora. Ela mostra a ele o *thorn*, e pede para que copie. Ele se concentra, com a língua escapando pelo canto da boca.

– Você não vai precisar usar essa letra em nenhuma outra palavra – explica ela. – É uma letra especial, feita só para o meu nome.

– Eu sei – diz ele, irritado. – Eu lembro.

Ela congela. Maria está do outro lado da sala, penteando o cabelo de Aurelia.

– Você lembra?

– Sim. – Ele repassa as linhas da letra com a caneta, como se estivesse esculpindo-a. – Você me mostrou. Quando a gente estava lá em cima, na torre.

Thora olha para Maria, mas percebe que ela está rindo.

– Santi, você inventa cada história! – afirma Maria.

Ele fecha a cara.

– Não tô inventando – insiste ele.

– Você tem razão – intervém Thora, olhando nos olhos dele. – É verdade. Aconteceu mesmo.

Dessa ocasião em diante, ele a observa com um olhar diferente. Thora revive a angústia de lembrar de tudo, uma angústia que literalmente só quem é de outro mundo poderia entender. Qualquer que seja as consequências da presença dela na vida de Santi, pelo menos ele tem a chance de crescer perto da única pessoa que pode dizer que ele não é louco.

Ela tenta agir correspondendo ao que ele a ensinou quando a criou, quando foi seu pai, e preenchendo as lacunas que ele deixou: onde ele era inflexível, ela é gentil; onde ele tentava deixar um espaço para ela encontrar as próprias respostas, ela diz o que pensa e deixa ele decidir se concorda ou não. Mesmo quando as lembranças dele surgem quase que por completo, Thora sente vontade de apressá-lo, de revelar coisas que Santi ainda não está pronto para ouvir. Ele tem apenas oito anos, e certa vez comenta que vai viajar para a Austrália um dia, o que acende um alerta para Thora:

– Não, você não vai, não. A gente não pode ir pra lugar nenhum. Não tem conversa. Nem você, nem eu.

Ele olha para ela, com os lábios trêmulos.

– Por quê?

Ela sabe que deveria acalmá-lo, dizer que o comentário não passou de uma brincadeira. Mas está furiosa e, por um instante, despeja a raiva nele. *Cresce*, ela sente vontade de gritar. *Cresce logo e me ajuda a encontrar uma saída*.

– Tá aí, boa pergunta, Santi. – É o que ela responde. – Quer saber o que eu acho? Acho que é porque a gente está de castigo.

Ele faz uma careta.

– E o que fizemos de errado?

– Quem sabe? – comenta Thora, em tom jocoso. – Mas deve ter sido alguma coisa muito, muito, muito ruim.

Santi arregala os olhos, assustado.

– Eu não fiz nada de errado. Você está mentindo. – Ele foge para o quarto e passa o resto do dia sem falar com ela.

Ao chegar em casa, Maria fica perplexa.

– O que foi que você disse pra ele?

Que os sonhos dele vão se transformar em pó e cinzas. Thora dá de ombros, sem ter muito o que fazer.

– Ele é muito sensível. Você sabe como ele é...

Depois disso, Santi fica mais calado. Thora sente culpa, mas não consegue sentir pena. É melhor que ele saiba a verdade a respeito dos dois antes de crescer. E ele cresce. Na paciência interminável, Thora achou que esse dia nunca chegaria, mas num piscar de olhos Santi completa doze anos, depois quinze, e dali a pouco tempo já está na faculdade. E é ele, o mesmo Santi de sempre, numa versão totalmente nova, à flor da juventude, enquanto Thora amarga o tédio da meia-idade.

Quando a mãe dele morre, no primeiro ano da faculdade, Santi fica transtornado. E não é a Aurelia que ele recorre, mas a Thora. Às três da manhã, ele aparece à porta dela, bêbado e aos prantos. Ela abre e o abraça forte, até ele parar de chorar.

– Você vai reencontrar a sua mãe – consola ela. Santi está metade no sofá, metade no chão, o rosto apoiado na camisa de Thora enquanto ela esfrega as costas dele. Ela deveria se sentir confusa entre esses papéis, ora se sente a mãe dele, ora irmã, ora sua amante e por vezes as três coisas ao mesmo tempo. Mas morrer e viver sucessivas vezes extinguiu totalmente qualquer possibilidade de confusão.

– Ela vai voltar na próxima, como sempre foi.

– Mesmo assim, dói demais não ter mais ela aqui – murmura ele, entre soluços, no ombro dela.

Thora não consegue conter o pensamento impaciente. Agora que Maria se foi, agora que ele cresceu, não há mais nada que os impeça de procurar uma saída.

– O castigo não seria tão eficiente se não doesse tanto – murmura ela.

Santi se afasta. Com a cara fechada, esfrega a tatuagem que fez no braço quando completou dezoito anos. É o desenho das estrelas que há muito tempo não aparecem no céu, nem no pulso de Thora.

– A gente pode ir pra outro lugar? Precisamos conversar.

Thora o encara.

– Sobre o quê?

– Sobre tudo. – Com um sorriso amargo, ele abaixa a cabeça. – Não há nada que possa impedir a gente agora.

Thora sente um arrepio ao ouvir o próprio pensamento nas palavras dele.

– Claro.

Desta vez, ela está morando em Agnesviertel, na tentativa inútil de fingir estar numa cidade nova. As ruas continuam insuportavelmente familiares, envolvendo os dois feito um laço corrediço cada vez mais apertado. Santi vai na frente, em direção à catedral e ao centro.

– Que bom que a gente não precisa mais conversar em código.

– Código – repete Thora, achando graça. – Como aquele dia que você, bravo, gritou comigo: "Você não é minha irmã desta vez!"?

– Essa não vale – resmunga Santi. – Eu só tinha seis anos.

Thora sente que de algum modo está magoando-o, sem entender bem como. Ela não deveria conseguir interpelar ele agora? Não deveria conseguir enxergar dentro dele, encontrar o problema e corrigi-lo?

Ele a encara como quem quer desafiá-la.

– Então, você ainda acredita que a gente está sendo castigado?

– Ainda? – A pergunta deixa Thora intrigada, até que por fim ela entende. Ela lembra dele, aos oito anos, chorando, e do sentimento de culpa que por dias a angustiou.

– Ah. Achei que você não lembraria disso.

Ele a observa com um olhar soturno.

– É claro que lembro. Eu tinha oito anos e você me disse que eu estava preso pra sempre por causa de alguma coisa ruim que eu tinha feito. Disso eu nunca vou me esquecer.

Thora desvia o olhar.

– Desculpe por ter te traumatizado com a verdade.

Ele vira para ela, um adolescente enraivecido, um Santi que Thora não reconhece.

– Como você sabe que é verdade?

Thora abre os braços.

– E o que mais poderia ser? Duas pessoas que querem conhecer todos os lugares e foram eternamente presas numa cidade pelo resto de suas vidas? Parece perfeito pra mim.

– Então, por que a gente foi castigado? – pergunta. – O que fizemos?

– Já falei, eu não sei! Talvez a gente tenha matado alguém – responde, meio em tom de brincadeira, meio em tom de verdade.

Santi discorda.

– A gente não é assassino.

– Fale por você. – Ela pega um cigarro (seria correlação ou destino o fato de ela sempre ser fumante nas vidas em que é médica?), e o acende. – Cada dia que passo neste lugar me sinto mais e mais como uma assassina.

– Você acha que a gente está pagando algum castigo – argumenta Santi –, então deve achar que tem alguém por trás disso, alguém nos castigando. Ou seja, é uma coisa deliberada. Arquitetada.

Thora bufa, desdenhando.

– Bom, sim, acredito nisso. Descobrir que há quatro paredes em torno da realidade literalmente mudou um pouco a minha perspectiva das coisas. – Antes que dê tempo de Santi continuar, Thora acrescenta – Não acho que seja Deus, se é isso que você está pensando. Não, este nível de maldade e malícia só pode ser coisa de um ser humano.

– Seja o que for – prossegue Santi, enquanto eles atravessam o portão medieval do Eigelstein-Torburg –, se isso é um castigo, deve haver uma chance de a gente se redimir. Deve haver uma saída.

– Eu já te contei, tentei sair da cidade de várias maneiras, mas...

– Não estou me referindo a uma saída física.

Thora sorri. Talvez, no fim das contas, ele não seja tão diferente do Santi de sempre.

– Ah, estou lembrada. O tal do caminho certo.

Eles entram no túnel que leva aos trilhos do trem. A voz de Santi ecoa estranha aos ouvidos dela.

– Eu mudei de opinião. Se tudo o que a gente faz tem importância, significa que temos muitos caminhos, que não há apenas um que esteja certo.

– Fico contente de saber que nesse ponto concordamos. – Thora segue a sombra dele, em meio à escuridão. – Então, qual é a sua opinião agora?

– Que tem alguma coisa que a gente precisa corrigir, reparar.

– Corrigir? – Thora o alcança na saída do túnel. – Como podemos corrigir se a gente não sabe o porquê deste castigo?

Santi levanta o queixo.

– A gente vai descobrir. Quando encontrar essa coisa, ou seja lá o que for.

– Como?! Como vamos saber? – Thora sai atrás de Santi quando ele vira em direção à catedral. – A última vez... óbvio que a gente não conseguiu, seguindo seu raciocínio, porque ainda estamos aqui. E o que eu deveria ter feito? Vendido a minha casa e ido morar num chalé? E você? Deveria ter devolvido tudo que roubou das pessoas por aí? Se a gente tivesse feito tudo isso, o que aconteceria? Abririam um portal na nossa frente, de onde sairia um coral de anjos e finalmente seríamos livres?

Santi olha para ela, com uma sensação de insegurança e prestes a chorar. Thora esquece o quanto ele é sensível nesta vida, o quanto depende da aprovação dela. Desta vez, o erro foi dela.

– Não sei – responde ele. – Mas seja lá o que for, não vai ser fácil. Sem sacrifício, não há como corrigir um erro. Talvez a gente tenha que desistir de alguma coisa que não queremos perder, abrir mão, por livre e espontânea vontade.

O vento frio sopra pela praça de frente para a catedral. Thora fecha a jaqueta e continua andando. Está furiosa com Santi, e leva um tempo para conseguir refletir por quê. Ela vira para ele, andando de costas para o vento.

– Então, agora você acha que a gente tem escolha? E o que houve com a mão de Deus? Com aquela história de que tudo acontece porque tem que acontecer?

– Isso foi quando eu achava que existia *um* universo.

Thora gargalha, jogando a cabeça para trás, tão diabólica e ensandecida quanto uma bruxa.

Santi faz uma careta.

– Posso saber o motivo da risada?

– O motivo é que a gente trocou de lugar. – Ela sorri para ele, feito uma doida varrida. – Vai, pode continuar. Pode me perguntar o que eu acho.

Santi faz uma careta e um beicinho, num gesto bem típico de um adolescente mal-humorado.

– E você, o que você acha?

O vento açoita o cabelo de Thora e cobre os olhos dela enquanto os dois começam a subir os degraus da catedral.

– A gente não tem muito o que escolher. Nossas atitudes não importam, porque tudo o que fazemos dá no mesmo. A gente morre, volta, depois morre de novo. Para sempre.

Santi faz outra careta, agora frustrado.

– Por quê?

Ela dá de ombros enfaticamente.

– Porque alguém decidiu que é o que merecemos. Você prefere acreditar que a gente vai tirar alguma lição disso, que no final das contas nada disso terá sido em vão. Mas não é isso que vai acontecer. As coisas vão continuar como são: vamos morrer, nascer, morrer, nascer, morrer...

– Thora! – grita Santi. Ele estica o braço e Thora o agarra sem pensar, deixando-o puxá-la para frente. Ela lembra dos dedinhos dele, quando bebê, agarrando-a como se ela fosse a única coisa do mundo.

Um canto agudo, absurdamente alto. *Um coral de anjos*, pensa Thora, enquanto algo se estilhaça atrás dela. Ao virar para olhar, ela vê a calçada cheia de partículas de pedra.

– Que merda é essa?

– Um azulejo da catedral. – Santi a puxa de volta, escada abaixo. – O vento deve ter soltado. Poderia... poderia ter te acertado. – Santi a conduz até o abrigo dos trilhos do trem, e ela se deixa levar. – Está tudo bem? – Ele parece estranho, abatido, como se tivesse visto algo que não conseguiria suportar.

– Estou bem. E você? – Thora toca o rosto dele. – Eu não quero saber o que você está pensando, quero?

Santi está olhando para a catedral.

– Você quase morreu. E eu te salvei. Igual você fez comigo, na torre do relógio. Antes de... – Santi vacila e leva a mão à garganta.

– Merda. – Thora olha para ele. – O que você tá querendo dizer? Que agora eu estou destinada a morrer e o mundo vai continuar insistindo, até conseguir me matar?

– Talvez. – Santi titubeia, desvia o olhar. – Talvez isso seja parte do plano.

Thora quer rir, mas não consegue reunir fôlego para isso. Ela olha atrás dele, em direção à catedral que lançou a morte céu abaixo em forma de canto, mirando bem a cabeça dela.

– E daí, da próxima vez eu vou ter que esperar ainda mais? – A voz dela treme. – Foda-se. Não posso passar por isso de novo. – Ela afasta o braço dele e continua andando, apenas mais um outro descampado sem fim.

Santi a alcança.

– Não tem nada que a gente possa fazer.

Thora cogita refutar. *Na verdade, tem. E se chama homicídio seguido de suicídio. Que tal?* Mas ela sabe que Santi nunca concordaria com a ideia. Algumas coisas serão sempre sagradas para ele. Por mais que doa saber que vai morrer antes, ela não pode pôr um fim nisso tudo sozinha. Em vez de contar a ele sobre a ideia, ela pergunta:

– Por quê? Por que foi o destino quem tomou essa decisão por nós? Não estou nem aí. Vou enganar esse maldito!

Um sorriso se infiltra no semblante atordoado de Santi.

– Se alguém tivesse o poder de fazer isso, com certeza eu apostaria que seria você.

Thora resmunga.

– E se eu ouvisse isso de qualquer pessoa, menos de você, com certeza entenderia como um elogio. – Eles saem pelas ruas estreitas do centro em direção à praça da torre do relógio. Thora sente uma firmeza interna agora, está praticamente determinada. À sombra da torre, com os dedos ela traça as palavras que ela própria escreveu: NADA A PERDER. Thora respira fundo e abaixa, entrando no buraco irregular da parede.

– O que está fazendo?

Ela vira. Santi parado sob a luz, como se ela o visse do outro lado de um portal, em outro lugar. *Como será que ele me vê?*, pensa ela. *Uma silhueta na escuridão? Um vulto embaçado, prestes a sumir de vez?*

– Vou pegar a única saída que me resta.

Thora o conhece bem. Uma parte dela que ajudou a criar Santi resiste, recusando-se a aceitar. Ela não quer magoá-lo.

– Como assim? – pergunta ele.

– Não vou ficar esperando que o universo tire a minha vida. – Ela olha para o espaço escuro acima da cabeça. – Se tenho que morrer, que seja por minha própria vontade. – A sensação é de paz. Como estar num avião em queda livre, embicando no chão, com ambas as mãos no controle da aeronave.

Ela começa a subir. Dali a pouco, escuta os passos de Santi atrás dela. Thora vira e dá de cara com os olhos dele, no escuro.

– Não quero que fique sozinha – diz ele.

Ela deveria mandá-lo embora. Ele ainda está meio bêbado, poderia escorregar e acabar caindo, e essa seria mais uma morte de Santi que ela presenciaria, plenamente consciente. De todo modo, ela decide seguir em frente, porque cada pensamento horrível rememora a continuidade desse sofrimento.

A torre é mais alta do que ela lembra. Thora faz uma pausa enquanto eles ainda estão lá dentro, no alto de um lance de degraus corroídos onde há espaço suficiente para os dois sentarem. Ofegante, ela aproveita para respirar; Santi, é claro, respira como quem sequer tivesse subido três degraus. O que está por vir martela na cabeça dela: outra infância, outra chuva de lembranças, outra vida incompleta, sozinha, na mesma cidade. Thora raspa a mão contra o tijolo até ele arranhar a pele. Há algumas vidas, enquanto desviava daqueles degraus, ela espiou por uma brecha e viu a própria imagem ali, refletida infinitas vezes.

– O que está pensando? – indaga Santi.

Ela observa a expressão confusa e preocupada dele. Foda-se. Se não disser isso para Santi agora, nunca mais dirá.

– Eu nunca te contei qual foi a sensação... Como era esperar. – Ela olha para as próprias botas, balançando e pendendo no ar. – Vinte e cinco anos, Santi. Mais do que a idade que você tem agora. Foi essa quantidade de tempo que passei sozinha. Simplesmente... esperando você aparecer. Até que você apareceu e... – Ela hesita, dá uma risadinha, mas logo volta a ficar séria. – Bom, você era um *bebê*. Dá pra imaginar? Você estava bem ali, na minha frente, mas não era você, era simplesmente uma criaturinha que não podia nem falar... Eu via naquele bebê alguns traços seus, mas nada muito significativo, e tudo o que eu faço para tentar te ajudar, e para tentar te ajudar a ser você de novo pode... pode... – Ela para, engole em seco, e finalmente fala do medo que sente desde a primeira vez que o segurou nos braços.

– Eu tenho medo de ter exagerado. Tenho medo de ter transformado você em outra pessoa, diferente da que deveria ser, e tenho medo de que isso tenha acontecido mesmo...

Santi não parece muito abalado.

– Seja lá o que você fez, não pode ter me transformado numa pessoa diferente. Continuo sendo eu.

– E era exatamente isso que eu esperava que você dissesse. – Thora não consegue expressar por meio das palavras o horror de tudo aquilo: a única pessoa por quem não se deixa iludir, se tornando um espelho dela própria, fruto da criação dela. Thora respira fundo, tentando, ao expirar, expurgar a tensão daquela vida, a sensação de carregar o mundo nas costas.

– E sobre o que eu disse antes, falei muito sério. Não consigo passar por isso de novo. Não posso estar tão à frente de você. Não vejo a hora de você amadurecer. – Lá embaixo, bem longe deles, folhas farfalham, encobertas pelo escuro.

– Antes... – diz Santi, com a voz trêmula. – Quando eu disse que a gente não podia fazer nada... eu estava errado, não estava?

Thora o observa. Os olhos de Santi se concentram lá embaixo, vasculhando os cantos.

Um arrepio percorre o corpo dela. Thora fita Santi. Não é bem ele, mas uma criatura estranha, uma espécie de monstro engendrado a partir das projeções dela. *O que eu fiz com você?*

– Para com essa besteira. Você... sua vida começou agora.

Ele faz que não.

– Quero fazer a coisa certa. Eu quero... quero te ajudar.

Por um momento, Thora visualiza tudo que se passa dentro dele: uma profunda insegurança, a vontade de deixar que ela o empurre para a morte que ele já conhece tão bem. Mais um Santi em queda. Outro Santi ao pé da torre, lamentando a própria morte, aceitando-a como uma vontade de Deus. Ele é, nesta vida, mais do que nunca, um produto dela. Se Thora mandasse ele se jogar, Santi assim o faria. Mas ela não é forte o suficiente para fazer isso sozinha.

– Tá bom – diz ela, com a voz embargada.

O vento sibila por entre as fendas da torre. Uma espécie de canção que irrompe pelos ares na voz surreal da cidade. *Pule*. Um pensamento digno de outro Santi, contando, num gesto obsessivo, os cadeados da ponte. Thora não chega a escutar a frase efetivamente, mas de uma coisa tem certeza: se os dois pularem, este momento nunca mais se repetirá.

O sangue martela nos ouvidos dela. Ela já morreu tantas vezes, mas nunca assim. É tudo completamente desconhecido desta vez, ela não faz a menor ideia da sensação de se preparar para pular, de como é o momento decisivo e o choque que o corpo sofrerá; não faz a menor ideia, mesmo ciente de que o faria por escolha própria. Tudo dentro dela grita, o corpo ressoa feito um punhado de sirenes alertando-a para recuar. Mas ela nunca foi o tipo de fazer o que os outros mandavam.

Ela vira para Santi, beija a testa dele. Eles entrelaçam as mãos.

– Assim que lembrar, me encontre – pede ela. – Vou deixar uma mensagem pra você.

Ele pressiona a testa na dela. Thora sente que ele está tremendo.

– Vou te esperar.

– Eu também vou te esperar. – Ela aperta a mão dele com mais força.

Juntos, os dois pulam. Enquanto caem, por um momento, Thora sente uma vontade enorme de voltar atrás. *Não posso fazer isso. Estou arrependida*. Mas é tarde demais. A mão de Santi solta a dela. Ela o escuta gritar antes de os dois atingirem o chão.

No momento do impacto, ela vê outra coisa. Um brilho muito ofuscante, a ponto de incomodar os olhos. Na sequência, na penumbra de uma escuridão, surge a sombra de um rosto, que a observa.

SIGA A LUZ

Santi está esperando debaixo do farol, em Ehrenfeld, quando Thora atravessa a parede.

Ela o olha do mesmo jeito de sempre, como se a realidade apressasse o sonho. É um choque reencontrá-la. Thora tem a idade dele, claro. Desta vez, devem ter nascido exatamente no mesmo segundo.

Ela sorri para ele.

– Você desvendou a minha mensagem.

Santi concorda. Ele não consegue confiar nas próprias palavras. Mal suportava ir à torre daquele relógio, era como se pisasse num território ímpio. Permaneceu lá apenas o suficiente para ler as palavras escritas ali. SIGA A LUZ, que encarou como uma piada de muito mal gosto. Ora, e o que mais além disso ele vem tentando fazer em todas essas vidas? E o que Thora fez além de arrastá-lo várias vezes para a escuridão?

Ela dá uma batidinha no braço dele, uma reprimenda amigável.

– Por que demorou tanto?

– Acabei de chegar.

Thora franze a testa. Ela pintou o cabelo de uma cor inusitada, um arco-íris mesclado com o azul desbotado de um céu noturno. Ele se pergunta se essa é uma mania dela, um jeito de acreditar que toda vez ela será a mesma pessoa. E quando foi que ela começou a pensar desse jeito? E quando ele começou a pensar em si mesmo numa pessoa múltipla, numa coleção de retratos feito em aquarela sobre vidro? Como Thora bem disse da última vez, pouco a pouco, os dois estão mudando de lado.

– Eu não entendo – diz ela. – A gente morreu junto. Óbvio que temos a mesma idade. Por que a gente continua chegando aqui em momentos diferentes?

A gente morreu junto. Ela diz a frase com muita facilidade, como se os dois estivessem dentro do mesmo carro no momento de uma batida, ou como se tivessem sofrido a consequência letal de uma doença lenta. Ele lembra de pegar a mão dela. Da queda na escuridão, da sensação de pavor, do vento na cara e do arrependimento tardio. Mas Santi não reconhece a pessoa que fez isso. A atitude é rechaçável, uma falha imperdoável de personalidade que ele jamais conseguirá aceitar.

Ele lembra do momento do impacto, do rosto olhando para ele no momento da morte. Cabelos compridos, sombreados; os olhos que o viram em seus piores momentos e o conheciam pelo que ele era.

Santi tinha certeza – e ainda tem – que o que os dois precisam fazer é corrigir algo errado, um sacrifício significativo e deliberado. Lá, na escuridão da torre, ele acreditou que o sacrifício seria a própria vida. Ficou espantado com a maneira como Thora distorceu o pensamento dele. Unir-se a ela no ato do suicídio foi a saída mais fácil. Mas o verdadeiro caminho para a redenção será mais difícil, tão difícil que, quando Santi o encontrar, sua alma relutará contra ele. Desta vez, está determinado e não vai falhar.

Thora inclina a cabeça.

– Você está bem?

Santi pisca e responde:

– Você acabou de atravessar a parede.

– É. Andei ocupada. – Thora estende a mão. Ele hesita. Impaciente, ela o agarra e o puxa para dentro de uma pedra maciça.

É uma sensação estranha...um zumbido nos ouvidos, o intervalo de uma fração de segundos na existência dele. Ainda assim, não parece ser algo que ele nunca experimentou antes. Santi emerge no interior escuro do farol com a mesma admiração de quando atravessou a parede da faculdade e foi parar bem debaixo das estrelas.

– Um milagre – diz ele, baixinho.

– Um erro. – Thora solta a mão dele. – A gente não deveria conseguir entrar aqui.

– Não no nível do solo. – Santi sobe até o farol feito o adolescente que foi vidas atrás, atravessando uma janela quebrada da sala da lanterna. Lá dentro, tudo está como ele lembra: cinzento, com uma falta de detalhes que chega a causar estranheza. A única diferença é que, agora, a monotonia foi rompida por um colchão no chão e um balde cheio de pacotes de salgadinho e pão. – Está morando aqui?

Thora assente, entusiasmada.

– Achei que um farol cercado por terra firme e que só dá pra acessar pelo portal místico era o mais próximo que eu conseguiria chegar de estar em outro lugar.

Algo naquele balde chama a atenção de Santi. Ele o esvazia. E não faz a menor ideia do que vai encontrar ali. Três pães doces, todos num formato igual e estranho, quatro pacotes iguais de salgadinho de páprica. Algumas maçãs, todas com uma mancha de podridão do mesmo lado. Santi olha para ela.

– Onde conseguiu tudo isso?

Ela sorri.

– Vem comigo. Vou te mostrar.

Nos corredores lotados do Alter Markt, Santi observa Thora esticando o braço para pegar um pão da prateleira.

– Thora... – adverte.

– Antes de sair ligando pra polícia, espere um pouco e olha isso. – Ela aponta para o canto da prateleira. Ao olhar naquela direção, Santi percebe que um pão doce idêntico ao que ela havia pegado apareceu no exato lugar de onde ela tirou o outro.

Ele reflete. E lembra da xícara de café que apareceu cheia, inesperadamente, na mão dele.

– Isso acontece sempre?

– Com pão e peixe – responde Thora, sorrindo.

Santi balança a cabeça, perplexo.

– E como você descobriu isso?

Thora tasca uma mordida no pão.

– Faz cinco anos que estou aqui – diz ela, com a boca cheia. – Tempo o bastante para aprender todos os truques deste lugar. – Thora pega outro pão e enfia dentro do bolso. – Depois que você pega o jeito, fica bem fácil de identificar eles. Só precisa ver as coisas do jeito certo. – Com a expressão radiante, ela agarra o braço dele. – Por falar nisso, tem um aqui que você precisa ver.

Santi puxa o braço de volta.

– Não posso, Héloïse já deve estar preocupada porque não voltei ainda.

– Héloïse? – Thora o encara. – Achei que tinha terminado com ela. Você disse que tinha a sensação de que não era certo ficar com ela.

Santi esfrega os olhos, ainda se recuperando dos 25 cinco anos que se passaram e ao mesmo tempo não passaram desde que ele e Thora se viram pela última vez. Ele lembra de quando mudou para Paris, conheceu Héloïse, do casamento na igreja estilo Art Nouveau, em Montmartre, os dois sob a luz reluzente e mágica dos vitrais. Cenas e imagens, cada uma rememorando uma emoção diferente, ligadas à ilusão de um "eu" que as vivenciou. Se a vida de Santi e Thora nesta cidade é alguma espécie de melodia, então talvez as pausas também tenham um significado, tal como os intervalos de uma música.

Ele dá de ombros.

– A gente já tinha casado quando eu cheguei.

Não é bem uma explicação ao que ela disse, e Thora sabe disso. Mas ela sente que há mais coisas que ele não quer contar, porque ela aparenta não se importar.

– Tá bom. Antes de você ir embora pra encontrar a sua esposa de mentirinha, deixa eu te mostrar uma coisa. – Ela o puxa pela mão, e o leva para uma viela que leva de novo à torre do relógio. Santi reluta, faz força com os pés para se deixar arrastar por ela, mas Thora é implacável. Ela o leva até a lateral da torre, em direção ao pátio onde uma vez se conheceram, quando estavam no primeiro ano da faculdade.

– Olha – diz ela, apontando para absolutamente nada.

Santi inclina a cabeça.

– Olhar para onde?

– Observa. – Thora suspende o que sobrou do pão doce e o arremessa com força para frente. Santi observa. O pedaço de pão some no ar. Encantado, ele dá um passo à frente. – É tipo... sei lá, um portal invisível – explica Thora. – Que faz as coisas deixarem de existir.

Santi olha para a grama. E nesse momento surge uma lembrança: ele, vasculhando os cantos por uma hora, com as mãos sujas e as unhas roídas, sem entender como algo poderia desaparecer assim, de repente, de uma hora para a outra.

– Meu cartão do albergue – murmura ele.

– O quê?

– Nada.

– Eu tentei entrar nesse portal, óbvio – diz Thora, entusiasmada. – Mas não funcionou comigo. Suponho que também não vai funcionar com você. – Ela aponta. – Vai. Tenta.

Santi hesita. Talvez essa seja outra armadilha para a qual Thora o empurra, um segundo suicídio. Mas ele acredita que deve encarar o mundo como algo real. Não há nada que possa temer. Assim, ele dá um passo à frente e atravessa o portal invisível.

Nada acontece.

– Eu chamo de portal da aniquilação – conta Thora, em tom de brincadeira. – Sei lá, é meio terapêutico. Uma vez, peguei na minha biblioteca todos os livros que não gosto muito e comecei a arremessar aí, um por um. – Ela se senta com as pernas cruzadas na grama, pega algumas pinhas esparsas do chão e começa a arremessá-las em direção ao portal, na altura dos pés de Santi. A brincadeira não o agrada nem um pouco, o movimento repetitivo e raivoso de Thora, as coisas sendo deixadas para trás...

– Thora, o que você tá fazendo? – questiona.

Ela o observa.

– Como assim?

– Você disse que está aqui há cinco anos. É isso que você tem feito o tempo todo? Sair roubando comida por aí... atirando as coisas no vácuo?

Thora o encara, incrédula.

– Achei que você gostasse de milagres.

Santi esfrega o rosto, respirando fundo.

– Não acho que a gente deva viver assim, desse jeito.

– Ah, fala sério! E qual é a outra opção? Arranjar um trabalho? – desdenha ela. – Além do quê, a gente não tá *roubando* nada de ninguém. A menos que o éter tenha direitos de propriedade.

Santi discorda, contrariado.

– Isso não está certo. Parece... sei lá, alguma trapaça.

– Talvez, se isso fosse um jogo e a gente tivesse concordado em jogar. Mas não me lembro de ter aceitado nada. – Ela joga a última pinha e levanta, peitando Santi. – Da última vez, eu te disse que a gente não tinha muita escolha. Mas eu percebi que...que eu estava errada. Nós temos uma escolha, sim. Se recusarmos a seguir as regras.

Algo começa a ganhar força dentro de Santi, a raiva guardada ao longo de toda a existência seguindo os passos de Thora, sofrendo as consequências dos estragos que ela deixava.

– Isso não é um jogo – retruca ele. – Não pra mim. – Ele aponta para a torre atrás dela, trêmulo de arrependimento. – Acabei com a minha própria vida, contei para Aurelia o que eu tinha feito. Consegue imaginar o quanto isso machucou ela? – Santi pressiona as têmporas. – Como eu pude fazer isso? Por que você fez isso, por que me deixou fazer isso?

Thora cruza os braços.

– Foi você quem tomou a decisão.

– E como eu poderia tomar as minhas próprias decisões se foi você quem fez de mim a pessoa que eu era? – Santi não sabe como explicar a Thora, não sabe dizer o quanto o fato de conhecê-la quando ele era ainda tão jovem a tornou o centro do seu mundo, algo entre uma segunda mãe e uma espécie de santidade.

Thora revira os olhos.

– Foi você quem disse que seria você mesmo, não importa o que te acontecesse!

– Eu estava errado.

A admissão a silencia. Em outras circunstâncias, ele reagiria à resposta dela com uma risada. Finalmente Santi encontrou uma forma de encerrar a discussão sem fim entre os dois.

Thora fica chocada.

– Santi, tanto faz o que você fez. Porque na real não foi você quem fez. Nada disso aqui é real. – Ela aponta para o contorno invisível do portal da aniquilação. – Quer mais prova do que isso?

– Eu sou real. – Ele dá um passo em direção a ela. – Você é real.

Ela faz que não, sorrindo de um jeito estranho.

– Pessoas reais não morrem e voltam. Pessoas reais não se regeneram e se transmutam em versões diferentes uma, duas, três, sei lá quantas vezes, até o momento em que tudo o que você passa a sentir é raiva e medo. – Thora recua e se afasta de Santi. – Talvez a gente tenha existido de verdade, uma vez, muito tempo atrás.

Santi observa a tensão nos ombros dela. Thora se isolou nos buracos do mundo, deixando-o sozinho uma vez mais. Mas Santi não pode dar conta disso sozinho. As atitudes dele não significam nada sem ela. Se os dois estão sendo castigados, os dois precisam reparar o erro cometido, seja lá qual for.

– Vou provar pra você – declara ele. – Vou te mostrar uma coisa que você não vai poder dizer que não é real.

Thora vira a cabeça e abre um sorrisinho. Ela nunca resiste a um desafio.

– Tá bom.

– Preciso de um tempo. Me encontra no Der Zentaur, daqui a uma semana.

Thora cruza o pátio, aproximando-se de Santi de novo. Intrigada, ela examina a expressão dele, mas Santi não demonstra nada.

– Combinado, então – concorda. Ela olha para a torre. – Não vou perguntar que horas.

Ele assente.

– Vamos combinar meio-dia, não meia-noite.

Ela sorri, beija a bochecha dele e pula a cerca, correndo e se afastando, até desaparecer atrás da torre.

Quando Santi chega em casa, encontra Héloïse podando o bonsai. Está sentada perto da janela, sob a luz do entardecer do inverno, praguejando baixinho em francês enquanto ajeita os galhos para deixar o arranjo mais agradável. Ela não sabe que aquele foi um projeto para a vida toda. Tal como o desenho dele, Santi pensa: mas sem a chance de lembrar, de evoluir, Héloïse nunca se dará por satisfeita.

Por um momento, ele simplesmente a observa, essa mulher que conhece de uma forma tão assimétrica. Cada versão do relacionamento entre os dois é nova para ela, ao passo que ele enxerga apenas memórias sutis do que aconteceu antes. Aqui, Santi se dá conta, no interstício em que todas as histórias dos dois se cruzam, da verdade existente.

– Está atrasado – diz ela, sem tirar os olhos do bonsai.

Santi abaixa para acariciar Félicette enquanto ela se esfrega nos tornozelos dele.

– Encontrei uma amiga que não via há um tempo.

Héloïse deixa a planta de lado num gesto de desdém e se aproxima para beijá-lo. Com seus olhos castanhos, enquanto se afasta, ela o observa atentamente.

– Hum. Evasivo. – Ela sorri, como quem está brincando. – Essa é a desculpa que arranjou para me contar que vai fugir com alguma alemã sarada?

Ele poderia entrar na brincadeira e responder que sim. Poderia se erguer e se afastar, sem dizer nada. Ou poderia contar o que fez na última vez que esteve com ela, do mesmo jeito que Thora fez com Jules, contar tudo, cada detalhe, e assistir à decepção dela. Ao observar o semblante de Héloïse, Santi tem a sensação de que nada disso seria surpresa para ela. Ele sabe que no relacionamento dos dois há sempre um lembrete subentendido: Héloïse está sempre, de um jeito ou de outro, esperando que em algum momento Santi a deixe e vá embora.

Talvez, pelo menos uma vez na vida, ele possa surpreendê-la.

– Não desta vez – diz, puxando-a para perto.

Uma semana depois, no Der Zentaur, Santi discute com Thora. Está frio para se sentarem numa mesa do lado de fora, mas ela quer fumar. Santi nota o resquício dos hábitos de um "eu" anterior enquanto ela bate as cinzas.

– Não sei por que você não entende. – Ela inclina o tronco à frente, na mesa. – Estou dizendo que você tinha razão sobre nós dois. Não fomos feitos pra viver igual às outras pessoas. A gente sempre, sempre quer o que está além. Sempre vai querer sair de onde está e ir para outro lugar.

– Concordo – diz ele. – Mas o que você está fazendo... essa coisa de viver nas lacunas, de se recusar a enxergar o que você vive como a realidade... Isso não é querer estar em outro lugar. Pelo contrário. Significa querer continuar onde está.

Thora beberica o vinho.

– E como o fato de agir como se fosse real poderia tirar a gente disso?

Santi hesita. Ele cogita dizer a ela que continua procurando o motivo, a razão pela qual foram castigados, que continua tentando descobrir o sacrifício que o levará à redenção, mas teme que Thora o afaste do objetivo dele, como já fez tantas vezes.

– Aliás, continuo esperando pela minha provação – acrescenta Thora, tamborilando os dedos na mesa. – Espero que não seja resistir a este vinho. Antes mesmo de a gente começar a lembrar das coisas eu já tinha as minhas dúvidas em relação a ele.

Santi olha para o relógio de pulso.

–A qualquer minuto estará aí...

Ele ergue a cabeça e avista a mulher atravessando a praça, caminhando em direção a eles.

Thora acompanha o olhar de Santi.

– Não. – Ela levanta tão abruptamente que a taça cai da mesa, e o vinho tinto se esparrama pelo paralelepípedo do asfalto. – Não, eu não vou fazer isso.

Santi sai atrás de Thora, a agarra e a vira de frente para ele. Jules interrompe o passo.

– Oi – diz ela, acenando sem graça. – Eu sou a Jules. Você deve ser a Thora.

Thora se mantém prostrada, cabeça inclinada, olhando para baixo, como se não confiasse no que os próprios olhos estão prestes a ver.

– Diga a ela que ela não é de verdade – pede Santi, falando no ouvido de Thora. – Você não consegue. Consegue?

Thora respira fundo, como se estivesse prestes a mergulhar na água gelada. Ela olha para Jules por um segundo e logo em seguida fecha os olhos. Ao abri-los de novo, imediatamente olha para Santi, enfurecida.

– Uma vez você me disse que o que a gente vivia não era o inferno. Estava errado. O que pode ser pior do que olhar para o rosto de quem você ama e essa pessoa não lembrar de você?

Jules parece confusa.

– Desculpe. A gente se conhece?

Santi se sente como um monstro. Mas engole o que quer dizer a Thora. *Desculpa por ficar seguindo você de vida em vida feito um cachorro morrendo de fome. Desculpa por te assombrar com o fantasma da sua esposa.* Ele precisa fazê-la entender.

– Essa é a questão – diz ele. – Não machucaria se não fosse real.

Thora puxa o braço e se desvencilha dele.

– Vou te mostrar o que é machucar.

O jeito como ela o olha antes de ir embora é atemorizante.

Jules se aproxima de Santi, e observa enquanto Thora vai embora.

– Tá tudo bem com ela? Você não tinha me dito que ela queria conhecer gente nova?

Santi olha para Jules, confusa e solícita, sempre disposta a oferecer a um estranho a vantagem da dúvida. Ele pensa no que fez para chegar até ela, em como rastreou o nome até descobrir onde ela trabalhava, nas desculpas que arranjou para fazer amizade com Jules e em como usou recordações antigas para manipulá-la e convencê-la a ajudá-lo. Quem será pior, ele ou Thora?

– Me desculpe – diz. – Ela não está num dia bom. – *Um dia que já dura várias vidas.*

– Tudo bem. A gente tenta de novo outro dia. – Jules aperta o ombro de Santi, como se parte dela lembrasse dos anos em que o conheceu. – Diga que eu achei ela uma fofa – acrescenta com uma piscadinha enquanto vai embora.

Santi volta para a mesa abandonada e se senta, olhando para as marcas da bota de Thora no vinho derramado no chão. O rastro de sangue deixado por ela no paralelepípedo é reconfortante e horripilante, algo que ele começa a considerar como parte da essência dela. *Vou te mostrar o que é machucar.* Ele a conhece o suficiente para entender a frase como uma promessa.

Semanas se passam sem que Santi tenha notícias dela. Ele ouve uma conversa aqui, outra ali sobre ela, enquanto caminha pela cidade, ainda à procura da sua chance de se redimir. Histórias de uma tal mulher que consegue atravessar as paredes; ladra, gatuna, tão intangível quanto um fantasma. Santi tem medo de encontrá-la e, ao mesmo tempo, muitas vezes deseja que isso aconteça. Ele não sabe o que faz o coração dele disparar quando, ao voltar para casa um dia, com café e uns pãezinhos para Héloïse, encontra um bilhete na mesa da cozinha.

Me encontre na torre, diz o bilhete, na letra grande e curvilínea de Thora.

Ele se sente surpreso por reconhecer a caligrafia dela. Partes dela estão se tornando mais estáveis: a caligrafia, o cabelo azul, o jeito como ela se veste. Pequenos fragmentos do real refletidos neste espelho defeituoso, como a expressão dela ao avistar Jules, do outro lado da praça. Santi se lembra de uma passagem da bíblia: "*Como enigmas en un espejo*. Através de um espelho escuro". Ele quer acreditar que, a cada nova vida, os dois estejam mais e mais perto de se encontrarem cara a cara. Mas agora sente que ela foge dele, correndo de costas enquanto desaparece em meio à escuridão.

O apartamento está silencioso. Silencioso demais. Héloïse já deve ter acordado, deve estar cantando para Félicette enquanto prepara o café da manhã.

– *Cariña*? – chama ele.

Sem resposta. Ele deixa o café e os pãezinhos em cima da mesa e vai até o quarto. A cama foi arrumada às pressas, o guarda-roupa está aberto. Os sapatos de Héloïse não estão perto da porta, como de costume.

Ele pega as chaves e sai, sentindo um arrepio, um mau pressentimento que percorre a espinha e se instala nos ombros. Enquanto Santi se aproxima do centro, as ruas à frente dele ecoam com o barulho de batidas. A impressão é de que a cidade está em guerra. Ele teme que isso tenha alguma relação com Thora, que ela tenha feito algo terrível, mas aí ele lembra: é Carnaval. Grupos estão por toda a parte, aglomeram-se em torno dele, barulhentos e bêbados. Santi se esgueira por entre a multidão e segue em frente. SIGA A LUZ, brandam as palavras de Thora, mas ela não está lá. Ele dá a volta na parede inteira, à procura dela. Tambores soam em nota baixa para acompanhar os gritos estridentes da multidão. Num reflexo que traz de outras vidas, ele toca o cabo da faca do avô, guardada no bolso da jaqueta. Ele se sente zonzo, a ponto de ver estrelas. Nesse momento, Santi avista Thora, parada no gramado.

Está fantasiada para o carnaval, com uma máscara do diabo e uma tiara com chifres. Ela segura algo que Santi demora um pouco para reconhecer: é uma caixa de transporte para gatos. Por entre as grades, ele vê Félicette miando, frustrada. *Ela detesta lugar fechado*, pensa ele. E é aí que percebe onde Thora está parada.

– Venha, venha! – grita Thora, ao vê-lo chegar. – Venha ver o maior truque de mágica que o mundo já viu!

Ao lado dela, meio confusa e meio achando graça daquilo, está Héloïse. Enquanto Santi a observa, a poucos metros de uma desgraça de que ela não faz a menor ideia, as várias vidas desse amor se transformam numa onda gélida de pânico.

Ele pula a cerca, caminha pela grama até Héloïse e segura o braço dela.

– O que você tá fazendo aqui?

– Ela disse que era sua amiga. Thora, certo? Está fazendo um truque de mágica, mas ficou com medo de não ter ninguém pra ver – conta com um sorriso caloroso que penetra os ossos dele. – Sei lá. Carnaval. Tudo pode acontecer...

Thora faz uma reverência.

– Está coberta de razão, caríssima senhora. Prepare-se para se surpreender. – Ela abre a caixa de transporte e tira Félicette de dentro dela.

– Pare. – Santi escuta o desespero na própria voz. – Thora, por favor.

Ela lança um sorriso perverso para ele.

– Não se preocupe. Os gatos sempre caem de pé. – Félicette se contorce nos braços dela, miando.

Thora segura a gata com mais força.

– Ah, não se preocupe! Vai ser uma aventura e tanto. – Ela carrega Félicette em direção ao portal. A gata grita, chia, debate-se para se livrar, mas Thora a leva até o limiar e, ali, a solta. Félicette, livre, salta e desaparece.

Héloïse se assusta. Ela encara Thora, depois ri e aplaude, olhando de soslaio para Santi.

– Espelhos? – pergunta Héloïse em voz baixa.

A única coisa que Santi consegue fazer é olhar para a grama vazia, para o vazio onde algo que ele tanto ama estava segundos atrás. Ele não entende por que aquilo parece um tipo de violação, e a sensação é pior do que se Thora tivesse afogado Félicette ali, bem diante dos olhos dele.

– Por que está tão nervoso? – pergunta Thora, olhando para ele, a cabeça inclinada para o lado, fingindo estar confusa. – Ela não era real. Está comprovado.

– Thora. – Ele dá um passo à frente e segura o braço dela. – Eu sei que está fazendo isso por causa da Jules. Eu sei que rever ela te machucou. Mas você precisa ver como isso prova que não deveria fazer o que está fazendo.

Héloïse toca o ombro dele. Santi percebe a careta dela. *Por que está agindo assim, desse jeito estranho?*

– Santi, acalme-se. É só um truque de mágica – diz Héloïse, que vira para Thora e sorri. – Muito bom, aliás.

Thora joga um beijo para Héloïse.

– Fico contente de saber que alguém aprecia a minha arte. – Ela estende a mão. – E, agora, caríssima senhora, chegou a sua vez! Está preparada para encarar o portal da aniquilação?

Héloïse sorri.

– Achei que nunca ia perguntar. – Com um olhar conspirador para Santi, ela pega a mão de Thora, que a conduz à frente.

– Não se preocupe – diz Thora. – Se é uma pessoa real, não tem com o que se preocupar.

Santi observa Thora conduzindo Héloïse, risonha, pela grama. Ele quer esticar o braço, alcançá-la, trazê-la de volta, mas isso significaria admitir, para si, que Thora é mesmo capaz de fazer isso. Ele não acredita que ela o faria pra valer. Está apenas querendo assustá-lo. A qualquer momento, ela vai parar e trazer as duas de volta.

Héloïse olha para trás e sorri para o marido.

– Santi, e se...

E assim ela se foi. Não chegou a terminar a frase, tal como o pai de Santi, naquela batida de carro, tantas vidas atrás. Thora se assusta. Ela olha para as mãos, vazias.

– Merda – diz, baixinho.

E é isso... o fato de perceber que essa era uma brincadeira, mas ao mesmo tempo um experimento cujas consequências Thora desconhecia... deixa Santi completamente transtornado. Ele ruge e corre em disparada na direção dela. Ao agarrá-la pelos ombros, ele a olha nos olhos, por trás da máscara que ela usa e percebe que uma parte de Thora está horrorizada com o que ela acaba de fazer, mas a voz dela diz o contrário, mostra uma postura defensiva e triunfante.

– Viu? Está comprovado – diz ela. – Elas não eram reais. Nunca foram.

A fúria de Santi é tão atordoante que chega a fazê-lo tremer. É isso que Thora sempre faz, uma, duas, três, todas as vezes... Transformar a esperança, a crença e o desejo dele de encontrar um sentido para as coisas em pó. Foram vidas e mais vidas tentando convencê-la de que tudo o que faziam era importante, acreditando que este era um teste pelo qual os dois tinham de passar juntos. Mas talvez o maior teste de todos seja este de agora. Reconhecê-la pelo que ela é: inimiga dele. O motivo de ele ainda continuar preso aqui.

Por fim, ele compreende. E ao racionalizar o que precisa ser feito, Santi sente como se levasse um soco no estômago. Aparentemente muito fácil... sacrificar-se. Mas será a coisa mais difícil de todas. Desistir, por vontade própria, de Thora, e com isso finalmente redimir os dois de seus pecados.

– Desculpe... – diz ele, enquanto pega a faca do avô, guardada na jaqueta.

Thora vê a lâmina um segundo antes de entender o que está acontecendo. O semblante dela acompanhará Santi pelo resto da vida.

– Santi, não... Espera...

É um golpe rápido e certeiro, na altura do coração.

Thora agoniza. Santi puxa a lâmina e com ela vem o sangue de Thora, quente, em sua mão. Ela olha para ele, a boca aberta, e a expressão incrédula, paralisada. Ele a puxa para perto enquanto ela desfalece, a vida escorrendo através da ferida.

– Desculpas? – resmunga ela, a voz engasgada pelo sangue. – Sente muito pelo que fez? Foda-se.

– Shh... – diz ele, segurando-a nos braços. – Não diga nada. Já vai acabar.

– Claro que vai. – Cada movimento dos pulmões para puxar o ar deve causar a mesma sensação de que a faca provocaria se fosse retorcida no peito, mas Thora é Thora. A última palavra tem de ser dela. Por um momento, muito vívido, Santi vê ali a filha emburrada, olhando para as estrelas de mentira, no teto. – Acha que não vou te levar comigo? – A mão dela tateia o chão perto dele, procurando a faca. Por decisão própria, ele a entrega. Talvez isso também seja um pecado, mas, no fundo, Santi não quer sobreviver a ela. Ele a abraça e, quando Thora destila o golpe, ele se rende à escuridão, de braços abertos.

QUEM SOMOS

Thora está sentada, bem de frente para um buraco no céu, bebericando uma garrafa de vinho tinto. Atrás dela, do outro lado do espelho, o burburinho das conversas no Der Zentaur pouco a incomoda enquanto ela balança as pernas, suspensa a vinte metros de altura da praça feita de paralelepípedos. Bastaria um salto para a queda livre. Imaginar a cena não a assusta mais. Mas não seria uma fuga. Thora simplesmente acordaria, lembraria de tudo e seguiria Santi de novo, mais uma vez, pela escuridão.

Ela não sabe se ele já está na cidade. Pela primeira vez, não deixou uma mensagem para ele. As costelas ardem de dor, como se o coração ainda estivesse se recuperando da facada. Ela toma um gole do vinho, olhando para baixo, em direção à fonte, que brilha feito uma miniatura, uma réplica muito benfeita. Mas o que dói mesmo, muito mais do que a memória do golpe da facada no peito, é a lembrança do rosto de Santi logo depois que Héloïse desapareceu, e o momento seguinte em que Thora se deu conta de ter feito algo irreparável. Ela cerra os olhos, desejando com isso conseguir apagar essa lembrança, mas ela continua lá, indelével.

Thora se considerava imortal. Mas agora ela sabe o que isso significa. Uma espiral sem fim, que se afunila pouco a pouco até chegar a um ponto onde estão todas as piores coisas sobre si. Ela se observa ali, sentada num fragmento do nada, embebedando-se sozinha, com o mesmo vinho tinto roubado, e sente um desgosto repentino. Num impulso, ela vira a garrafa de cabeça para baixo para despejar o vinho feito uma chuva, lá embaixo, na praça. O líquido vermelho borbulha na garrafa, sai pelo gargalo e para, suspenso no ar.

Thora pestaneja.

– Uau! – exclama para a ventania e o céu surreais. – Parece que rompi a lei da gravidade, hein?

As palavras ressoam na memória, provocando um eco. Santi, prostrado de frente para o computador, no laboratório de astronomia, dizendo a mesma coisa em relação à simulação que fez.

Thora se senta ereta, quase perdendo o equilíbrio. A xícara de café de Santi, enchendo sozinha. A comida milagrosa com que sobreviveu nas últimas duas vidas. O buraco de frente para o qual ela está sentada agora, um portal entre dois lugares que não deveriam se conectar. *Bugs*, de todo tipo, numa simulação mais complexa do que ela teria sido capaz de imaginar. E ali, pairando bem abaixo dela, outro *bug*, mas com uma diferença. Foi culpa dela.

Santi, que foi orientando dela, recosta na cadeira, cantarolando aquela mesma melodia de sempre, irritante. *Dei à simulação um* input *que ela não esperava*. Thora espia o rastro vermelho e congelado, dependurado entre ela e o chão de paralelepípedos.

– Acho que não esperavam que alguém resolvesse despejar vinho por um buraco no céu.

Ela ri, surpresa com essa sensação de descoberta que há tantas vidas não tinha. Se pôde romper a lei da gravidade numa porção tão pequena de ar, deve haver uma maneira de fazer o mesmo com tudo. Virar a cidade do avesso. Tudo que ela precisa fazer é oferecer os *inputs* para os quais a cidade não está configurada, até o ponto de acionar um gatilho suficientemente catastrófico para fazê-la parar.

Exultante, ela sobe de volta, pelo espelho para o Der Zentaur. Brigitta a observa.

– O que está fazendo aí, atrás do balcão?

Thora acena, através do espelho.

– O que um buraco na realidade está fazendo bem atrás do seu bar?

Brigitta pestaneja, confusa. Thora lembra desse mesmo olhar no rosto de Jules, e sente uma dor aguda, feito uma cutucada numa ferida aberta.

Ela suspira.

– Já sei. Você não sabe. – Ela dá um tapinha no ombro da garçonete e sai, já planejando qual será o próximo passo.

Thora arromba outro cadeado do Hohenzollernbrücke e o atira no rio. Ela espera o barulho do impacto com a água e depois vira para contemplar o resultado da sua obra de arte. Três quartos do gradil já foram esvaziados; o resto ainda reluz a bizarrice de sentimentalismo e cafonice. Logo, não restará nada e a correnteza do rio terá de lutar contra duas toneladas de metal.

– Quero ver como você vai se sair dessa, universo – murmura. Ela agacha de novo, manobrando as chaves na algema da próxima fechadura. Thora está tão absorta que não percebe quando uma pessoa passa por ela cantarolando uma música familiar.

Ela vira a cabeça para olhar. É um homem, que pouco a pouco se afasta, mas ela reconheceria aqueles passos onde quer que fosse. Thora observa Santi caminhar em direção à margem oposta. A última coisa que ela quer é olhar no rosto dele, mas está afoita para descobrir para onde ele está indo, e se também está tentando encontrar uma saída.

Ela guarda as chaves na mochila e começa a segui-lo. A uma distância segura, ela o segue até o Odysseum, escondendo-se na multidão enquanto ele entra. Santi passeia vagarosamente pelo planetário e pela sala dos astronautas antes de entrar no corredor tranquilo onde há uma placa de sinalização em uma das alas que diz "Em construção". Enquanto o observa, ela vê Santi sentando-se em um banco em frente à imagem do telescópio Kepler, e em seguida ele começa a desenhar. De vez em quando, Santi tira os olhos do caderno e olha ao redor, como se estivesse esperando por alguém: por ela, supõe Thora, enquanto encontra um lugar melhor para se esconder. Mas por que não a esperar no Der Zentaur, onde ela saberia que ele estaria?

Ele permanece ali por uma hora. Quando levanta para ir embora, Thora o segue em direção à ponte até a praça da catedral; depois, pelo centro, até a torre do relógio; e em seguida em um trem para Fühlingen. Chegando lá, ele senta às margens do lago artificial onde uma vez os dois nadaram, como irmão e irmã. Por todos esses lugares, ele faz o mesmo: desenha, para e vasculha as pessoas ao redor, à procura de um rosto que não encontra. Ao sair da praia, Thora o observa atravessar a estrada principal e passar por um portão de ferro forjado e enferrujado que dá para uma mansão abandonada de três andares.

A curiosidade é tanta que Thora chega a sentir um comichão. Ela se acomoda entre os arbustos de um matagal e espera.

Por fim, quando o sol se põe atrás da casa, Santi aparece. Thora torce para ele atravessar o portão antes de ela se esgueirar pela passagem de pedestre, passar por debaixo da arcada e entrar pela porta da casa, que está aberta.

Ela não sabe ao certo o que vai encontrar ali. Mas quando a luz noturna atravessa as janelas descobertas, o que encontra não a surpreende. Santi transformou a casa no seu livro de memórias. Murais cobrem as corroídas paredes de tijolos: retratos das vidas dos dois, uma após outra, a cidade, a catedral, a torre do relógio. E as estrelas, repetidamente, preenchendo os espaços entre uma existência e outra.

Thora acompanha a trilha de pinturas escadas acima. Algumas vidas aparecem uma, duas, várias vezes. Os dois com o uniforme da polícia, fogos de artifício estourando ao redor deles; a vida em que foram irmãos gêmeos, adotados, Thora embaixo d'água, Santi agarrando o calcanhar dela; dois estudantes no topo da torre, olhando para as estrelas desnorteantes. Numa parede, estão os pais dos dois, os de Thora com traços bem delineados, os de Santi em uma perspectiva mais impressionista, como se para ele fosse mais fácil capturar o que está mais distante. Na parede oposta, as outras pessoas que sempre aparecem na vida dos dois: Lily, Jaime, Aurelia, Héloïse e Jules. Thora passa por eles numa espécie de vertigem, sem se atrever a olhá-los nos olhos. Ela se detém ao chegar ao retrato de um homem de cabelo comprido, casaco azul e rosto preocupado.

– Eu te conheço – diz ela, baixinho. – De onde? – Ela vasculha a mente, procurando a lembrança dele. Uma mão no ombro dela e outra no ombro de Santi quando estavam debaixo da torre do relógio. Um flash de um vulto azul na areia, quando esse homem caiu bem ao lado deles, na praia. Numa fração de segundo, tudo se conecta. A praia. A torre do relógio. O Odysseum. Santi tem procurado este homem em todos os lugares em que o viram.

– Thora.

Ela vira. Santi está na porta.

Thora congela contra a parede.

– Não se aproxime.

– Não vou te machucar – diz ele, com as mãos espalmadas e erguidas. – Eu te vi na ponte. E sei que está me seguindo desde lá.

Ela o encara.

– E por que não disse nada?

Ela faz uma careta que beira uma risada.

– Porque eu estava com muita raiva.

– *Você*? Com raiva? – Thora quase engasga com as próprias palavras. – Você me deu uma facada no coração!

– Você deu um sumiço na minha esposa!

Da parede atrás dela, Thora sente os olhos de Héloïse a perfurarem pelas costas. A mulher que já foi mãe dela. A mulher que ela, com a própria mão, conduziu até o portal da aniquilação. Ela sente um enjoo repentino, um bolo subindo pela garganta.

– Eu não deveria ter feito aquilo – diz Thora, desviando o olhar. – Mas... você sempre, sempre consegue me desestabilizar... Com muita facilidade. Como fez da última vez. Bastou me mostrar a Jules... pronto. Eu desabei completamente. Já você... é sempre tão sereno, vive sempre no controle das suas emoções... Tudo que eu queria era que você *reagisse*, pelo menos uma vez. – Ela respira fundo. – Fiz o que fiz porque sabia que isso te deixaria com raiva. Mas nunca imaginei que ficaria tão chateado... a ponto de me *matar*.

Santi evita os olhos dela.

– Eu te disse o que eu achava... que a gente precisa corrigir alguma coisa de errado que tivesse feito. Que seria necessário abrir mão de algo que a gente não estava disposto a perder. – Impotente, ele dá de ombros. – No final das contas... eu pensei que, para isso, era você.

Thora leva a mão à cabeça.

– Deixa eu ver se entendi. Você me esfaqueou bem no peito porque achou que essa era a vontade de Deus? Que ele queria que você fizesse isso?

Santi parece constrangido.

– As provações são sempre difíceis.

Thora gesticula ao redor deles, enfaticamente.

– Ora, veja só. A gente continua aqui. É óbvio que você falhou, não?

Um silêncio perturbador se instaura entre eles. Thora se volta para o retrato do homem de casaco azul.

– Você está tentando encontrar ele. Por quê?

Hesitante, Santi se aproxima dela.

– Todo mundo que volta... são pessoas que têm a ver com você ou comigo. Mas este homem conhece nós dois. Eu acho que ele é a pessoa que pode nos dizer o que se passa entre a gente. – Santi olha para Thora de lado, tentando entender o silêncio dela. – O que foi?

Às vezes, ela queria que ele não a conhecesse tão bem.

– Nada. É uma boa ideia. É bem... você. Encontre o responsável e peça a ele para explicar o que significa tudo isso.

Ela percebe que ele tenta conter o sorriso.

– O que você estava fazendo na ponte?

Thora explica o plano dela. Ele escuta com a mesma atenção de sempre.

– Ah, estava tentando descobrir o milagre que vai fazer o mundo parar – comenta ele, quando ela termina.

Thora revira os olhos.

– Óbvio que você descobriria um jeito de me fazer detestar a minha própria ideia. – Ela observa o rosto dele. – Anda, vá em frente. Diz, qual é o defeito?

– Você está supondo que, se a gente conseguir interromper a simulação, vamos conseguir sair disso – diz ele. – Mas e se isso não acontecer? E se essa simulação só servir para... arrancar da gente a única realidade que temos?

Thora mordisca o lábio. Por que ele sempre tem que enxergar a fraqueza dos planos dela?

– Pode ser que aconteça. Mas, por enquanto, não consigo pensar em nada melhor.

Outro momento de silêncio, uma brecha para continuarem conversando, para encontrar uma maneira de resolver isso juntos. Mas o que aconteceu da última vez continua como uma ferida aberta entre eles.

– É melhor eu ir... – diz Thora. – O mundo não vai parar sozinho, vai?

– Mantenha-me informado. – Santi recosta na pintura do homem de casaco azul. – Quando eu não tiver atrás dele, estou por aqui.

Thora interrompe o passo no topo da escada.

– Por quê? – pergunta, apontando para o restante da galeria. – Pra que tudo isso?

– Da última vez, você me disse que nada disso era real. – Thora ouve a dor que se esconde atrás daquelas palavras. Jules, parada, na praça, confusa; a mão de Héloïse fugindo do alcance de Thora. Santi se volta para suas pinturas. – Eu não acho que seja bem assim. Acho que existem... fragmentos de realidade espalhados por cada uma dessas vidas – acrescenta, afastando a poeira do cantinho de uma das pinturas. – E são esses fragmentos que estou tentando encontrar.

– Uma vez você me disse que foi por esse motivo que começou seu caderno de memórias. – A cozinha mal iluminada do apartamento dela e de Jules, às duas da manhã, elas dando de mamar a Oskar enquanto Santi escrevia um códice de suas mortes. As lembranças machucam. Foi essa a última vida em que Thora fez algo certo? Esse "eu" parece tão distante, sobrescrito por todos os erros que ela cometeu. – E se a gente descobrir o que é real? Como isso vai nos ajudar a sair desse ciclo?

Santi fecha os olhos.

– Aquela vida em que a gente se conheceu no albergue... Eu acho que, se conseguir descobrir quem eu era, poderia saber para onde eu estava indo. – Ele fixa o olhar nos olhos dela. – Se a gente descobrir o que é real, vamos conseguir encontrar a saída.

Thora desvia o olhar. Ela não tem certeza se quer descobrir quem é de verdade. Por mais que não goste da pessoa que é agora, ainda consegue encontrar um conforto naquelas vidas em que fez escolhas diferentes. E se esse "eu" verdadeiro tiver feito alguma escolha irreversível? Uma escolha com a qual ela não concorda? Se ela deixar de se transformar, se tentar confrontar quem eles são de verdade, Thora teme que acabe sucumbindo.

Ela assente, num gesto enfático.

– Boa sorte. Se eu encontrar o cara que você está procurando, dou um jeito de te avisar.

Santi a observa partir como quem não espera que ela volte.

Thora está sentada na grama, com um borrifador de água na mão esquerda e um cobertor na direita. À frente dela, um prato de milhete, atrás, uma gaiola cheia de periquitos.

O próximo pássaro surge feito um raio esverdeado e brilhante. Thora não se mexe e praticamente nem respira, observando-o começar a bicar o milhete. Então, ela se aproxima devagar, feito uma armadilha a ponto de capturar a presa, e encharca o pássaro com o borrifador. Ele se debate tentando se livrar, mas neste instante ela joga o cobertor por cima dele, o cobre, abre a gaiola e o solta lá dentro.

Ela fecha a gaiola e conta os pássaros. O suficiente para uma manhã de trabalho. Thora reúne as ferramentas e começa a andar de costas pelo parque, em direção a Ehrenfeld. No caminho, ao encontrar uma senhora, ela ergue e mostra a gaiola.

– Nunca viu uma pessoa andando de costas, com uma gaiola cheia de periquitos? – grita, num sotaque bizarro que mistura um tcheco bem ruim e islandês.

A senhora balança a cabeça, desdenhando, e segue por outro caminho. Thora gargalha sob a ilusória luz do sol, sentindo-se à beira da loucura.

Ela chega ao farol e coloca a gaiola no chão. Pega cada um dos pássaros que se debatem contra as grades maciças e os solta. Quando a gaiola esvazia, ela pega o saco de sementes que trouxe e enfia a cabeça pela parede. Lá dentro, um confuso redemoinho de pássaros. Thora espalha um punhado de semente aqui, outro ali, enche o bebedouro e volta para a rua.

Tentar parar o mundo é uma tarefa difícil, desperta a fome. Ela caminha em direção ao centro e pega um divino *currywurst* na van em torno da catedral, embora não tenha muita certeza se o prato pode ajudar. Das últimas vidas para cá, a comida parece não preencher o estômago. Thora não sabe como contar isso a Santi, porque ele justificaria a sensação como um indício de uma fome espiritual ou algo do tipo, tão profundo quanto.

Ela está encostada na parede de vidro da Hauptbahnhof quando o avista nos degraus da catedral, desenhando no caderno. Thora se vê pensando na casa, vazia, à espera, repleta de memórias dos dois. Antes que haja tempo de racionalizar sobre o que está a ponto de fazer, ela se enfia no próximo trem para Fühlingen. Thora não entende por que fez tudo aquilo, até que os pés atravessam a porta da casa e a levam direto à imagem de Jules.

Ela observa cada parte da pintura na parede, mais vívida que nunca, e sorri, um sorriso tão sincero a ponto de vincos se formarem em torno dos olhos. Thora pensa em todas as versões de Jules que já conheceu. Todas elas, se Santi estiver certo, são uma representação da verdadeira Jules. Thora lembra da convicção que se cristalizou dentro dela com o passar do tempo, da ideia de que só poderia estar com Jules se desistisse da ideia de outro lugar. Será que esta é uma escolha que ela já fez? Ou que ainda está fazendo?

Antes de sair, ela para de frente para a pintura do homem de casaco azul. Ela precisa se lembrar de algo... é uma palavra, está na ponta da língua. Ela fecha os olhos para tentar ouvir melhor. Uma luz surge pelo canto de visão dela, um gosto repentino de fumaça irrompe na garganta. Os dedos sujos de areia, um flash azul.

A praia. O homem de casaco azul deitado na areia, contando para ela que algo havia acontecido. Thora pergunta o nome dele, e o homem responde: *Peregrine*.

Ela escreve o nome na parede, abaixo da pintura. Que Santi o encontre, mais tarde, quando chegar. Com certeza ele vai saber se aquilo significa algo importante. Ou não.

No dia seguinte, Thora está subindo uma escada no planetário do Odysseum, desrosqueando cuidadosamente as lâmpadas que representam as estrelas, quando o celular vibra, avisando que chegou mensagem.

Santi. Ela cogita apagar a mensagem antes mesmo de ler. Mas não resiste à curiosidade, esbraveja e a abre.

Encontrei ele. Estamos aqui, na casa.

Não é um convite. Mas Thora não se importa com isso. Desce a escada e sai correndo.

Ao subir as escadas da casa que Santi transformou num museu de memórias, Peregrine está em pé, no meio da sala. Santi está sentado contra a parede, com a cabeça apoiada nas mãos.

O homem de casaco azul olha para Thora e parece confuso. Ela se vira para Santi.

– Onde o encontrou?

– Eu chamei e ele veio. – Ele aponta para o rabisco de Thora, na pintura. – Falei o nome dele em voz alta e ele apareceu.

Claro, bem típico de Santi tentar evocar o equivalente a uma oração; um ato de fé que Thora jamais sonharia executar.

– E? – indaga ela.

Santi faz que não. Pela primeira vez, ela vê desespero nos olhos dele.

– Não adiantou nada. Ele não está entendendo nada.

A cena é demais para Thora conseguir suportar. Ela nunca viu Santi tão desesperado. Ela se aproxima de Peregrine.

– Tá legal. Vamos lá, me conte o que está acontecendo aqui – pede ela.

Peregrine faz uma careta.

– Você... aqui – diz ele.

– Isso já sabemos, obrigada – retruca Thora, sentindo a raiva aumentar cada vez mais. – Onde. É. Aqui?

– Eu... – começa ele, mas titubeia. – Não posso contar.

– Sim, pode. – Thora percebe que a raiva começa a beirar a fúria. É mais fácil aceitar a própria natureza do que lutar contra ela. Mais fácil descontar essa raiva nele, tentar acabar com ele como ela vem tentando virar o mundo do avesso. Thora se distancia do homem e pega um pedaço de viga de madeira, disperso no chão.

– Não só pode, como vai falar.

Santi levanta.

– O que você tá fazendo?

– Procurando respostas. – Thora avança contra Peregrine. – Ele está prestes a dizer o que está acontecendo.

– Thora... – adverte Santi.

– Ele sabe de alguma coisa. – Ela se dá conta de que implora, sem saber ao certo o que exatamente está pedindo. – Ele sabe de alguma coisa e está escondendo isso da gente.

Santi se coloca ao lado dela.

– Olhe para ele – diz. – Ele está confuso. Não pode...

– *Confuso*? – Thora bate o pedaço de pau contra o chão.

Santi se sobressalta. Peregrine não se mexe. Ela detesta essa inércia, e detesta aquele homem pelo que ele é, uma cifra insignificante, uma promessa vazia.

Santi se vira e olha para ela. Só quem o conhece tão bem quanto ela perceberia a tensão nos ombros dele.

– Esta não é você – afirma ele.

– Tem certeza? – Ela ri. Depois de todo esse tempo, como pode conhecê-la tão pouco? – A gente matou um ao outro, Santi. Eu acabei com a sua esposa bem na sua frente. Nós não sabemos quem somos de verdade. E não acho que a gente queira saber. – Ela gesticula loucamente para as paredes, para a bela perspectiva com que ele prefere enxergar as vidas dos dois. – Você diz que está tentando descobrir a verdade sobre nós. Mas como sabe se não está simplesmente tentando descobrir aquilo que a gente *queria* que fosse verdade? Você não pode simplesmente... sair por aí pegando os caquinhos de si mesmo e dizer: "Este sou eu, o restante é pura aberração!". Nós dois fizemos coisas terríveis. Isso faz parte de cada um de nós, e precisamos assumir isso.

– Sim, fizemos – concorda, e Thora enxerga a verdadeira sinceridade dele, o quanto a cicatriz do assassinato dela, cometido por ele, o abalou. – Mas a gente não pode ser só isso. Somos mais do que isso.

As palavras dele vibram pelo corpo dela. Thora quer acreditar nelas, desesperadamente, mas não consegue se desvencilhar da lembrança dos dedos de Héloïse desaparecendo... da mão dela, Thora, enfiando a faca no peito de Santi...

– E quem se importa? – fala, com a voz embargada. – Se eu fui uma assassina, que importa as outras coisas que já fiz?

– Sim, Thora, *sim*! – rebate ele, com a voz exaltada. – Não há apenas uma escolha, mas várias, todos os dias. E todas elas têm importância. – Ele fica em silêncio por um momento, sem tirar os olhos dela. – Aprendi isso com você.

Thora se desarma, em todos os sentidos. Ela abaixa a cabeça e começa a gargalhar, a ponto de perder o fôlego. Ela deixa o pedaço de pau cair da mão.

– Desculpe – diz para Peregrine. – Pode ir.

Peregrine olha para Santi, como se precisasse de permissão. Santi assente. O homem de casaco azul se afasta e desce as escadas. Thora suspira e senta, sentindo que ganhou e perdeu ao mesmo tempo. Santi se aproxima e senta ao lado dela. Os dois observam, juntos, a única pista real que tinham, desaparecer de vista. Dói tanto quanto doeu quando ela tinha onze anos e o passarinho fugiu.

– Muito bem – declara Santi, como se estivesse parabenizando-a por ter passado numa prova.

Thora ri baixinho.

– Depois de ter me dado uma facada no peito e de não ter conseguido nos tirar daqui com a sua mágica, pensei que você tivesse parado com essa ideia de que a gente está sendo testado.

Santi olha para ela de um jeito irônico.

– Você acha que eu ajo assim porque acho que estou sendo testado? – pergunta ele, fazendo que não. – Ajo assim porque é a única escolha que me resta.

Thora ri ao escutar o próprio pensamento verbalizado nas palavras dele, transformado pela mente de Santi. Ela o observa quando ele vira para a janela. Depois de tantas vidas juntos, Santi é uma pessoa quase transparente, e por mais que a cada versão o exterior seja diferente, Thora consegue enxergar o que há de estável nele. Cem vidas atrás, ela errou ao zombar quando Santi disse que duas pessoas são sempre um mistério uma para a outra. Ela o conhece tão bem quanto uma pessoa que convive com outra pode conhecer, conhece todas as facetas, lados e ângulos dele. Mas cada vez fica mais e mais difícil decifrar o que ele carrega no coração. Os vislumbres que Thora viu até o momento moldam uma instância impossível, maior e mais estranha do que Santi poderia suportar. O mesmo não acontece com ela. Vida após vida, Thora se sente cada vez menor, reduzida a uma coisa óbvia e queixosa, cujo único desejo é fugir. Talvez ela sempre tenha sido assim, mesmo no começo, época de que ela não consegue lembrar; o restante não passou de um traje frágil, tal qual o salopete laranja e as reações intempestivas dela, arrastadas pelo furacão em que ela e Santi estão metidos. Ou talvez Santi esteja certo. Talvez ela ainda possa escolher quem quer ser.

– O nome dele... – comenta Thora, olhando para o retrato de Peregrine. – Significa "andarilho".

– Peregrino – corrige Santi, gentilmente.

Ele a olha nos olhos. Thora enxerga nele uma dor mais profunda que a dela. Santi acreditava, com todas as forças, que Peregrine os levaria à verdade.

– Sinto muito que ele não tenha as respostas que a gente quer – afirma Thora.

Ele ri, timidamente.

– Isso não significa que as respostas não estejam ali. Significa só que a gente precisa continuar procurando.

Thora olha para os próprios dedos, os tendões parecem as cordas que controlam a pobre marionete do corpo.

– Eu queria ser como você. Queria poder enxergar um sentido pra isso tudo.

– Eu não enxergo. Mas continuo procurando – diz, falando baixinho. – Você acha que é fácil. Você acha que... que é uma coisa natural pra mim. Mas não é. É uma escolha. Toda vez eu escolho.

Os dois continuam procurando. Thora enfia os dedos nas órbitas vivas do mundo, tentando provocar uma faísca que ponha fogo nas mentiras e deixe escapar ilesa apenas a verdade. Santi conecta os fios da vida de cada um, procurando uma luz que resplandeça em todos eles.

É estranho, mas Thora está mais feliz do que nunca. Agora ela tem uma missão, a possibilidade de encontrar uma saída, e não está sozinha nessa. Santi a acompanha. Mesmo assim, ela não fica surpresa de perceber o modo como o mesmo objetivo se manifesta de maneiras diferentes quando filtrado por duas mentes: ele continua observando o mundo, procurando sentido para tudo, como sempre fez; ela tenta virar o mundo do avesso, para descobrir o que há por dentro. Seja como for, esse jeito estranho de agir juntos combina com a natureza de cada um deles. De maneiras diferentes, os dois sempre foram grandes exploradores.

Depois de passar a manhã tirando cadeados da ponte, ela vai para Fühlingen, debaixo de um céu estranhamente nublado, e chega em casa antes de a chuva começar. Relaxando, encostada no parapeito de uma das janelas da frente, ela espera Santi chegar. Alguma coisa estranha acontece lá fora. Começou a chover, mas além da chuva, alguma coisa, pesada, se espalha e se dispersa pela calçada coberta por vegetação. Thora inclina o tronco à frente e observa a cena, encantada.

Alguns minutos depois, ela avista Santi, correndo pelo jardim, puxando a parte de trás do casaco para proteger a cabeça. Ele aparece na escada, ofegante, sacudindo a roupa.

– Thora, por que está chovendo peixe? – pergunta, calmamente.

– Porque o meu plano está funcionando. – Ela pula do parapeito da janela e se aproxima para ver o que ele andou pintando por esses dias. É um retrato vago e impressionista de um homem que Thora não reconhece: barbudo, cabelo escuro e comprido, com sombras em torno dele.

– Quem é ele?

Santi se afasta da parede, inclinando a cabeça.

– Depois que a gente caiu da torre – conta Santi, e Thora repara que ele não disse "se jogou" –, eu vi esse rosto.

– Sério? Eu também vi um rosto.

– O mesmo? – A versão atual de Santi muda rapidamente do modo "artista" para "investigador", e Thora supõe que a essa altura ele já tem muita prática com ambas as funções.

Thora faz que não.

– Não. O rosto que eu vi era de uma mulher, com toda certeza. E também não era tão... cristão quanto esse. – Ela faz uma careta. – Talvez a gente só tenha visto o que já esperava encontrar.

– E por que você esperava encontrar uma mulher?

Thora dá de ombros.

– Porque quem está por trás de tudo isso só pode ser uma pessoa muito inteligente?

Santi acha graça, depois fecha os olhos e encosta na parede.

Thora faz outra careta.

– Que foi?

Devagar, ele abre os olhos.

– Tontura. De umas vidas pra cá, ando sentindo...

Thora o observa, sem saber se conta ou não. Por fim, decide:

– Vivo com fome, o tempo todo. Não importa o que eu coma. Eu teria te contado antes, mas fiquei com medo de você dizer que significa alguma coisa e tal...

Santi mergulha o pincel na tinta e sorri para ela.

– Provavelmente alguma coisa ruim.

Tentando acalmar a própria inquietação, Thora caminha em direção às paredes.

– Está ficando sem espaço. – Praticamente todos os tijolos estão cobertos. – Encontrou a resposta que queria? Já sabe quem somos?

Santi interrompe o trabalho por um momento, segurando o pincel suspenso no ar.

– Acho que sim. Me diga você!

Thora contempla a galeria da vida dos dois. Ela, com oito anos, enrolada no cachecol do pai, olhando para as estrelas de menti-rinha, no Odysseum. Ela e Santi concentrados, cada um em seu computador, no laboratório de astronomia, o rosto iluminado pelo brilho de mundos inventados. Santi, perdido, sem-teto, procu-rando num labirinto de ruas uma placa que diga ESTAMOS AQUI. Ela vira e olha para o Santi de agora, mais jovem do que era na-quela circunstância, mas também mais velho, de um modo que só ela consegue ver.

– E aí? – pergunta ele com um sorriso terno. – O que nunca muda na gente?

– A busca incessante – responde Thora. – Estamos sempre em busca de um outro lugar. – Ela olha para o retrato de Jules, sor-rindo para ela, numa outra realidade. – Mesmo que isso implique deixar quem a gente ama para trás.

Santi assente.

– Acho que você tem razão.

– Será? – pergunta Thora, com a voz vacilante. – Talvez seja exatamente isso que a gente gostaria de ser.

Santi responde apontando o pincel para um canto da parede que Thora ainda não viu. Ali, pequenas pinturas representam as vivências de Thora naquela versão atual, a taquigrafia magistral de Santi consegue evocá-la em poucos traços. Thora na ponte, ati-rando cadeados no rio, entupido de capacetes espaciais e esquele-tos; Thora segurando um bando de periquitos, amarrados na ponta de uma corda, com várias letras *thorn* e diacríticos espirrando da boca dela; Thora andando infinitamente para trás, como se Santi a chamasse de volta para casa.

– É quem somos agora – explica ele. – Você do seu jeito, eu do meu. Fizemos nossa escolha e continuaremos escolhendo.

Ela engole em seco, por um momento comovida demais para conseguir falar.

– Acha que isso significa que a gente vai sair daqui? – pergunta, quando consegue articular as palavras.

Santi olha nos olhos dela, os mesmos daquele rosto que viu, instantes antes da queda livre.

– Significa que não vamos parar de tentar.

Thora balança a cabeça de um lado ao outro e caminha até a janela.

– Tenho que ir.

– Eu também. Preciso tirar o cheiro de peixe do cabelo.

Ao subir no parapeito da janela, Thora hesita por um momento.

– Se a simulação terminar, o que acha que vai acontecer? Imagino o ar meio que... se dissolvendo.

Santi dá de ombros.

– Acho que vai aparecer uma luz... brilhante.

Thora olha para ele, desdenhando.

– Meus Deus. Que original. Estou chocada! – Ela aponta para a janela, fingindo surpresa. – Santi! Olha! Uma luz brilhante!

– É o sol.

– Por enquanto. Espera só daqui a alguns dias... – diz ela, e pula da janela.

Ela acorda com o pressentimento de que algo estranho, diferente, está acontecendo.

Estranho não como o choro inesperado de um bebê nem o cheiro de gás na cozinha. É algo cosmicamente estranho, como dormir sob as estrelas e acordar enterrado vivo.

Thora engasga, procurando ar, levando as mãos à garganta. O ar está pesado, mas de repente volta a ficar leve. A gravidade e a pressão pulsam feito um relógio descompassado. Apoiando-se na parede, ela levanta da cama e se curva, as pernas estremecem. O tempo e o espaço circulam pelos ouvidos. O nariz coça, mas ela tem a sensação de que, se tentasse coçá-lo, a mão atravessaria o corpo. Thora endireita a coluna, dá um passo para o lado, avançando pelo espaço escuro e barulhento. Uma sequência de sons perfilam os ouvidos, palavras dispersas e incompreensíveis, uma mistura entre alemão, russo e inglês. A imagem de um bando de periquitos voando e o rosto de Santi fragmentado em várias facetas oscilam diante dos olhos.

Thora não sabe como chegar à janela. Santi está parado debaixo dela, no que antes era a rua, mas agora se transformou num mosaico de fragmentos dispersos e sem sentido. Basta um passo para se unir a Santi e habitar o nada. Ele está de costas para ela, mas o contorno da silhueta vibra.

– Santi – chama ela, sacudindo o ombro dele, sentindo um estranho mas ordenado zunido. Diferentes cenas atravessam a mente de Thora: cogumelos desbotados e ameaçadores, o rosto de Jules, o esqueleto da torre do relógio quebradiço e cadavérico. Um farol feito de crochê vaga no céu, em ondas descontroladas. – Eu consegui – diz, ouvindo o eco das palavras, que retorna feito um zumbido.

Santi olha para o céu rodopiante, partículas de Colônia se afunilam rumo ao caos.

– Você fez alguma coisa.

Thora acompanha o olhar de Santi. Estrelas gêmeas ofuscam a visão enquanto caem. Tarde demais, ela as reconhece como as luzes de um trem de metrô, despencando do céu e se chocando feito garrafas de vidro. Aterrorizada e ao mesmo tempo surpresa, ela grita e puxa Santi, desviando-o do caminho. Enquanto corre, Thora segura a mão dele, tropeçando do nada pelo caminho, sem algo aparente e visível que justifique a colisão, trombando em fragmentos flutuantes do que antes era a estrada para a cidade. Um gorjeio desordenado surge do céu e se aproxima de Thora. Ela olha para cima e vê um bando de pássaros verdes, voando em círculos em torno da cabeça dos dois.

– Para onde a gente tá indo? – grita Santi.

– Estamos saindo daqui – grita Thora de volta, olhando para trás. – Agora tem saídas por toda parte. Deve haver algum buraco por onde a gente possa atravessar e escapar.

– Tem certeza? – pergunta Santi.

– Não – responde, apertando a mão dele com força. – Mesmo que não dê em nada, mesmo que a saída não nos leve a lugar nenhum, estamos juntos nessa.

Eles cambaleiam, por vezes espremidos por uma força esmagadora, outras vezes flutuando por cima de estilhaços da estrada. Os dois continuam correndo, e em certo ponto os fragmentos sob os pés começam a se aglutinar e formar paralelepípedos. Estão no centro de Colônia, ou no que restou dela, uma confusão de cacos e estilhaços semelhantes aos destroços repentinos de uma explosão. Thora se vê no céu, um pontinho azul dando tchau com um braço. Ela e Santi estão pintados nas estrelas, onde sempre pertenceram. Na base da torre do relógio, as palavras que Thora finalmente escreveu lá, "QUEM SOMOS", esticam e se movimentam, giram e se aproximam em torno deles. A torre parte e se transforma numa hélice em movimento, feito uma broca que perfura o céu. Uma forte sensação se apodera do coração dela, desabrochando feito uma revelação.

– As estrelas – diz, apontando. – Elas são a nossa saída.

– Sim! – concorda Santi, rindo, contente, olhando para ela. – Finalmente a gente sabe para onde está indo.

Ele aperta a mão dela enquanto os pés dos dois se separam do chão tremeluzente. Estão subindo, rumo ao ponto onde o céu se desfaz, um universo palimpsesto que se desintegra. A ventania é tão forte que os dois têm de gritar para conseguir ouvir um ao outro.

– Lá – fala Santi no ouvido dela, perto o suficiente para abafar o ruído da tempestade. – Consegue ver?

Thora mal consegue abrir os olhos. Com o olhar entreaberto, ela tenta se concentrar na direção que Santi aponta, mas a luz desvanece, as estrelas são sugadas para baixo, para o redemoinho em que a cidade se transformou, sendo sorvidas pela força do caos. Lá embaixo há vários pontinhos na praça, a multidão se aglomera, olhando para cima. Há algo errado. Eles não vão conseguir.

– A gente tá caindo. – É o que Thora tenta dizer, mas as palavras saem distorcidas. Ela expira o ar, volta a absorvê-lo para os pulmões e sente o corpo como um fole, um instrumento cujo controle está fora dela. Os ponteiros do relógio da torre giram em direção ao número doze. O tempo está regredindo, puxando-os de volta para o chão. Thora se agarra a Santi enquanto luta para fazer o tempo avançar de novo, para alcançar o buraco que a torre está perfurando no céu. Mas os dois descem vertiginosamente, em espiral, como sementes aladas, rumo aos braços da multidão. O tempo vibra, reinicia, recomeça.

– Doutora Lišková? – chama o Santi que já foi paciente dela, velho e preocupado, com seu olhar infinitamente melancólico.

– Thora, o que está acontecendo?

Ela vira. Ele, com oito anos de idade, perdido, olha para ela. O Santi que precisava muito da Thora, que segurou a mão dela quando pularam da torre.

Thora vira, procurando o verdadeiro Santi, o seu Santi, mas ela o perdeu numa multidão composta inteiramente por ele, por diferentes versões dele. Ela continua procurando, gritando, chamando, em vão, pelo nome dele, mas há muitos Santis e todos se lembram dela, todos a atendem. Eles a agarram, puxando-a para baixo, até o ponto em que ela não ouve nada mais além do próprio nome, repetido uma, duas, várias vezes, por uma centena de vozes. Um tremor, um estalo. Thora se fragmenta e tudo para.

NAS ESTRELAS

Santi sonha com uma mensagem escrita no céu.

Ele está tão próximo dessa mensagem – as mãos de Thora nas mãos dele, as estrelas reluzindo em torno dos dois como velas no escuro – que não consegue entender o que está escrito. Quando começam a cair, ele olha para cima, tentando decifrar o que está acontecendo, tentando ler a mensagem, mas nada adianta. Santi sente a visão turva, as estrelas se expandindo, transformando-se em globos de luz, fundindo-se com chamas que estão sempre ali, no canto dos olhos, à espera.

Ele acorda à luz do sol, sem saber ao certo quem ele é. Em outras circunstâncias, essa sensação o deixaria em pânico, mas agora ele folheia cada uma de suas versões como se estivesse folheando um punhado de transparências sobrepostas e fundidas em uma só pela luz. Thora está deitada na cama, ao lado dele, o que aumenta as possibilidades de algo acontecer. Raramente os dois sentem atração um pelo outro na mesma vida, mas ainda acontece. Ele estica o braço e acaricia a bochecha dela. Thora resmunga qualquer coisa baixinho e se enterra nos lençóis.

– Hora de acordar – diz ele, beijando a testa franzida dela.

Com a voz abafada, ela responde:

– Como assim "acordar"? Isso só pode ter sido um sonho.

Ele ri.

– Ah, então a senhora andou sonhando comigo?

– E quem disse que você estava no meu sonho? – Ela rola para o lado, suspirando. – De todo modo, pensando bem, não pode ter sido um sonho. Se fosse um sonho, você seria você, claro, mas também o meu professor de Ciências, aplicando uma prova surpresa, e obviamente que eu não teria me preparado. Enquanto isso um exército de cabras estaria tentando arrombar a porta.

– Eu já fui seu professor de Ciências – relembra ele.

Thora faz uma careta.

– Se você acha que isso me excita, precisa de mais um milhão de vidas pela frente para me conhecer de verdade. – Ela desliza pelo colchão e levanta da cama. Veste um cardigã comprido e caminha pelo assoalho, em direção à cozinha. Contrariado, Santi estica o braço para tentar detê-la, mas Thora se foi, e o barulho da chaleira ligada anuncia o café. Um miado e ruídos ecoam da cozinha.

– Meu Deus, Félicette!

Santi acha graça.

– Ela interrompeu o continuum espaço-tempo de novo?

– Pra variar. – Por um instante, Thora interrompe o que está fazendo e fica de frente para a luz do sol, roendo as unhas. Santi fica fascinado ao ver a cena, como se Thora fosse uma janela pela qual uma luz rara e incandescente entra. Pensamentos percorrem a fisionomia dela, feito as nuvens de uma tempestade. Ele quer desenhá-la, registrar este momento no livro de memórias. Às vezes ele se pergunta se a sua busca incessante por um sentido para aquilo tudo o enlouqueceu. Se ele não passa de um velho louco na sarjeta, enchendo os bolsos de pedrinhas que encontra no asfalto para passar o tempo. Ele escuta a voz de uma outra Thora. *Não queira encontrar diamantes em meio a cacos de vidro.*

– Tive aquele sonho de novo.

A expressão de Thora muda. Há certas características dela que ele nunca verá, e definitivamente a presença dele aqui modifica completamente o comportamento dela, em comparação a quando está sozinha. Ela vira para ele enquanto serve o café.

– Aquele em que estamos nas estrelas?

Ele assente, olhando para o teto.

– Eu achei mesmo que a gente tinha encontrado uma resposta. – Feito um talismã gasto de tanto esfregar os dedos no amuleto, Santi retoma a ideia a que se apegou desde a época em que morou nas ruas. *O segredo é saber quem você é. Só assim saberá para onde vai.* Parece verdade porque é, de fato, ou porque ele quer que seja? Ele esfrega os olhos, tentando afastar a lembrança do sonho.

– Tive tanta certeza, tantas vezes, e as coisas acabaram sempre do mesmo jeito. Do mesmo jeito, ou pior. – Ele abaixa a cabeça e olha para as próprias mãos, lembrando a consequência a que essa mesma certeza o levou. Uma facada no peito de Thora.

Ela volta para a cama, com uma caneca em cada mão.

– Desta vez, eu também tive certeza – comenta ela, quase sorrindo. – Nós dois, em consenso, tendo certeza de uma coisa. Quando foi que isso aconteceu?

Santi pensa na estranha convergência da perspectiva com que enxergaram a situação, o momento em que se olharam e tiveram certeza absoluta para onde tinham de ir. A sensação era de que aquilo significava algo. Mas Santi já teve essa sensação tantas vezes que foi difícil confiar nela.

Thora inclina a cabeça para trás e a apoia contra a parede.

– Não sei por que achei que daria certo. É literalmente a mesma coisa que eu tentei antes, só que numa direção diferente. Se nós não conseguimos escapar saindo da cidade, por que achei que conseguiríamos fugir alcançando as estrelas?

Santi repara a amargura do fracasso na voz de Thora. Ainda que esteja sentindo o mesmo, ele não quer que ela se culpe.

– A gente não tem como saber se daria certo. Caímos antes mesmo de conseguir chegar lá.

Ela resmunga, retrucando.

– Santi, a gente não consegue pegar um trem pra Düsseldorf. Como acha que a gente poderia tentar sair do planeta? Construindo uma escada gigante? – A expressão dela muda, como se as palavras dela tocassem alguma recordação. Ela agarra o braço dele. – A não ser que...

– Quê?

Com o rosto radiante, Thora olha para ele.

– Você acha que tudo aqui tem algum sentido, um significado. Tudo representa alguma coisa.

– Sim, achava – admite. Ele percebe que respondeu à pergunta no passado em vez do presente, e fica comovido. Será mesmo que está deixando de lado essa convicção que sustenta há tanto tempo? Como seria possível que tudo isso não fizesse sentido, depois de tantas coisas que enfrentaram juntos?

Os dedos de Thora apertam o braço dele.

– Aqui, na cidade. O que significam as estrelas?

Santi pensa na pergunta, no que as estrelas representam para ele. Um outro lugar; a transcendência, a esperança da descoberta, da revelação.

– A catedral? – sugere ele, e Thora balança a cabeça discordando. – A faculdade? O topo da torre do relógio?

Thora faz uma careta, debochando.

– Está pensando demais.

De repente, Santi entende. Como ele não percebeu antes?

– O museu de astronomia – afirma ele.

Thora deixa escapar uma risada, radiante e jubilosa. É uma Thora que Santi não vê há muitas vidas. Em segundos, ela pula para fora da cama e fica em pé.

– Anda, vamos – diz ela, vestindo a calça jeans. – O que a gente está esperando?

Ele se veste rapidamente. Enquanto caminha logo atrás dela em direção à porta, uma sensação de fraqueza o acomete. Santi se agarra à parede.

Thora estranha.

– O que foi?

– O de sempre – responde ele, com esforço. Santi belisca a própria testa até melhorar.

Thora tenta conter a reação, mas fala brincando:

– Talvez precise tomar menos café.

Ele ri. Os dois sabem que a tontura de Santi não tem nenhuma relação com o que ele bebe, assim como a fome de Thora não tem nenhuma relação com a quantidade de comida que ela ingere. Ela sorri para ele, como quem compreende exatamente qual é aquela sensação.

– Vamos – fala ela, pegando o braço dele.

É segunda-feira, o Odysseum está fechado. As portas estão trancadas com correntes, presas por um simples cadeado.

– É nessas situações que certas habilidades minhas são úteis – comenta Santi, desdobrando o cabo da faca enquanto Thora pega uma pedra e a atira no vidro.

Santi se prepara para o toque do alarme, mas ele não soa.

– Sem alarme – observa ele, enquanto se enfia pelo buraco da porta quebrada.

– Quem invadiria um museu infantil? – pergunta Thora enquanto suas botas esmagam os cacos de vidro.

Enquanto a acompanha em direção à bilheteria, Santi sente a vista embaçar. Ele interrompe o passo e esfrega os olhos.

Thora volta e toca o ombro dele.

– Tontura de novo?

Ele faz que não.

– Uma sensação diferente.

– Ah, que excitante. – A preocupação no rosto dela contradiz o comentário sarcástico. – É melhor não morrer na minha frente de novo. Estou começando a levar isso pro lado pessoal.

Eles atravessam o museu de astronomia sob os olhares espelhados de trajes espaciais suspensos, sem manequim, ou modelo. Juntos, Thora e Santi ficam olhando as luzes ligeiramente cintilantes. Ele sente uma emoção esquisita invadindo-o.

– A gente já esteve aqui umas cem vezes – murmura Thora. – Será que tem alguma coisa aqui que ainda não vimos?

Os dois, ao mesmo tempo, percebem. Sem dizer uma palavra sequer, eles cortam caminho à esquerda e entram no corredor onde a imagem do telescópio Kepler projeta o infinito na parede. À frente deles, há uma porta interditada, com uma placa pendurada, com os dizeres: "*im Bau*/Em construção".

– Quantas vidas? – pergunta Thora, com um sussurro.

– Todas que eu me lembro.

Eles se olham. Seguem adiante e agarram a tábua que interdita a porta, um de cada lado.

– Três, dois, um – diz Thora. Santi se posiciona, segurando a tábua de um lado, e ela de outro, e os dois unem forças para arrancar a placa da porta.

A sala do outro lado está escura. Santi ouve um zumbido intenso e sibilante enquanto procura o interruptor de luz. A luz da lâmpada pendurada no teto cai em cima de uma série de painéis. Do outro lado da sala, de onde surgiu o som, uma imagem pisca na parede. Eles se separam, Thora caminha até a parede e Santi em direção à exposição. Ele está preparado para a revelação, para a verdade. Por mais terrível que ela seja, está preparado para qualquer coisa, exceto para... o que encontra ali.

Não pode ser. Ele corre em direção ao próximo painel, depois para o seguinte, o próximo, agarrando-se a eles feito um homem se afogando em alto-mar.

– Estão em branco – constata ele. – Todos.

Thora não responde. Santi, paralisado, encara o vácuo, o vazio daqueles painéis que concretizam o pior medo dele: de que o mundo é uma cifra vazia, que a mensagem que ele espera ouvir há tanto tempo não passa de um ruído branco.

A tontura volta. O chão parece se mexer debaixo dos pés. Santi cai, de costas, olhando para o teto. As luzes suaves se dispersam pela escuridão, feito constelações aleatórias. Não, elas não são aleatórias. Ele ergue o tronco, apoiando-se nos próprios cotovelos, semicerrando os olhos em meio ao borrão. Não é imaginação. As luzes estão formando um mapa estelar. Em uma ponta da sala, ele reconhece o sistema solar. Uma rota traçada a partir da Terra atravessa o teto de um ponto ao outro, numa luz azul. Ele a acompanha com os olhos, pelas sombras da escuridão até o outro lado da sala, terminando em um planeta que orbita uma estrela pequena e de luz fraca. Ali, naquele ponto, uma luz verde pulsa, suave e intermitente feito um alarme silencioso.

– Santi.

Em todas essas vidas, ele nunca ouviu a voz de Thora soar como agora.

Ele levanta e corre até ela, ficando de frente para a parede. Santi olha para a imagem gigante, tentando entender o que seus olhos veem. Um homem e uma mulher, ambos usando um macacão azul muito grande, estão presos em tubos e fios, com os olhos fechados. Ele pensa que a imagem é estática, até perceber uma luz verde se mexendo extremamente devagar em uma tela preta, pequena. No decorrer do um minuto e meio em que ele e Thora permanecem em silêncio, a luz sobe, desce, formando uma linha irregular, e pouco a pouco desvanece. Um monitor cardíaco em câmera lenta. Uma ideia repentina e Santi compreende o zumbido: é uma respiração em ritmo lento, cem vezes mais lento que o normal.

O cabelo do homem é comprido, a barba por fazer. O cabelo da mulher, nas pontas, é tingido de azul. Os olhos de Santi piscam, tentando entender a imagem, e pousam na tatuagem de uma constelação, no pulso da mulher.

– Não entendo... – sussurra Thora.

Santi olha nos olhos dela.

– Thora. Somos nós – explica Santi. – Quem somos de verdade.

Atordoada, Thora olha para ele.

– Onde?

Santi dá um passo para trás, procurando a última peça que falta nesse quebra-cabeça de mistérios: uma caixa de vidro embaixo de uma parede que projeta um vídeo. Ele e Thora caminham juntos em direção a ela. Santi inclina o corpo à frente e percebe que é a réplica de uma espaçonave, o topo cortado, permitindo ver o que há lá dentro. Tanques de combustível, oxigênio, água, suprimentos. E duas pequenas figuras em compartimentos separados, um simulacro das pessoas que aparecem na tela.

Ele presta atenção no som e o reconhece, é o tique-taque irregular de um relógio. Santi fica hipnotizado ao ouvir aquilo, até se dar conta de que é Thora do outro lado, tamborilando em uma placa de prata que há na frente da caixa. *Peregrine*, diz a placa. Abaixo dela, há uma versão menor do mapa estelar no teto. Santi traça um percurso da Terra para um exoplaneta, orbitando a Proxima Centauri.

Por um bom tempo, Thora fica em silêncio. Depois, ela olha para ele.

– Está me dizendo que a gente passou todas essas vidas procurando, esforçando-nos, sonhando em ir para as estrelas, mas, *caralho a gente já está nelas*?

Santi não consegue conter o riso. Ele gargalha. E a risada dele rompe alguma barreira dentro dela. Thora ri também, gargalha, jogando a cabeça para trás.

– Santi, isso é absurdo... Como a gente... como não... – Thora vacila, hesita. Ela, sempre tão argumentativa, por fim se vê sem palavras. – Não faz sentido.

– Faz, sim – afirma Santi, dando um tapa na placa. – Lembra o nome dele?

Thora passa os dedos pelas letras.

– Peregrine – responde. Ela endireita o corpo e transforma a fala numa intimação. – Peregrine!

Ele entra como se estivesse esperando bem ali, do lado de fora. Enquanto o homem de casaco azul se aproxima mancando em direção a eles, Santi olha nos olhos de Peregrine. É um olhar triste, ansioso, como o de quem carrega um fardo grande.

– É você? – pergunta Santi, apontando para a réplica de um navio, na caixa de vidro.

– Sim. – Peregrine olha para Thora, e a admiração se transforma em ternura e depois tristeza.

– Ele é a interface entre a gente e a nave – afirma Thora.

Santi tinha certeza de que o aparecimento de Peregrine não era algo fortuito, que ele representava algo maior. E, de certo modo, estava certo, mas não como imaginava. O homem é um constructo, elaborado para transformar uma questão complexa e atordoante em uma instância com que os dois podem se comunicar.

Com a voz trêmula, Thora pergunta:

– Qual é a nossa missão? Por que estamos indo para a Proxima Centauri?

– Vocês... – Peregrine fecha os olhos e franze o rosto. – Primeiro, para ver, procurar, conhecer.

Uma sensação repentina de alegria invade o coração de Santi, como se preenchesse suas veias com luz. O tempo todo ele tinha razão, estava certo em acreditar que havia um sentido, um porquê para tudo isso.

– Exploração – diz ele. – A primeira missão tripulada para um planeta fora do sistema solar.

– Sim.

Os olhares de Santi e Thora se cruzam.

– O que ninguém nunca viu... – fala, tentando articular as palavras em meio à sensação de êxtase. – Nós seremos os únicos a ver.

Thora balança a cabeça de um lado ao outro, um gesto enfático e repetitivo.

– Não consigo acreditar. Eu quero acreditar, quero muito. Eu...

Ele a envolve com os braços.

– Pode acreditar.

Santi observa o momento em que Thora finalmente sucumbe, enfim se permite a consciência da realidade. Ela fica ofegante, seu peito se expande como se estivesse respirando pela primeira vez.

– A gente conseguiu! – exclama no ouvido dele.

– Sempre, Thora, desde o começo. – Santi pega a mão dela e se afasta de Thora o suficiente para que voltem a se ver. Com a voz rouca, ele ri, se atrapalha com as palavras. – Somos nós, Thora. Olhe pra gente. Aqui estamos.

Santi percebe que ela está trêmula.

– Esse seu visual estilo Jesus está um arraso.

– Seu cabelo tá azul – fala ele. – Quer dizer, uma parte tá azul.

– Eu nunca tingiria as pontas do meu cabelo – comenta Thora, desdenhando daquilo. – Isso só pode ser porque meu cabelo era curto e cresceu.

Os dois, ao mesmo tempo, percebem o que esta constatação significa. Santi se vira para Peregrine.

– Há quanto tempo a gente tá ali?

– Pra vocês... – gagueja Peregrine. – Quinze vírgula três anos.

– Quinze... – Thora arregala os olhos. – Estamos naquela caixa há quinze anos?

Santi imagina o metal em torno dele, o corpo inerte e impotente. Ele cerra os punhos.

– Quanto tempo falta pra gente chegar?

Peregrine pestaneja, e vai da angústia à calma no curto espaço de um segundo.

– Menos quatro vírgula nove anos.

Santi olha para Thora.

– Desculpe. Você disse... menos?

O rosto de Thora empalidece como o de um fantasma.

– Ele quer dizer que a gente já chegou.

– Quê?

– Ele já disse isso pra gente. Não lembra? Contou várias, repetidas vezes. *Vocês estão aqui.* Desde aquela primeira vez na torre do relógio, várias vidas atrás – explica Thora, de repente olhando para o nada. – As estrelas mudaram, e pararam de mudar. A gente estava viajando, e depois chegou.

– Quase cinco anos atrás. – Uma sensação de pânico começa a assolar Santi, acompanhada de tontura. – Então, por que não acordamos?

Assertiva, Thora responde:

– Peregrine. Acorde a gente.

Peregrine parece confuso.

– A tripulação... não pode acordar. Em fase de trânsito.

– A gente não tá em porra de fase de trânsito nenhuma. A gente tá aqui! – Thora se aproxima tanto de Peregrine que uma pessoa real ali, no lugar dele, teria dado alguns passos para trás. – Acorde a gente.

Santi pensa na casa cheia de recordações, no pedaço de madeira na mão de Thora. Ele toca o ombro dela.

– Talvez a gente só precise fazer a pergunta pra ele do jeito certo.

– A gente não deveria ter que perguntar nada pra ele. É ele quem tem que tomar a iniciativa.

Thora vira, gesticulando enfaticamente para os painéis em branco, do outro lado da sala.

– Esta sala... deveria estar lotada de informação sobre a nossa missão. Mas não está, porque Peregrine pensa que ainda estamos viajando. É por isso que havia a placa "Em construção". – Thora ri, angustiada e ao mesmo tempo aliviada pela conclusão, como se se deleitasse com uma piada inteligente, contada por ela mesma. – Repare como ele fala. Você acha que projetariam uma interface para funcionar assim? Esse maldito está quebrado. Peregrine, você está funcionando normalmente?

Perdido, Peregrine olha para Santi.

– Aconteceu alguma coisa.

– Aconteceu alguma coisa. – Thora se aproxima de novo. – Foi isso que você me disse aquela vez, na praia, quando desmaiou. Achei que você estivesse tendo um AVC. Mas... você não é uma pessoa. Como poderia sofrer um AVC?

– Não foi um derrame – aponta Santi. – Mas um erro catastrófico. – Ele lembra da praia, da forma como o chão tremeu, como se a cidade estivesse se desfazendo. Ele olha para Thora. – Houve uma colisão. Eu senti. Você sentiu. Peregrine... o sistema do computador deve ter sofrido algum dano. – Um medo crescente acomete Santi, uma sensação de claustrofobia que não tem nada a ver com as paredes da sala semiescura. – Ele sabe que a gente está aqui, mas não pode sair da fase de trânsito. Não pode nos acordar.

Thora olha nos olhos de Peregrine.

– E aí, você vai nos deixar morrer de fome mesmo? – Com a mão trêmula, ela aponta para a tela do vídeo. – Olha pra gente. Eu achei que esses macacões estavam largos demais, mas, caralho, a gente tá esquelético!

Santi olha para onde Thora apontava. No caso dele, a barba desgrenhada disfarça bem, mas não é o que acontece com Thora: as bochechas não têm mais aquela saliência, e ela está pálida. É um estranho contraste da versão dela que está bem ali, na tela, vibrante, cheia de vida.

– Os suprimentos... – diz ele a Peregrine. – Oxigênio, comida, água. Devia ter mais do que a gente precisava para a viagem até aqui, ou então já teríamos morrido. Quanto ainda tem? O suficiente pra fazer a viagem de volta? – *Cinco anos se passaram, então há pelo menos cinco anos de suprimento extra. Ficaríamos ilhados até encontrar um jeito de repor os suprimentos, mas talvez a gente possa descobrir...*

Peregrine faz que não.

– Combustível e suprimentos para a volta... enviados com antecedência. Ao planeta. Tripulação... pegar... na chegada.

Santi respira fundo.

– Tudo bem. Mas havia uma margem de segurança?

Peregrine assente.

Thora bufa.

– Uma margem de segurança que a gente está queimando há quatro vírgula nove anos.

Santi a ignora.

– Quanto tempo nos resta?

Peregrine pisca.

– Um mês.

– No tempo real?

– Sim.

Santi vira para a linha irregular do monitor cardíaco.

– E quanto tempo isso significa aqui?

– Oito anos.

O silêncio se instaura na sala escura. Santi pensa nos dias e nos meses na cidade, no tempo que há entre eles e a aniquilação. Parece mais uma eternidade do que um batimento cardíaco.

Thora faz que não, passando por Santi em direção à porta.

– Aonde você vai? – pergunta ele.

Ela continua sem olhar para trás.

– Não sei você, mas eu preciso tomar alguma coisa.

Os dois caminham de volta para o outro lado do rio. A linha do horizonte é uma mancha escura contra o céu matutino. O mais estranho é como tudo ainda parece real. Santi sabe, conscientemente, que caminha por um espaço ilusório. Mesmo assim, ainda acredita na sensação da brisa no rosto, na correnteza cinzenta do rio, nos sons da cidade que começa a despertar quando eles chegam à margem e viram à esquerda em direção ao centro.

Quando chegam ao Der Zentaur, encontram o bar fechado. Thora pega uma das cadeiras suspensas de cima de uma mesa, a coloca no chão e senta. Lá dentro, Santi vê Brigitta arrumando as coisas para abrir. Ele dá um tchauzinho para ela, ela dá um tapinha no relógio e faz que não.

– O relógio – fala Thora. – Era uma contagem regressiva.

Santi olha para a mesma direção que Thora, os dois observam a torre e reparam no relógio, para os ponteiros travados na meia-noite há tantas, tantas vidas. Quatro anos e onze meses de tempo retido. Quatro anos e onze meses de suprimentos gastos. Ele tenta evocar o profissional treinado que não lembra ser.

– A gente precisa avaliar a situação e elaborar um plano.

Thora ri, gargalha a ponto de soluçar.

– Tá legal. Vamos à situação. Estamos exatamente onde sempre quisemos, mas não podemos ver nem enxergar esse lugar. E se não encontrarmos uma saída, vamos morrer de fome dentro de uma caixa de metal, sem nem sequer acordar.

Ela olha rapidamente para a janela do Der Zentaur.

– Onde está meu vinho?

– A Brigitta ainda está ajeitando as coisas para abrir o bar.

– Caralho, a Brigitta não é real! – Thora levanta e bate na porta. Depois de uma conversa breve e tensa, que Santi não consegue ouvir, Thora volta à mesa, com um vinho e um copo de chope. Ela ergue a taça e diz: – Aos nossos sonhos.

Com a emoção à flor da pele, Santi tilinta o copo na taça dela. Thora apoia a taça na mesa, fazendo uma careta.

– Não é a mesma coisa agora que eu sei que todo o líquido que eu tomo, meu verdadeiro eu recebe por via intravenosa.

Santi toma um gole da cerveja.

– Pra mim, ainda tem o mesmo gosto, parece real.

– Mas não é. Nada disso é. O que a gente acabou de ver é uma prova definitiva disso. – Thora balança a cabeça. – Entendo que faz sentido nos colocarem numa viagem. Criar um mundo falso para nos manter entretidos. Mas por que não lembrar de onde realmente estamos?

Santi estremece, pensando nas paredes de metal que cercam seu corpo real.

– Talvez seja importante pra gente aceitar a realidade deste lugar. Acho que é por isso que colocam cópias dos nossos entes queridos aqui. Héloïse. Jaime. Lily.

– Jules. – Com o semblante terno, e em certa medida estranho, Thora brinca com o próprio copo. – Quero vê-la. Digo, quero encontrar a verdadeira Jules.

– Talvez isso aconteça – comenta Santi. – Quando a gente voltar.

Ela olha para ele como quem teme se permitir alguma esperança.

– Dez anos perdidos, dez anos que se foram, sem falar no tempo que vamos passar no planeta... E o atraso de cinco anos, que não foi programado? Ninguém esperaria tanto tempo assim.

– Como pode saber?

Melancólica, Thora toma um gole do vinho.

– Não é de se estranhar que ela continue terminando comigo. Eu terminaria comigo, no lugar dela. Pensa só. *Olha, amor, eu me alistei para uma missão que vai levar mais de vinte anos, nos confins do espaço, então, não me leve a mal, a gente se encontra quando eu voltar, tá bom?*

Santi sorri, mas é um sorriso triste, pesaroso. Ele pensa em Héloïse, no olhar dela, um olhar que não sai da sua cabeça: ansioso, expectante, esperando o momento da partida.

– A gente conhece essas pessoas, mas só conhece um lado delas. Você acha que a Jules gostaria que você ficasse, é assim que você a imagina. Mas a verdadeira Jules pode não querer o que você esteja imaginando. – Ele dá um tapinha na mão de Thora. – Pense nisso. Tudo aqui foi arquitetado. Eles devem ter concordado com o uso das características, da personalidade de cada um. Isso significa que a Jules queria que uma parte dela estivesse com você.

Thora sorri, mas angustiada. Santi tenta imaginar a cena, os dois voltando para a Terra, dando de cara com uma multidão à espera.

– No vídeo... Quantos anos a gente aparenta ter? – pergunta ele.

– Não sei... Trinta e poucos, quase quarenta. Difícil dizer quando se está morrendo de fome. – Thora rói as unhas. – É tão estranho pensar que tenho uma idade específica... A essa altura, me sinto em todas as idades que já tive. – Observando Santi, a expressão dela muda. – Está pensando nos seus pais, né?

Ele assente.

– Eles vão ficar bem – afirma ela. – Estilo de vida praiano, saudável, corpo em forma... Já os meus, por outro lado... – Ela dá vários goles no vinho, ilustrando o que quis dizer. – Suponho que eles tenham dado um jeito de se colocar em conserva.

Santi sabe que esse é o jeito esportivo de Thora lidar com a situação, mas mesmo assim não consegue achar graça. Ele pensa na própria versão de si, deixando os pais para trás, ciente de que provavelmente nunca mais os veria. A versão verdadeira. Como ele queria poder dizer que aquilo seria impossível. Uma dor repentina e aguda se instaura na região entre os olhos. Ele pressiona as têmporas, inspirando o ar até passar.

– Merda – reclama Thora. – É pior do que isso.

Santi tenta se concentrar nela.

– Do que você tá falando?

– Relatividade. – Ela afasta a taça de vinho para o lado. – Proxima Centauri está a 4,2 anos-luz da Terra. Se levamos dez anos pra chegar aqui, a gente deve estar viajando próximo à velocidade da luz.

Santi concorda.

– E mais tempo ainda para voltar pra casa.

– Quanto tempo mais? – Thora desdobra o guardanapo e estica o braço para pegar a caneta de Santi. – Tempo de viagem subjetivo, 10,4 anos. Então, são 28 anos, ida e volta. Pressupondo a aceleração constante... – diz, anotando a fórmula.

Fascinado, Santi inclina o corpo à frente.

– Você consegue calcular senos hiperbólicos de cabeça?

– Consigo fazer uma estimativa. – Thora fica séria. –Terra se passaram... mais ou menos 23 anos. O que equivale a 21 anos pra gente – acrescenta, rindo.

Santi olha para ela, perplexo.

– Qual é a graça disso?

– A Jules finalmente terá seu desejo atendido. Quando a gente voltar, ela vai ser um ano mais velha que eu. – Thora hesita e se corrige: – Se é que vamos voltar...

– A gente vai voltar.

Thora olha nos olhos dele. Depois de um longo momento de silêncio, ela bebe o restante do vinho.

– Tá legal. Situação analisada. Pronta para elaborar um plano.

Santi esfrega as têmporas.

– Vou dizer o que eu acho que devemos fazer. Temos uma "ponte" com a nave, sugiro que a gente a utilize.

– Peregrine? – pergunta Thora, em tom de desdém. – Ele é tão útil quanto uma faca cega. Já pedi pra ele nos acordar. Duas vezes.

– Mas você só perguntou pra ele de um jeito.

Thora revira os olhos.

– Então, o quê? A gente precisa implorar, é isso?

– Thora, a questão não é essa. – Santi inclina o tronco à frente. Há algo errado. A imagem de Thora está ficando cada vez mais e mais distante. – O *bug* comprometeu a comunicação dele, certo? Talvez, perguntando do jeito certo, a gente consiga contornar o bloqueio mental dele.

– Está sugerindo que a gente tente *persuadir* ele pra poder sair daqui?

– Deus sabe o quanto temos prática nisso... – Santi não consegue enxergar Thora muito bem, mas de onde a vê, tem certeza de que ela continua olhando para ele. – Deixe-me adivinhar... – diz ele, exausto. – Você tem alguma ideia diferente.

A voz de Thora soa confusa.

– Quero voltar para o Odysseum. Assistir ao vídeo, repassar cada milímetro desse modelo de nave. Tem de haver alguma coisa que a gente... Santi?

Ele tenta esfregar os olhos, mas a mão não o obedece. Tenta, então, ficar de pé, mas os pés não suportam o peso do corpo. Santi enfraquece.

– Santi! – chama Thora, desesperada, em meio à escuridão. As costas batem contra os paralelepípedos.

– Thora... *Você parou o mundo de novo?*

Ela grita por socorro, e Santi começa a flutuar, o corpo se desprende do chão, liberta-se das amarras em torno do corpo real e sobrevoa, a caminho das estrelas.

Ele acorda numa cama de hospital. Thora está sentada em uma cadeira perto da janela, roendo as unhas.

– Câncer. De novo – fala ela, quando ele abre os olhos. – Tumor cerebral desta vez. Estimaram menos de um mês de vida.

Um mês na simulação; algumas horas em tempo real. Santi se imagina no próprio corpo, meio faminto, tão leve quanto uma pena, e sente um choque de realidade acompanhado de um arrepio claustrofóbico. Ele esfrega os olhos.

– Obrigado por me contar de maneira tão gentil.

– Não se preocupe. – Thora sacode o frasco de comprimidos. – Lembre-se, sou expert em driblar o destino. Eu vou com você. Podemos tentar da próxima vez.

Santi endireita o corpo, lutando contra a confusão mental. Uma sensação de pavor crescente o acomete.

– Não.

Thora cruza os braços.

– Se for começar com aquele papo de me convencer a não me matar...

– Não é isso. – Com as mãos suadas, ele agarra o lençol fino da cama. – Só temos oito anos pela frente. Se a gente morrer... sim, vamos voltar, mas não há garantia de que vamos estar juntos. Às vezes, a gente se encontra aqui na cidade com dez, vinte anos de distância.

A expressão de Thora muda. De repente, ela se dá conta do que pode acontecer.

– Acho que isso faz parte do plano que traçaram. Intervalos periódicos pra gente entre uma simulação e outra. Mas se o relógio começar assim que você ou eu voltar...

– Quando nos encontrarmos, podemos estar mortos já.

Santi está apavorado, amedrontado, e é um medo pior do que o que sentiu ao ver os painéis em branco do museu. A morte entre uma vida e outra não teria significado nada. Todo o esforço dos dois, tudo o que aprenderam um com o outro, tudo que passaram juntos teria sido em vão se ele e Thora acabarem como dois cadáveres num caixão, apartados de um lugar que nunca verão.

– Caralho! – Thora levanta e começa a andar de um lado para o outro pela sala. – Caralho! Não acredito nisso. Que merda é essa, estão tentando deixar as coisas menos monótonas, é isso? – Ela dá um soco na parede.

– Thora. – Santi precisa fazê-la parar, precisa atenuar a raiva dela para que ele próprio se permita sentir o amargo daquela constatação.

Ela não compreende.

– Ah, claro, agora chegou aquela parte em que você me diz que há um motivo – resmunga, a voz amarga e ressentida. – Vá em frente. Me diga, qual o sentido disso tudo?

Santi responde com um grito.

– Não posso!

Thora o encara, sem reconhecer a pessoa à frente dela. Santi espera que ela revide, que insista e exija o argumento que ele se recusa a dar. Uma outra Thora, muito tempo atrás, teria feito isso. Mas esta, de agora, fecha os olhos e assente. Ao sair, em silêncio, ela fecha a porta.

Santi encara o teto do quarto do hospital coberto de ladrilhos cinzentos, pontilhados de falhas irregulares. Ao longo dessas vidas, ele tentou, se esforçou, fez de tudo para entender. O que ele viu na sala escura da exposição pareceu a justificativa final. Há um sentido, um propósito para a existência dos dois. É algo com que ele sonhou desde sempre. E agora, a possibilidade de ver tudo destruído por algo tão absurdo e tão arbitrário, uma morte arquitetada por um motivo qualquer, recai sobre ele como se a raiz do próprio mundo fosse arrancada.

Thora não está aqui para ver. Ele não precisa ser forte por ela. Portanto, chora de raiva até cair num sono profundo e perturbador ao mesmo tempo.

Quando acorda, Santi percebe que uma cortina ao redor da cama dele foi puxada, acobertando-o. Ele se sente zonzo, confuso, meio fora do ar. Sintomas de uma doença imaginária ou simplesmente consequência da fome? Tanto faz. A única coisa em que ele consegue pensar agora é numa pergunta, e apenas uma pessoa pode respondê-la.

– Peregrine – fala em voz alta.

Alguém abre a porta. O homem de casaco azul se enfia por dentro da cortina e fica parado ao lado da cama. Santi lembra como foi quando tentou se comunicar com ele pela primeira vez, dizendo o nome por acaso, e ele respondeu. Lá, na casa das memórias, ele levou Peregrine para estabelecer um contato com Deus, para servir como um porta-voz do universo. Mas no final das contas ele não passou de mais uma descoberta irrelevante, um quebra-cabeça insolucionável. Santi observa o cabelo escorrido e o rosto perplexo dele. Peregrine tem sardas. De quem foi a ideia maluca de colocar sardas num constructo antropomórfico?

– Peregrine, por que a gente tem que morrer? – indaga Santi.

Peregrine franze a testa.

– Eu... eu não... – Ele vacila.

Santi respira fundo. Por mais que demore, ele precisa entender o que se passa.

– Isto é uma simulação. Quem a projetou poderia ter escolhido comprimir o tempo de forma diferente pra gente ter uma vida longa, por que não?

Peregrine inclina a cabeça para o lado.

– Fase de trânsito.

Não estamos em fase de trânsito. A resposta de Thora salta aos olhos de Santi de modo tão natural quanto se fosse ele respondendo. Ele fecha os olhos, procurando a calma que costumava surgir tão facilmente, mas é como tentar agarrar uma chama.

– O que morrer repetidamente tem a ver com a fase de trânsito? – retruca.

O rosto de Peregrine, antes angustiado, agora transparece serenidade.

– Parte... parte do plano.

– Uau – fala Santi, coçando o queixo. – Thora tem razão. Isso irrita. – Peregrine parece curioso. – Por quê? – inquire Santi, ríspido, depois de tudo que ele e Thora atravessaram. – Mesmo que você tenha que nos matar, por que não matar os dois ao mesmo tempo? Por que Thora e eu voltamos iguais, mas diferentes, de novo, de novo e de novo?! O que querem com isso?

Peregrine abre a boca, faz que vai falar, mas não diz nada. Ele tenta de novo.

– Insuficiente. Duas pessoas. Precisa... todo mundo. De você, dele. Era... – Ele franze a testa. – Desculpe. Algo...

– Aconteceu. A gente já sabe. – Thora puxa a cortina. Há quanto tempo ela está ali, ouvindo a conversa? Ela olha para Santi, e o que ele vê no rosto dela o deixa de coração partido. – Te deram alta. Vamos para casa – completa ela.

Thora leva Santi de volta ao apartamento deles, no Bairro Belga. Enquanto ela o acomoda no sofá, Santi olha para as gotas de chuva que pontilham o quadrado cinza da janela. A raiva diminuiu, deixando para trás um desespero velado.

– Como você consegue? – pergunta ele.

Ela olha para Santi com um olhar de pena que ele não consegue suportar.

– Consigo o quê?

– Seguir em frente. Viver – responde, com a voz presa na garganta. – Sem saber o porquê disso tudo.

Thora se senta ao lado dele.

– Querendo me cutucar? – pergunta, e quando Santi a olha de lado, ela sorri. – Bom, eu acho... que eu mesma crio um sentido pra tudo isso. Pra minha vida, pro mundo, pras pessoas que eu amo. – Ela afasta o cabelo da testa dele, jogando-o para trás. – Acho que, pra você, não é o suficiente, né? Você quer o "Sentido" com "S" maiúsculo. Uma mensagem escrita por Deus nas estrelas, dizendo o caminho que você deve seguir.

Lágrimas brotam dos olhos de Santi. Ele não consegue olhar para ela.

– Você não acredita que isso exista.

Santi não sabe quanta coisa se passa na cabeça de Thora, coisas que ela não verbaliza.

– Eu não sei. Mas se existir, não me sinto incomodada por não saber o que essa mensagem diz – afirma, olhando para ele com seriedade. – Talvez seja a única maneira de sobreviver a isso. Não se incomodar por não saber. – Ela levanta, tateando o bolso para pegar as chaves.

– Aonde você vai?

– Procurar um jeito de a gente despertar.

Santi tenta se levantar.

– Eu vou com você.

– Santi, você não consegue ficar de pé mais que cinco minutos sem desmaiar. Desculpe, mas neste momento você não é a melhor pessoa pra ajudar. – À porta, antes de sair, ela para. – Eu vou voltar.

Uma recordação, e ao mesmo tempo uma cena imaginada: Thora, na vida em que ajudou a criá-lo, soltando a mão pequena, mas forte, que segurava a dela. *Eu sempre volto*, disse ela naquela circunstância. Desta vez, ela não promete muito.

Ele deita no sofá. Félicette ronrona quando ele se afasta, devagar. Thora vai, volta... mas para Santi é como se ela estivesse, mais do que nunca, sentada ao lado dele, ajudando-o a se levantar para ir ao banheiro e a se alimentar com uma comida milagrosamente extraída do nada. Ela traz para casa um monte de pães idênticos, maçãs, latas de sopa, e tudo isso o deixa embasbacado; Thora é, verdadeiramente, uma expert em sobreviver aos ambientes mais estranhos possíveis. Ela sempre foi mais forte que ele. Mesmo quando era uma criança de sete anos e ele era seu professor, uma relação cheia de mal-entendidos e dúvidas, e talvez, especialmente nessa época, essa força de Thora tenha ficado mais evidente.

De repente, ele se sente com raiva dela.

– Por que está perdendo seu tempo cuidando de mim?

Enquanto abre uma lata de sopa, Thora olha para trás, em direção a ele.

– Porque se eu estivesse no seu lugar, você não me deixaria morrer sozinha.

É verdade, mas Santi não dá importância.

– Isso não é justo. – Ele tenta endireitar o corpo. – Isso não deveria estar acontecendo.

–Tem toda razão – concorda ela, calmamente.

Ele recosta no sofá, resmungando baixinho. Quando Thora traz a sopa, meio desconfiado, ele cheira a tigela.

– É sopa de quê?

– De milagre. Por que, está com cheiro ruim? – pergunta Thora, puxando a tigela de volta. – Melhor não comer, então.

Ele revira os olhos.

– Ah, tá, vejamos, o máximo que pode me acontecer é... a sopa me causar algum tipo de doença incurável?

Ela o encara.

– Pare de ficar tentando me imitar. Não tem a menor graça.

– Não estou tentando – diz Santi, dando uma bicada na sopa. – A esta altura, a gente tem muita coisa um do outro.

Thora faz uma careta, depois ri.

– Que foi? – pergunta ele.

Com um sorriso pesaroso, ela fala:

– Eu ia dizer que isso é uma besteira sem sentido. Mas olhe pra mim, aqui, com toda a paciência, te dando de comer, enquanto você reclama da injustiça do universo. – Thora desvia o olhar, oferecendo o punho para Félicette se esfregar. – Passei tanto tempo me esgoelando pra mostrar o quanto sou o oposto de você... Quer dizer, no começo, era uma coisa inconsciente, mas depois... eu acho que eu tinha medo. Do quanto acabaria ficando igual você.

Santi observa Thora, e lembra de uma carta que escreveu certa vez. *Não sei o quanto de mim sou eu e o quanto é você.* É quase uma espécie de conforto. Quando Santi partir, parte dele permanecerá, enquanto Thora viver.

– Não venha atrás de mim – pede ele, num impulso.

– O quê?

– Fique. – Ele segura a mão dela. – Aproveite o tempo que você tem. Não o arrisque, esperando que um dia eu volte.

– Então, pra você, esse seria o tal *sentido* das coisas? Se sacrificar pra eu poder me libertar disso? – indaga Thora, inconformada. – Sério, você deveria ter sido um mártir. Tenho certeza de que ia ter adorado ser devorado por leões. – Thora puxa a tigela de sopa das mãos dele. – Agradeço o conselho, mas vou recusar, já que para você é indiferente. A coisa começa a degringolar quando a gente para de se falar.

Santi se afasta dela, observando.

– Não entendi o que você quis dizer.

– Estou me referindo àquela vez em que decidi atirar o seu gato e a sua esposa no vácuo e você resolveu me esfaquear – responde, rindo. – Além do mais, e se eu sair disso e ainda assim não conseguir te acordar? – Ela franze a testa. – Nós dois, ou nenhum dos dois, entendido?

Não, não é assim que Santi vê as coisas. Mas ele está cansado demais para discutir, por isso, afunda no sofá e fecha os olhos.

Quando acorda, Thora está lá, bem ao lado dele.

– Como se sente? – pergunta ela.

– Sei lá – responde ele, com sinceridade. – Como posso estar vivo? Como você pode estar aqui?

Ela cutuca o braço dele, de brincadeira.

– Não foi uma pergunta filosófica. Sem brincadeira, dá pra falar sério?

A verdade é que ele sente as mãos, que antes seguravam o mundo com força, começarem a afrouxar. Diante dele, Thora parece, cada vez mais e mais, uma miragem.

– Sim, dá. Estou falando sério, o que perguntei é sério. – Santi engole em seco. – Acho que não tenho muito tempo.

– Tá bom... – diz ela, com a voz rouca. Santi a compreende. Os dois já passaram por essa situação tantas vezes, ora ele à beira da morte, ora ela, mas agora o momento é diferente, nem ele nem ela sabe se poderão voltar.

Santi decide que tanto faz saber ou não se haverá volta. Ele escolhe manter a esperança, ainda que ela seja frágil, hesitante, comparada à fé inabalável no próprio eu, tão familiar, tão seguro de si. E é isso que torna essa esperança ainda mais preciosa.

– Acha que, na vida real, nós somos amigos? – indaga ele.

– Não. É provável que a gente se odeie. – Ela olha para Santi de um jeito carinhoso. – Assim que eu acordar, vou lembrar de tudo. Daí vou querer te atirar para fora da câmara de ar.

Ele acha graça.

– Por mais que isso te choque, devo dizer que discordo.

– Bom... – comenta ela, com um suspiro. – Não seria a primeira vez.

– Estou ansioso pra continuar essa conversa na nossa próxima vida. – Santi quer manter os olhos abertos, manter a imagem dela diante dele o máximo possível, mas está tão cansado, tão preparado para o fim... Ele sucumbe ao peso das pálpebras, a visão flutua. Na escuridão, pontos de luz pairam, distantes. Há algo familiar, corriqueiro nesta cena. Algo que talvez ele nunca compreenda, pelo menos não enquanto estiver vivo. Mas Santi escolhe acreditar nessa coisa, seja lá o que for, quer possa vê-la ou não.

– Ah... – Ele suspira, quando uma sensação parecida com o que se chama de paz começa a invadi-lo. – Thora, queria que você pudesse ver isto...

A voz dela soa serena, cada vez mais serena.

– Isso o quê? O que você vê?

Extravasando a dor, um sorriso escapa pelos lábios dele e se espalha pelo rosto.

– As estrelas.

UMA ESCOLHA APENAS

Thora está viva.

Em um espaço estranho, agitado, entre um lugar e um não lugar. Ela assiste à própria vida, de longe, como uma plateia que conhece bem os truques do mágico. Vê a porta secreta na cabine do afogamento, o assistente nadando livremente. A mudança precoce da Holanda para o Reino Unido, que poderia ter deixado ela arrasada. O comentário supostamente despretensioso do pai, que deveria permanecer na mente dela para sempre. Thora flutua por tudo isso, uma marinheira habilidosa num mar que ela conhece de cor. Aos 35 anos, ela pega a onda até a crista e salta. Pousando em pé, do lado de fora da Hauptbahnhof, a catedral se agiganta e paira sobre ela, e o céu está ensolarado e sem nuvens. Lá está ela, de volta a Colônia, como se nunca tivesse saído dali.

Ela inspira o ar, trêmula. Thora não morreu. Talvez ainda haja tempo de encontrar uma saída. Ela corre, abandonando a mala que trouxe. As pessoas que a observam desvanecem, entram em segundo plano conforme ela vai passando pela catedral, com um objetivo em mente. Ir até o Der Zentaur. Esperar por Santi.

Não passa pela cabeça de Thora que talvez ela não seja a primeira a chegar lá, e ela só se dá conta disso quando avista o mural do outro lado da rua: uma garota de cabelos azuis, sentada no topo da torre do relógio, a silhueta formando uma fenda entre as estrelas.

Com uma mistura de alegria e pavor, Thora observa a cena. Santi já está aqui. Há quanto tempo será que ele chegou?

Ela passa correndo por uma van de batatas fritas, e o cheiro de fritura desperta a fome excruciante. Thora não imaginava que a fome pudesse piorar. Ela se esforça, seguindo em frente, e se embrenha por entre as ruas estreitas do centro. Cores reluzem na parede branca de uma das antigas cervejarias. Outro mural: um farol, periquitos voando pela vidraça quebrada da sala das lanternas.

Os pássaros continuam aparecendo. Na próxima esquina, acima de um arco que cobre o beco, sobrevoam a cabeça dela de perto, enquanto Thora atravessa. Ela vê vários murais, um atrás do outro, todos no estilo inconfundível de Santi. O centro da cidade vira do avesso, a torre do relógio perfura o céu. Uma raposa e um lobo, numa operação conjunta de caça, sob a luz das estrelas. Driblando os pássaros, um por um, Thora faz uma conta de cabeça. Quantas semanas se passaram? Quantas horas preciosas foram subtraídas do que resta de suas vidas? Ao se aproximar da torre, bem atrás da sombra dela, o desconforto se cristaliza em desespero.

Santi está esperando por ela, em frente ao Der Zentaur, desenhando em seu caderno de memórias. Thora interrompe o passo, surpresa com a intensidade da própria reação. Pela primeira vez desde que o conhece, ela não tinha certeza se voltaria a vê-lo.

Ele ergue a cabeça e, no momento em que a vê, franze a sobrancelha, aparentando certa tristeza, mas em seguida sorri, num gesto sincero e autêntico. Ele se atrapalha e tropeça nos próprios pés enquanto Thora corre, para encontrá-lo.

– Eu nunca perdi as esperanças – murmura ele enquanto a abraça.

A voz dele soa rouca e Thora percebe que Santi está chorando. Ela se afasta dele e pergunta:

– Faz quanto tempo que você chegou?

Ele fecha os olhos.

– Sete anos.

– Merda. – Ela senta do outro lado da mesa, sentindo-se frustrada ao constatar o que já sabiam. Antes mesmo que possam recomeçar, resta pouquíssimo tempo. – Temos um ano pra encontrar a saída.

Santi não parece preocupado. Por entre lágrimas, ele sorri como se Deus tivesse entregado nas mãos dele as chaves do céu e pergunta:

– Como se sente?

Com um esforço, Thora perpassa as próprias memórias e olha para Santi exatamente como ele é: cabelo curto, barba feita, como se estivesse se esforçando ao máximo para parecer o menos possível com o seu eu verdadeiro. Numa constatação repentina e breve, ela se dá conta de que a atual versão dela não o considera nem um pouco atraente.

– Estou com tanta fome que mal consigo me manter nas próprias pernas. E você?

Fazendo uma careta, ele responde:

– Meio aéreo, lento. Como se a minha cabeça estivesse no meio de uma neblina, sei lá. – Ele passa as mãos pelo cabelo. – Mal sinal pra quem quer tentar competir num jogo de enigmas com um ser maluco e de outro mundo.

– Se refere ao Peregrine? – Santi concorda. Thora se afasta com um sorriso. – Ah, óbvio que você ia colocar seu plano maluco em ação.

Santi suspira.

– Já tentei de tudo. Mostrei o relógio pra ele. As estrelas. Expliquei de cem maneiras diferentes que a gente está aqui. Mas nada funcionou.

– Ele já sabe que estamos aqui – pontua Thora.

– Mas ele não consegue ligar uma coisa com a outra, não consegue relacionar essa informação com a parte dele que insiste que a gente ainda está em fase de trânsito. – Santi dá de ombros. – Ele apenas... acredita. É difícil ter argumentos contra isso...

– E aí, conta mais – pede Thora. Ela sente um comichão, quer fumar, mas da última vez decidiu parar para sempre. Detesta a ideia de sucumbir à pior versão de si mesma. – Conseguiu algo de útil com ele?

– Ele tem controle total da nave e de suas operações – explica Santi. – Então, mesmo que a gente não consiga fazer com que ele nos acorde, podemos conseguir arrancar algo de útil dele.

– Tipo o quê? – pergunta Thora, frustrada, roubando um gole da cerveja de Santi. – Obrigá-lo a se consertar?

Santi faz que não.

– Ele mal consegue saber o que tem. Sabe que tem alguma coisa errada, mas não consegue descobrir o quê, que dirá consertar o defeito.

– Então, estamos os três na mesma situação. – Thora apoia a cabeça nos próprios braços. – Meu Deus, Santi... Eu queria, queria muito que a gente saísse disso. E não só pra poder ver o que viemos aqui pra ver, afinal, mas porque eu queria voltar pra casa depois disso. Eu queria que a gente voltasse para a Terra, que a gente se tornasse dois heróis, fosse convidado pra participar de programas de TV... servisse de inspiração para as crianças se tornarem astronautas. Toda essa coisa de final feliz, lindo, quando tudo acaba bem. E eu queria encontrar as pessoas que eu amo. A versão real delas, não esses figurantes.

Santi a observa, intrigado.

– Por que você tá falando assim, no passado?

– Eu só... – Ela balança a cabeça. – A gente tem que ser realista em relação à nossa chance. O tempo está se esgotando. Na vida real, restam poucos dias.

– Mas aqui temos um ano. – Inacreditavelmente, Santi está sorrindo. – Agora você tá aqui comigo, a gente vai encontrar um jeito. Eu sei que vai.

– Sei – diz ela, com um sorriso amargo. – Não posso acreditar. Depois de tudo que vimos, você continua com esse papo de milagre...

Santi a olha daquele jeito sereno, que Thora tanto detesta.

– Todo dia a gente vê um milagre ao nosso redor.

– Ah, sim, claro. Tenho certeza de que no final das contas vamos descobrir que uma xícara de café magicamente reposta é a chave de todo o mistério. – Thora levanta. – Anda, vem. Vamos ver o quanto a sua barba cresceu.

– E aí, como isso funciona? – pergunta ela, enquanto os dois atravessam o saguão lotado do Odysseum. – A gente tem que quebrar a porta toda vez ou a sala fica aberta?

Santi dá de ombros.

– Desde aquela vez que arrombamos a porta, não tentei entrar de novo. – Como Thora faz uma cara de quem duvida, ele acrescenta: – Eu estava te esperando.

– E quando exatamente você ia aceitar que eu não viria e deixaria de esperar?

Santi faz cara de quem considera a pergunta irrelevante.

– Você está aqui, não está?

– Isso não é resposta! – Os dois estão de frente para a porta que diz "Em construção". Visitantes curiosos interrompem a visita para assistir aos dois se preparando para arrancar a tábua da parede. – Não posso acreditar...

– Ei!

Thora olha para trás. Um homem com uma camisa polo do Odysseum olha para os dois, de braços cruzados.

– O que estão fazendo?

Ela suspira.

– Orbitando um exoplaneta a 4,2 anos-luz da Terra. Já tivemos tantas vidas que perdemos a conta. Estamos cansados e com fome. Não temos tempo pra isso agora.

Perdido, o homem encara os dois.

– Não sei o que dizer.

– Vocês nunca sabem o que dizer. – Thora olha para Santi. – Três, dois, um... – Ninguém vem atrás deles. É como se a escuridão daquela sala fosse invisível para as outras pessoas. Thora vai direto para a parede do vídeo, sedenta para espiar a realidade. Será que ela e Santi estão mais magros do que antes, ou seria fruto da imaginação dela? Da última vez em que ela esteve ali, testemunhou Santi morrer duas vezes: uma no vídeo, bem diante dos seus olhos; outra no apartamento deles, sucumbindo a um esquecimento programado. Ela atribui a essa morte ilusória a culpa por não ter conseguido encontrar uma saída para a vida real. Thora acreditava que um novo eu, uma nova perspectiva, era tudo de que ela precisava. Mas cá está ela, a mesma Thora de sempre, as mesmas ideias, nada de novo.

– Não é fácil. – Santi olha para cima, num misto de admiração e medo, feito um adorador que testemunha com os próprios olhos um santo em carne e osso. – Ver a que ponto a gente chegou.

– Mas é real. – Thora observa as linhas irregulares que sinalizam o batimento cardíaco de seus corações e escuta o sibilo profundo e vagaroso da própria respiração. Ela sabe que deveria se sentir aliviada pelo fato de o tempo da simulação passar cem vezes mais devagar do que o tempo na nave, prolongando e aumentando a quantidade de dias que ainda resta para os dois, mas também é um processo angustiante, uma espécie de inanição lenta que parece não ter fim.

A imagem muda, e mostra uma sala de metal, escura. A única luz que há ali vem dos dois painéis de vidro, com um rosto visível em cada um deles.

– Tem outra câmera? – pergunta Santi.

Thora ainda não consegue entender por que ele passou todos esses anos se escondendo na simulação, em vez de confrontar as diferentes versões de si mesmo.

– Fora dos nossos compartimentos.

Santi se aproxima.

– O que é isso?

– Isso o quê?

– Aquela mancha escura na parede – responde, apontando. – Parece uma marca de queimadura.

Thora ergue a mão como se pudesse tocar o metal frio.

– Acho que houve um incêndio aqui. Depois da colisão.

Num gesto brusco, Santi inspira o ar.

– A gente tem sorte de estar vivo.

– Acho que o bom e velho P. apagou antes que houvesse tempo de causar muito estrago – comenta Thora, observando no vidro o reflexo do rosto deles.

– Gentileza a deles deixar umas janelinhas pra gente apreciar a vista, né? – pontua Santi.

– E de que adianta, se a gente não vê muita coisa a não ser nosso rosto? – comenta Thora, olhando para o vídeo que naquele momento foca o corpo moribundo dos dois. – Não tem jeito. A única coisa que podemos fazer é ficar aqui assistindo.

– Então pare de assistir. – Santi toca as costas dela e diz: – Vem. Vamos sair daqui.

Thora imagina que Santi vá mostrar algum mural particularmente especial ou, na pior das hipóteses, uma igreja. Ela não esperava que acabaria no apartamento dele no Bairro Belga – apartamento esse que, com seu sofá azul-escuro e a velha manta de crochê, poderia muito bem pertencer a quase todas as versões de Santi que ela conheceu – e onde, neste exato momento, Santi prepara uma xícara de chá para ela. Enquanto a água ferve, ela observa o mapa de estrelas na parede, desejando, do fundo do coração, que ele se dissolva e mostre a parede do compartimento dela e as estrelas verdadeiras do lado de lá.

Félicette mia e se esfrega no tornozelo dela. Thora traz o corpo à frente e se aproxima para acariciá-la, usando a mão livre para vasculhar a bagunça estranha que há na mesa. Uma cópia de *Os últimos dias de Sócrates*, cheia de anotações com a caligrafia de Santi. Rascunhos, rabiscos para os murais, tudo bem no estilo onírico dele. Uma papelada composta de coisas menos familiares: diagramas, esquemas, fluxogramas. Rascunhos visuais das tentativas de conversa com Peregrine.

Thora olha para Santi enquanto ele coloca a xícara na frente dela.

– Apartamento legal – comenta ela. – Qualquer um pensaria que você mora aqui mesmo.

Santi senta.

– Faz sete anos que estou morando aqui – pontua ele. – Achou que eu dormiria na sarjeta só pra provar que tenho razão?

– Eu nem achei que você estivesse dormindo, que dirá na sarjeta. Achei que passasse o tempo todo, dia e noite tentando encontrar uma saída – retruca, encarando-o com um olhar acusatório. – Todo esse papo sobre me esperar, essa certeza absoluta de que a gente vai descobrir o mistério agora que eu apareci... Tudo isso é só uma maneira de dizer que você desistiu.

– Eu não desisti – protesta ele.

Thora aponta para Félicette.

– Você tem um gato. O símbolo universal do "daqui eu não saio nem a pau".

– Eu continuo tentando. – Santi mostra pra ela um punhado de desenhos e ideias. – Eu estou tentando esse tempo todo. Só não acho que a gente possa encontrar uma solução encarando a morte frente a frente, o tempo todo. – Thora desvia o olhar. Santi dá uns tapinhas na mão dela, carinhosamente. – Lembra quando a gente era cientista? A resposta nem sempre vinha quando procurávamos por ela, mas aparecia nas lacunas, enquanto a gente estava ocupado com outra coisa.

– A gente não tem *outra* coisa com o que se ocupar. – Thora gesticula ao redor, apontando para Félicette e para o cobertor de crochê da mãe de Santi, tão familiar que Thora conseguiria refazê-lo do zero. – Deixamos tudo pra trás, Santi. Tudo que a gente conhecia. Todos os que nos amavam. Porque somos dois exploradores natos, queremos o desconhecido mais do que qualquer outra coisa. Talvez seja egoísta, mas é a verdade, somos assim. E foi isso que fizemos o tempo todo. A gente não pode fugir disso.

– Você tem razão. Mas há outra maneira de encarar isso. – Santi revira os papéis até encontrar o desenho que queria. Ele o mostra para Thora. Nele, os dois estão amarrados, de costas um para o outro, com os olhos vendados e as mãos e os pés amarrados. Mas num ponto onde uma luz resplandecente projeta a sombra deles, os dois estão livres, correndo.

Santi encara Thora.

– A gente abriu mão do auge da vida para passar o resto dela dormindo numa caixa de metal. Fizemos esse sacrifício de bom grado, em prol da jornada. Mas muita gente se empenhou para garantir que o que a gente experimentasse aqui não fosse somente essa jornada. – Santi pega Félicette, a apoia no colo e começa a acariciar o queixo dela. – E acho que tomaram essa decisão por um motivo. Talvez este mundo seja uma ilusão, mas nos trouxe a oportunidade de crescer, de aprender. De pensar além dos limites em que estamos presos.

Thora cruza os braços.

– Aonde você quer chegar?

– Esta... esta vida, este mundo... é uma dádiva. Acho que a gente deveria começar a enxergá-lo assim.

– E eu acho que aí há um perigo, o de encarar este mundo como a realidade. Não podemos esquecer nem por um segundo onde restamos de verdade. – Thora pega um maço dos rascunhos e o chacoalha, de frente para Santi. – E por que você continua fazendo isso? Desenhando a nossa vida imaginária? Já sabemos quem somos. Como isso pode nos ajudar a encontrar uma saída? – Thora sente a raiva aumentar, mas luta contra ela. Essa raiva é parte de quem ela precisa ser: a pessoa que o desafia, que o tira desse estado de complacência. Ela empurra a pilha de desenhos para o chão. – Acorda, Santi. Ou então nós dois vamos morrer dormindo.

Com cuidado, Santi põe Félicette no chão e se ajoelha para recolher os desenhos.

– Eu não estou dormindo. Estou bem acordado. Você é quem tá fechando os olhos para tudo que nos trouxe até aqui.

Thora o encara.

– Espera.

Frustrado, ele pergunta:

– O que foi?

Ela puxa um desenho da mão dele. Confuso, ele entrega sem relutar. Thora observa o esboço com hachuras. É um rosto familiar, cabelo comprido e barba, envolto em sombras.

– Você desenhou isso na casa de memórias.

Ele concorda, e num gesto cauteloso fica em pé.

– É o rosto que eu vi quando caí da torre.

Thora olha nos olhos de Santi.

– É você.

– O quê?

– Não sei por que não te reconheci antes – diz ela, mostrando a folha. – Acho que quando vi o seu desenho, eu ainda não tinha visto o vídeo. Eu não sabia como você é na vida real.

Santi sorri.

– *Como enigmas en un espejo* – murmura ele. De repente, ele parece alarmado. – Thora. Quando você caiu... você disse que viu uma mulher.

O rosto está gravado na memória dela. Cabelo comprido, sombreado, envolto por uma luz resplandecente. Thora procurou tanto por um inimigo que não reconheceu a si mesma.

– Nosso reflexo. No painel de vidro dos nossos compartimentos – fala ela, fitando os olhos de Santi. – A gente deve ter acordado.

Os dois caminham em direção à porta. Nenhum deles diz nada até chegar à sombra da torre. Santi sobe pela abertura que leva ao topo e Thora o observa.

– Espera – pede ela.

Ele vira, um rosto encoberto pela escuridão.

– Que foi?

Thora olha para ele, com antigas manchas de sangue sob os pés. Muita coisa aconteceu entre os dois neste lugar. Ela tenta conter a emoção.

– Nós dois achamos que esta era a coisa certa a se fazer.

Santi inclina a cabeça para o lado, quase rindo.

– Concordamos pela primeira vez, é isso? É uma coisa boa, não é?

Thora desvia o olhar para a torre e, daquele ângulo, não é possível enxergar os ponteiros do relógio.

– Talvez esta seja a nossa última chance. Se vamos mesmo fazer isso, não quero que a gente simplesmente concorde com a decisão, mas que concordemos também com o motivo de ter feito essa escolha.

Santi abre os braços, como se fosse óbvio.

– A gente sabe que já funcionou antes.

– Por um segundo. Mas aí a simulação simplesmente reiniciou. O que te faz pensar que vai ser diferente desta vez?

– Daquela vez, a gente não sabia o que estava vendo. Mas agora sabemos que é a realidade. Vamos nos reconhecer e com isso a gente vai conseguir.

– E como tem certeza disso?

Ele dá de ombros.

– Não tenho. Mas tenho esperança. – Thora sente um aperto no peito. Santi sai da torre. – Não entendo. Se não tem certeza, por que acha que devemos fazer isso?

Ela recosta nas pedras, sentindo-se um animal encurralado.

– Porque não vamos conseguir pensar em mais nada. Essa é a nossa única alternativa.

Santi se aproxima e a encara.

– Resposta errada.

– A sua também não é a certa – argumenta ela. – A gente não pode simplesmente tentar a mesma coisa de novo e esperar um resultado diferente.

– Também não podemos fazer isso por desespero.

Thora sente uma onda de pavor que a ataca no estômago. A solução fácil evaporou e não há nada que possa substituí-la. Ela senta contra a parede da torre, arrancando a grama que cresce entre os paralelepípedos.

– Pra você está tudo certo – comenta ela, ressentida. – Provavelmente você acredita que vai pra outro lugar depois que morrer de fome dentro de uma lata.

– Acredito sim – admite Santi, sentando perto dela. – Não quero morrer sem ver o que viemos até aqui pra ver. – Thora olha na mesma direção que ele, para a placa suspensa do Der Zentaur. – Da última vez, quando eu estava morrendo... Foi difícil aceitar que talvez a gente não conseguisse. Mas, no final, eu escolhi acreditar. Escolhi a esperança.

– Mas a esperança nem sempre é uma coisa boa – argumenta Thora. – A esperança pode te paralisar. Fazer você esperar a salvação em vez de procurá-la por conta própria. – Com um ar de súplica, ela olha para ele. – Pode ser que a gente não consiga, Santi. E temos de aceitar isso.

Teimoso como sempre, ele discorda.

– E se a gente tiver certeza de que não vai conseguir, aí é que não vamos encontrar uma saída mesmo. Ainda que ela esteja bem de frente pra nossa cara.

O vazio que Thora sente no estômago começa a se espalhar pelo corpo todo.

– Tem razão – admite ela.

– Você também.

Mesmo depois desse tempo todo, Santi ainda consegue surpreendê-la. Ela ri, batendo a cabeça contra as pedras.

– Como pode? Nós dois estamos certos?! – brinca ela.

– Sim, por ser quem a gente é. – Ele dá um tapinha no ombro dela. – Pense nisso. Pra chegar até aqui... pra se envolver numa missão dessas, precisamos das duas coisas... Da esperança e do desespero. Precisamos manter os dois acesos na nossa mente, ao mesmo tempo.

– É preciso saber a diferença entre um risco aceitável e um ato de desespero – afirma Thora, sem ter certeza se está inventando isso ou lembrando dessa fala. – Estar disposto a perder tudo, mas preparado para brigar para manter tudo.

Santi assente.

– Segurar com uma mão e soltar com a outra.

Thora olha para ele, de lado.

– Está dizendo que consegue fazer tudo isso?

– Ainda não. – Santi levanta. – Mas posso tentar aprender.

Thora suspira profundamente, segura na mão dele e levanta.

– Talvez a gente possa fazer isso junto.

Equilíbrio entre esperança e desespero. Fácil falar, difícil fazer. Uma semana depois, Thora está sentada em frente ao portal da aniquilação, atirando no ar, uma por uma, algumas estrelas que brilham no escuro, roubadas da lojinha do Odysseum. É um sentimento estranho, um misto de satisfação e amargura, observar a réplica de um sonho voar pelos ares, gradualmente. No momento em que mira a última estrela da pilha a voar pelos ares, Thora escuta uma voz familiar.

– Você está bem?

O coração ameaça sair pela garganta. Claro. A sempre encantadora Jules, que não consegue ver um estranho aparentemente chateado e logo se oferece para ajudar.

Thora olha ligeiramente para trás, pensando, nesse meio-tempo, em possíveis respostas. *Sim, estou bem. Não, estou presa numa mentira enquanto meu corpo gira em torno de um planeta distante, à beira da inanição.*

– Oi – responde ela, simplesmente.

– Oi. – Jules faz uma cara de dúvida enquanto sobe a cerca. – Isso significa "sim" ou "não"?

Thora vira e dá alguns passos para trás, posicionando-se entre Jules e o portal.

– É complicado.

Jules se senta de frente para ela, com as pernas cruzadas.

– E por que não me explicar?

Thora ri.

– Porque se eu fizer isso você vai achar que eu sou louca, talvez?

– Gosto de gente louca.

– Ah, então vai se apaixonar por mim.

– Será que já não me apaixonei? – Jules sorri, e as covinhas da bochecha dela fazem o coração de Thora derreter. – Que tal a gente começar com um café e aí vemos no que vai dar?

Thora reflete. Talvez o fato de Jules não estar aqui, de verdade, não tenha importância. Talvez, neste simulacro, haja o suficiente de Jules, o suficiente para Thora amar e ser amada. Ela já sabe qual é a sua versão preferida de Jules. Sabe como fazê-la feliz, o que fazer para ela não ir embora. Ela poderia passar o último ano de sua vida vivendo um sonho maravilhoso, sendo amada até cair no esquecimento.

Desejava demais isso. Desejava tanto que chegava a doer. Mas essa não é a Jules, não a Jules de verdade. Essa é a Jules que Thora criou na própria cabeça, um retrato parcial e unilateral que nunca estaria à altura de sua realidade. A verdadeira Jules a amava o suficiente para saber que o que Thora queria, mais que tudo, era se livrar para sempre dessa sombra distante de si mesma. Santi tem razão. É uma dádiva. Ainda assim, não é o suficiente, não para a versão de si mesma que Thora deseja ser.

Thora balança a cabeça.

– Hum, melhor não.

Jules parece magoada.

– Acho que me enganei, então.

– Não. Não se enganou. Pensou exatamente a coisa certa.

Frustrada, Jules ri, do jeito que sempre reage à oscilação de humor de Thora.

– Então, por que não vem tomar um café comigo?

Porque você é a lembrança de uma pessoa real que eu deixei pra trás. E lembranças não bastam para manter uma pessoa viva.

– É que... eu não posso, não posso mesmo. Não agora.

– Tudo bem. Isso significa que... talvez depois? – pergunta Jules.

Depois. Talvez não haja "depois" para Thora. Ou talvez sim. No momento em que Jules sorri para ela, ambas as possibilidades existem. A esperança de voltar a vê-la; o risco de perdê-la para sempre.

– Que tal... – Antes mesmo de verbalizar a ideia, ela começa a rir. – Que tal eu te procurar quando eu voltar pra Terra?

Jules sorri e fica de pé.

– Combinado, menina do espaço. Vou te esperar.

Eles continuam tentando. Thora arrasta Santi com ela para o Odysseum, para assistirem ao vídeo em péssima resolução em que o eu real de cada um aparece, e examinarem tudo minuciosamente, à procura de algum detalhe que possa ter passado despercebido. Em troca, ela senta ao lado dele e escuta a discussão entre ele e Peregrine, até o ponto de não conseguir processar mais nada. É um bate e rebate sem fim: quando um deles apresenta um plano, o outro o descarta, e vice-versa. Um dia, os dois vão encontrar a possibilidade entre a esperança e o desespero e terão evoluído o suficiente para agarrá-la.

Até lá, Thora leva uma espécie de meia-vida na cidade. Está nela, mas não pertence a ela. Ela achava que a esta altura já conhecia todas as artimanhas do tempo: os verões imprevisíveis da infância, o olhar afoito de uma adolescente cheia de vida e beleza, a maneira como os anos, ao olhar para trás, parecem ter passado em questão de poucos segundos. Mas ela nunca se sentiu como agora. Agora, Thora tem consciência da passagem do tempo, dos dias que para as versões adormecidas de um "eu" são como minutos, e essa consciência a angustia. Nas tardes em que caminha às margens do rio, voltando do Odysseum, Thora observa a amplitude da própria sombra, imaginando um batimento cardíaco que dura cem segundos. Às vezes, ela tem a impressão de que o escuta.

Santi continua desenhando os murais, a ponto de se espalharem pela cidade inteira, de Deutz a Ehrenfeld. À noite, Thora se aventura a complementar a arte com palavras, escrevendo fragmentos de conversas, ponto e contraponto daquilo que agora ela reconhece ser uma longa discussão. Finalmente, ela chega à torre do relógio, e ali para, de frente para um muro deteriorado. Pintado por cima de alguns grafites, há o mural de Peregrine tal como o conhecem, a nave com o nome dele apoiada na palma de sua mão. Thora acrescenta um balão de fala, saindo da janela.

Socorro! Estamos presos dentro deste pássaro, diz o balão.

Santi ri quando se depara com a frase.

– Perfeito. – Ele toca a pintura que nunca terminou totalmente, porque nunca se sentiu totalmente satisfeito com o resultado. Thora o observa mexendo nela, compenetrado, cara fechada, até ele se dar conta de que ela o espia. – Que foi?

– Nada... só... sei lá, estava aqui pensando que se eu tiver de ficar temporariamente presa com alguém numa simulação fracassada, fico contente que essa pessoa seja você.

Santi a puxa para perto e beija sua bochecha.

– Eu sinto o mesmo.

Inspirada nele, Thora tenta prestar atenção nas belezas do lugar. Agora que ela consegue enxergá-lo como uma criação, algo construído com amor, ficou mais fácil. O reflexo da luz nas ondulações da água, o zunido baixo das conversas trocadas ao fundo do Der Zentaur, os periquitos que voam de árvore em árvore. Mesmo as adversidades resguardam certa doçura, feito algum traço imperfeito e familiar no rosto de quem se ama. Porque, sim, Thora chega a essa constatação. Ela ama a cidade. É um amor desgastado, pungente, como o amor que se sente por um amigo que nos decepciona, mas que faz tanta parte da nossa vida que é impossível se imaginar sem ele. Mesmo assim, é justamente isso que ela faz; imaginar uma saída, um meio de sair dali, uma descoberta que se molda a partir de pequenas revelações que ela e Santi oferecem um ao outro, dia após dia.

– Descobri o que era aquele barulho – diz ela, bebericando chá, na mesa da cozinha. – Que a gente ouviu no vídeo, outro dia.

Santi ergue uma sobrancelha.

– Aquele que você disse ser "uma maldita baleia escandalosa cantando"?

Ela concorda, num gesto enfático.

– Gravei com o celular e acelerei. – Ela aperta o play para Santi escutar e observa a cara que ele faz enquanto isso. – Você estava cantando isso enquanto dormia. – É a música que ela cantava para Santi quando ele era bebê, a mesma melodia que ele cantarolava no laboratório de astronomia.

Ele franze a testa.

– Quem inventou essa música, você ou eu?

– Não lembro. – Ela termina o chá e se levanta para sair.

– Ah. A sua pergunta sobre o Peregrine – diz Santi. – Eu finalmente consegui uma resposta.

Com o coração na boca, Thora o encara.

– Sério?

Ele desvia o olhar, resmungando.

– Você está no comando.

– Eu sabia! – exclama Thora, batendo na mesa, triunfante.

– Levei três horas pra conseguir arrancar isso dele. "Quem está no comando, a Thora ou eu?", não funcionou. Não deu em nada, ele ficou me olhando como se eu fosse algum doido. Mas quando falei López e Lišková, funcionou.

Thora sorri.

– Você me disse que eu era a capitã. Naquela vez, em que foi meu professor. – Percebendo a cara de confuso que ele faz, Thora explica: – Não lembra? A gente estava no Odysseum, brincando naquele jogo de navegação. A gente tinha que escolher se ia pelo caminho mais longo ou pelas ruínas... – Ela leva a mão à boca.

– Peregrine nos fez jogar aquilo. Porque na verdade não era um jogo. – Santi olha para ela. – Ele tinha que tomar uma decisão, e precisava do nosso *input* sem nos acordar.

– Então a colisão foi culpa nossa.

Santi concorda.

– Merda. – Thora soca a mesa. – Uma decisão. Uma merda de uma escolha errada. – Com uma risada amarga e ressentida, ela acrescenta: – Todas as chances que tivemos de viver a nossa vida de novo, de fazer as coisas de um jeito diferente. E agora a única coisa que realmente importa... agora... não podemos voltar atrás.

– É por isso que a gente sabe que é a realidade, eu acho.

Thora levanta a mão.

– Tá legal, senhor "não-há-escolha-errada-as-coisas-acontecem--porque-têm-de-acontecer". – Ela se joga na cadeira de novo. – Por acaso acha que a gente teria feito uma escolha diferente?

Thora imagina o que ele vai dizer. *Não, nunca. Nós somos o que somos.* Mas Santi dá de ombros.

– Talvez num universo diferente – responde, com um sorriso triste. – Mas estamos aqui, neste universo. Temos que viver nele e fazer a melhor escolha possível da próxima vez.

As últimas folhas da estação caem das árvores. A beleza do inverno começa a dar o ar da graça pela cidade e a geada faz os paralelepípedos cintilarem. O ar escapa pela boca de Thora, formando pequenas nuvens de fumaça enquanto ela sobe as escadas devagar, rumo ao apartamento de Santi. Ele demora bastante para abrir a porta.

– Desculpe – pede ele, esfregando os olhos. – Tenho sentido muito sono.

– Olha pra nós – comenta ela, caindo na risada enquanto entra e se joga no sofá. – Eu estava em melhor forma quando tinha oitenta anos e estava morrendo de câncer.

– Thora... O que a gente faz?

Thora sente o estômago revirar, como se recusasse a aceitar a situação. Mas é inútil, tanto quanto gritar para um furacão parar enquanto ele varre tudo que há na sua casa.

– Vá pro Odysseum, enquanto ainda podemos chegar lá. Continue tentando. Mesmo que a gente não consiga... pelo menos vamos saber como termina.

Santi concorda, assentindo, com um olhar terrivelmente pacífico. Ela o conhece bem. A única coisa que ele nunca teve medo de enfrentar é a morte.

Na porta, ele olha como se estivesse esquecendo de alguma coisa. Santi ri.

– O que eu estou fazendo? Até parece que podemos levar alguma coisa. – Félicette se esfrega nas pernas dele, depois se contrai toda, sibilando para algo que não está lá.

– A gente não vai levar essa sua gata defeituosa – diz Thora, adivinhando os pensamentos de Santi. Ela o observa acariciar as orelhas de Félicette, fazendo-a prometer que vai se comportar.

No Odysseum, os dois se sentam de frente para o vídeo, observando o rosto de suas versões fictícias. Thora sente o corpo trêmulo de fome.

– E aí, como estamos agora? Esperança ou desespero? – pergunta ela a Santi.

– Os dois – responde ele.

– Os dois – concorda. Ela deixa a cabeça cair no ombro dele.

Eles observam e aguardam. Por um fim, uma resposta, uma revelação. O tempo se expande e comprime feito um lento ritmo cardíaco. Thora não sabe se estão dormindo. A única coisa de que tem certeza é que há algo novo. Um som diferente no vídeo, incrivelmente baixo, mas algo sacolejante feito um trem que percorre uma linha férrea bem na direção deles.

Ela ergue a cabeça.

– O que é aquilo?

Santi endireita o corpo.

– Faz... faz de novo – diz ele, procurando as palavras. – O que você fez com a minha música... Acelere.

Thora se atrapalha, procurando o celular, tateando o teclado com os dedos desajeitadamente. Na terceira tentativa, consegue. Ela aperta o play e escuta algo suave e insistente.

– Deve ser um alarme, avisando que a nossa morte se aproxima. Que consideração.

– Já ouvi isso antes. – Santi vira para ela, uma fagulha reluz de seu corpo exausto. – Na praia. Lembra?

Thora fecha os olhos, relembrando as inúmeras vidas que teve. Numa delas, era uma adolescente, agachada, revolvendo a areia... Depois da colisão, depois que Peregrine caiu ao seu lado, ela ouviu aquele som, vindo de todo o canto, e ao mesmo tempo de lugar nenhum.

– Eu senti um cheiro de fumaça naquela vez... Mas não tinha incêndio em lugar nenhum.

– Tinha, sim – afirma Santi. – Não na simulação. Mas na nave.

Thora então entende. Chamas reluzentes demais para este mundo estavam brilhando no canto dos olhos dela em diferentes momentos, desde então. O cheiro de fumaça. O alarme. Fragmentos de realidade respingando por tudo isso.

Ela abre os olhos. O rosto de Santi reflete o que ela também sente: entusiasmo, medo e um certo arrependimento.

– Estamos começando a acordar.

– Caralho – resmunga Thora, em seguida, ela chama: – Peregrine!

– Sim?

Os dois têm um sobressalto. Peregrine está bem atrás deles, apareceu do nada.

– Meu Deus. – Thora se levanta, apoiando o corpo contra Santi, procurando forças. – Peregrine, o que vamos dizer é muito importante. Lembra da colisão? Houve um incêndio na nave. Seja lá o que você tenha feito para impedir esse incêndio... seria possível reverter?

Peregrine encara Thora como se ela estivesse falando grego.

Santi levanta.

– Deixa que eu falo com ele. Tenho sete anos de prática, está lembrada?

Thora rói as unhas enquanto Santi puxa Peregrine de lado. Ela observa Santi falando e escutando, tentando extrair alguma informação útil de uma máquina quebrada. Peregrine gagueja, pisca, fala. Enquanto observa, Thora percebe a mudança repentina de expressão de Santi.

– O que foi? – Thora indaga quando ele retorna. – O que foi que Peregrine disse?

Santi faz que não, é enfático e claro.

– Não dá pra reverter.

– Por quê? – Ela evita olhar nos olhos dele. – Santi, eu vou lá perguntar pra ele por quê, mesmo que a resposta custe o único tempo que sobrou pra gente. Por que não dá? O que poderia acontecer? A nave seria destruída?

– A nave não. – Ele inspira o ar. É uma respiração trêmula, descompassada. – Seu compartimento. O fogo... o fogo começou a derreter os fios que controlam a válvula de saída. Ficou meio aberto. O ar vazou.

Thora respira fundo e cada vez que tenta respirar tem a sensação de que o ar escapa por um buraco diferente dentro dela. Ela está de volta ao Odysseum, olhando para um traje espacial sem manequim, para o próprio reflexo distorcido no visor, de quando ela tinha sete anos. Ela escuta a voz reconfortante do senhor López. *Se for um buraco pequeno, o traje vai se descomprimir lentamente. O astronauta simplesmente ficaria sem ar e cairia no sono.* Na praia, depois que o barulho cessou e o cheiro de fumaça diminuiu, ela se sentiu meio zonza, como se tivesse prendido a respiração.

– Tá bom. Mas com certeza o Peregrine já a consertou antes.

Angustiado, Santi olha para ela e diz:

– Porque ele interrompeu o incêndio. Se ele tivesse deixado o fogo queimar até acordar a gente...

– A válvula teria ficado aberta por mais tempo. Eu poderia morrer asfixiada antes de acordar. – Thora ouve o eco da própria voz, como se estivesse ouvindo essa mesma conversa de algum lugar distante. – Quais são as minhas chances?

– Seis por cento – responde Santi. – Então, a gente não tem...

Ela o interrompe.

– E você? Qual é a sua chance de sobreviver? – Ele se segura para não responder e desvia o olhar. – Vai, fala. Se fosse baixa, você já teria respondido.

Santi faz uma careta e abre um sorriso sem graça.

– Noventa e dois por cento.

A vida deles reduzida a dois números. Thora abaixa a cabeça, pensando nos números de que o mundo é feito: as árvores, os periquitos, os murais de Santi. Um cálculo, uma aposta. Uma equação com uma solução.

– Você pode obrigá-lo a fazer isso? – Thora percebe o que Santi está prestes a dizer e levanta a mão, interrompendo-o. – Não estou perguntando se você quer fazer isso, estou perguntando se você seria capaz.

– Ele faria, se eu pedisse. Mas nós dois... nós dois precisamos...

– Precisamos concordar – completa Thora, sentindo o corpo leve e ao mesmo tempo pesado. – Claro. – Por um momento, ela fica com raiva, um sentimento profundo, intenso, capaz de incendiar o mundo. Mas logo depois ela ri, surpresa com a própria reação tanto quanto Santi que, aflito, olha para ela. – O que foi? Você não percebe o quanto isso tudo é engraçado? – Ela ri de novo, jogando a cabeça para trás, em direção ao céu estrelado. – É o suficiente para fazer você acreditar num plano.

– A gente não vai fazer isso – afirma Santi.

Thora pestaneja.

– Desculpe. Quem está no comando mesmo?

– Isso não quer dizer nada. Você não pode me dar uma ordem pra deixar você morrer.

Thora cruza os braços.

– Beleza, então. E qual é a sua solução?

Santi abre a boca e faz que vai falar.

– Proponho que a gente fique. Que a gente... sem pressa encontre um jeito seguro de sair daqui. Os dois juntos.

Thora ri.

– *Sem pressa*? Da última vez que fiz as contas a gente tinha menos de seis meses pela frente. E já tínhamos chegado ao consenso de que não tínhamos muito o que fazer, a não ser sentar e esperar a morte.

– Estávamos errados. A gente só precisa se esforçar mais. Poderíamos fazer muita coisa em seis meses. – Afoito, ele se aproxima dela. – Você disse isso da última vez, os dois ou nenhum dos dois.

– Eu errei, você sabe que eu estava errada. Se um de nós puder sair, temos que aproveitar a chance. Não tem o que discutir.

Santi faz que não.

– Nós chegamos até aqui fazendo tudo junto.

Thora dá risada.

– Chegamos aqui? Aqui *onde*, Santi? – pergunta, abrindo os braços. – Aqui. Sempre aqui.

Ele se afasta. Thora o observa, ele de costas para ela, a sombra projetada na parede do vídeo.

– Seja sincero – pede ela. – Se fosse o contrário, se as chances maiores fossem minhas e as suas fossem menores, você não pensaria duas vezes. Abriria mão da própria vida antes mesmo de considerar a pergunta.

Ele vira para ela.

– E você ficaria feliz de me deixar?

– Claro que não. Mas isso não faria a menor diferença. Você insistiria de qualquer modo. E eu também.

Santi cerra a mandíbula.

– Eu não vou deixar você fazer isso.

Thora o encara.

– Esperança e desespero, Santi. Quem a gente descobriu que precisaria se tornar pra poder sair daqui? – Ela dá de ombros. – É isso. É o risco que vale a pena correr. E isso é tudo que sempre tivemos e que agora podemos abrir mão.

Santi senta e apoia a cabeça entre as mãos.

– As coisas não deveriam ser assim.

Thora se aproxima e senta ao lado dele, no chão.

– Está chateado porque a sua chance de se martirizar foi negada. Foi mal, amigo, desta vez sou eu quem vou ser atirada na jaula dos leões. – Thora se impressiona com o que sente. Está feliz, quase eufórica, e é uma sensação que corre pelas veias como se estivesse, desde sempre, impregnada nela. Em breve, essa agitação toda terá um fim e ela terá de enfrentar aquilo com que concordou fazer. Mas, por ora, ela detém as rédeas da certeza e cavalga como se estivesse numa carruagem, nas nuvens. Por muito tempo, Thora teve obsessão pela resposta certa. Agora, perto do que pode ser o seu fim, ela não sente como se isso fosse uma escolha. Há um caminho e ela o percorre com o coração leve. O paradoxo a encanta: a falta de opção, a inevitabilidade, ambas têm o sabor da liberdade pela qual ela tanto briga e procura em toda a sua longa existência.

Santi passa a mão pelo cabelo.

– Deus sabe como me testar. E sempre faz isso, sempre de um jeito diferente do que eu espero. – Um sorriso escapa, mas é um riso de nervosismo. – A esta altura, você deve achar que já estou preparado para o que *vai acontecer*.

Thora olha para ele, com carinho.

– Você ainda enxerga Deus nesta situação, claro. Por que estou surpresa? Você viu Deus até numa xícara de café. – Santi ri, uma gargalhada quase fora de controle. Thora levanta e vai sentar de frente para Santi, e segura as mãos dele. – Concluindo, você faria isso por mim, não faria?

Ele a olha nos olhos.

– Num piscar de olhos. Não consigo pensar num motivo melhor que esse para abrir mão da minha própria vida.

– Então, por que não me deixa fazer o mesmo por você?

Ele faz que vai falar, mas é difícil articular as palavras.

– Não é justo – diz, por fim. – Não é justo comparar o que eu faria nesta situação com como você deveria agir. Minhas crenças... eu...

Thora sorri.

– Ah, entendi. Você quer dizer que eu sou uma ateia e pagã? Você acha que é mais difícil pra mim me arriscar porque, de qualquer modo, a vida e a morte, pra mim, já não têm sentido mesmo, certo?

– Eu não quis dizer...

– Eu te disse. Atribuo sentido ao que quero, do meu jeito. E, não, eu não acho que vou pra algum lugar depois daqui. Não acho que Deus esteja vendo tudo nem acredito que há um plano cósmico para onde vou depois da morte. – Thora observa o próprio rosto, cansado. – Sinceramente, tenho raiva disso tudo. Tenho raiva por nunca ter conhecido a Jules... a Jules de verdade. Tenho raiva porque tem um mundo inteiro lá fora, novinho em folha, bem ali... – Ela estica o braço, como se o planeta pairasse ali, do outro lado da escuridão. – E talvez eu nunca consiga conhecer ele... – Os olhos dela cruzam os de Santi, ternos, reluzentes e aterrorizados com o que ela diz. – Mas se o sentido disso tudo for você, a sua chance de viver, e viver por nós dois... é o suficiente. Não preciso de mais nada.

– Não. – Ele nega com a cabeça. – Eu não vou fazer isso. Não vou deixar você partir.

O coração de Thora bate acelerado. Ela toca as linhas do rosto de Santi e enxuga as lágrimas que já começam a cair.

– Sabe por que estou rindo? – pergunta.

Engasgado com o próprio choro, ele faz que não.

– Porque tenho um argumento imbatível, e isso está te deixando de cabelo em pé. – Ela olha nos olhos dele. – Quem somos nós, Santi?

Santi compreende o recado. Ele vira o rosto, tenta afastar as mãos, mas ela o segura.

– Você sabe a resposta. Somos exploradores. Nós dois. Para todo o sempre. – Ela aperta as mãos de Santi, apoia sua cabeça contra a testa dele. – A gente desistiu de tudo por isso. De quem amamos, do nosso futuro, da nossa própria vida. Tudo pela possibilidade de viver uma nova experiência. Acha que um de nós imporia um limite justamente agora? Algum de nós diria: "Ah, não, isso já é demais, não vale a pena?"

Ele a encara, neste pequeno espaço há apenas os dois, nada mais. Neste momento, as diferentes versões de ambos começam a surgir, e Thora finalmente compreende. Todas essas versões existem, cada uma delas, não importa o que vá acontecer daqui em diante.

– Não – diz Santi, com a voz embargada.

Ainda com a testa apoiada na dele, ela balança a cabeça.

– Esta é a razão da nossa existência. Entrar em contato com o desconhecido ou morrer tentando. – Ela sorri. – Mesmo que eu nunca veja esse desconhecido, estou feliz por ter chegado tão longe.

A passos lentos, os dois fazem o caminho de volta pela ponte, iluminada, atravessando o centro na quietude da madrugada.

– A gente não precisa fazer isso agora. Temos mais alguns meses. Poderíamos primeiro viver eles– sugere Santi.

– Acha mesmo que eu conseguiria viver assim? Com a morte batendo à porta? – Thora encara Santi. – Eu sei o que você gostaria de fazer se estivesse no meu lugar. Um tour de despedida pelas suas assombrações favoritas. Uma conversa franca com Héloïse e com os seus pais. Um monte de murais resumindo o significado da sua existência. – O sorriso pesaroso de Santi faz Thora desviar o olhar. – Mas eu não faria isso. Estou olhando a cidade pela última vez, por isso estamos aqui. – *Pela última vez*. Thora mascara aquilo que mais teme: se tiver tempo para pensar sobre o assunto, tempo para desacelerar e encarar a decisão de frente, talvez mude de ideia.

Os dois começam a subir a torre da maneira mais lenta possível. Thora diz a si mesma que estão só tomando cuidado. Mas, no fundo, ela sabe que o que estão fazendo mesmo é adiar o momento do adeus.

Ao chegar no topo, eles se sentam lado a lado, e ficam olhando a cidade, a catedral, o rio, a Hohenzollernbrücke coberta com toda aquela bela baboseira dos apaixonados. Thora fecha os olhos ao visualizar uma cena tão vívida quanto o presente: Santi colocando os pés no chão de um novo mundo, os passos levantando a poeira que dá o ar da graça para recepcioná-lo.

– Me enterre lá – pede ela. – Se eu não conseguir.

– Onde?

Ela abre os olhos e se depara com o rosto triste e terno de Santi.

– No novo mundo.

Ele respira fundo antes de falar.

– Se esse é o seu desejo...

Reagindo a uma suposta implicância, ela faz uma careta e diz:

– Ah, você gostaria que o seu cadáver fosse transportado de volta à Terra? Suponho que o treinamento de que a gente não lembra incluía orientações sobre eficiência de carga.

Ele nega com a cabeça, erguendo o olhar, sorrindo.

– Não, não. Eu gostaria de ser enterrado entre as estrelas.

Thora desdenha.

– Você quer dizer que preferiria vagar pelo espaço feito uma escultura humana congelada? Tá legal, aqui a gente faz as coisas de acordo com o gosto do freguês.

Por trás do sorriso, Santi começa a chorar de novo. Thora sente a pressão. Se ela não disser o que tem de ser feito agora, não terá mais força.

– Peregrine! – grita ela, e a voz ecoa pelos ares.

Nada acontece. Sem entender, ela olha para Santi.

– Ele consegue chegar aqui? – pergunta Santi.

– Eu meio que esperava que ele fosse sair de dentro de alguma nuvem, pra ser sincera.

Um barulho dentro da torre. Peregrine aparece, subindo pela abertura, tirando a poeira do casaco.

– Sim?

Thora pigarreia.

– Nós tomamos uma decisão.

Inseguro, Peregrine olha para Santi.

– Os dois?

Santi estremece. Thora espera o momento de terror e ao mesmo tempo de alívio. Ele vai declinar, poupá-la e condenar os dois.

– Sim – responde ele. A escolha foi feita.

Thora sente uma espécie de descarga elétrica percorrer seu corpo. É o primeiro choque verdadeiro de medo que ela sente. Ela se agarra à beirada da torre esperando a sensação passar.

– Peregrine. Será que poderia me fazer um favor? – pergunta ela.

– Sim?

– Quero uma cópia minha na cidade. Uma versão de tudo o que eu fui enquanto estive aqui. Sentada numa mesa externa do Der Zentaur, xingando os novatos, tomando o vinho tinto trazido por Brigitta. – Thora comete o erro de olhar nos olhos de Santi. Ela engole em seco. – Você... você pode fazer isso por mim?

Peregrine assente.

Thora se vira para Santi e segura as mãos dele. O coração dela bate feito a explosão de uma supernova, e tudo que ela quer é que isso acabe logo, e ao mesmo tempo que nunca termine.

– Lembre-se sempre de mim. – Com um riso sufocado, Thora acrescenta: – De todas as partes.

Santi faz que não.

– Todas as Thoras não caberiam na minha mente nem em nenhuma simulação. Só o universo é capaz de comportar todas elas.

– Na real, eu tive muita sorte. A maioria das pessoas só tem uma chance. E eu tive várias. Vivi várias vezes, tantas que nem me lembro quantas. – Ela aperta a mão dele. – A propósito, enganaram a gente. Você sabe como?

– Não – responde Santi, com o coração destruído. – Como?

Ela descansa a cabeça na dele, olhando para o rio.

– Eu era tão obcecada por fazer a escolha certa... Depois que descobri o que estava acontecendo com a gente, pensei que isso era a prova de que nenhuma das nossas escolhas aqui tinha sentido. Mas eu estava errada. Cada escolha que fizemos disse algo sobre nós. – Ela vira para ele, mexendo as mãos, enfatizando as próprias palavras. – Peregrine tentou nos avisar, mas eu não entendi. Mas agora entendo. Era essa a questão. Eu tinha que te conhecer, conhecer cada versão sua. E você tinha que me conhecer, todas as minhas versões. Porque só há nós dois aqui, a gente tinha de ser tudo um para o outro. E ninguém pode ser isso. Não em uma vida apenas. – A voz dela treme. – Mas vivemos tanto... e eu te conheço tão bem quanto conheço a mim. E eu sei que cada versão nossa escolheria a jornada. Qualquer que fosse o seu preço.

Santi olha para ela, as lágrimas escorrendo pelo rosto.

– Ei! O que foi? Estou dando o braço a torcer, você venceu essa. Por que está chorando? – indaga ela.

Uma risada se mistura aos soluços dele. Thora beija a testa de Santi no momento em que uma sombra recai sobre ela. Peregrine, de pé, posicionado entre ela e as estrelas.

– Pronta? – pergunta ele.

Thora respira fundo. Como poderia estar pronta para a morte definitiva? Ela sente a necessidade de recapitular, precisa de uma imagem, um registro do que viveu. Mas de qual vida? A que ela quer é justamente a que não tem, a vida real de que nunca vai se lembrar, dispersa em pequenas lembranças espalhadas por todos os cantos dessa cidade imaginária. *Tudo bem, menina do espaço*, sussurra Jules, no pensamento dela. *Eu vou te esperar.*

– Mais uma coisa. – Thora olha para Santi, e um estranho sentimento de calma começa a invadi-la. – Quero que você entregue uma mensagem para a Jules. Não sei se estamos juntas, se já ficamos alguma vez, ou se tudo não passou de um sonho que eu gostaria de ter vivido. Acho que nunca vou acordar pra descobrir. Mas quero que diga a ela que, se ela for mesmo essa mulher incrível com quem estive, tive muita, muita sorte de conhecê-la.

Santi concorda.

– Eu direi. – Ele fecha os olhos, tentando se controlar. Thora fica olhando para ele, por um tempo, observando os cílios longos, o nariz encorpado, os lábios trêmulos, controlando-se para não se render ao choro. É como a casa onde se passa a infância, tão íntima sua que você nem percebe mais como ela é, e só se dá conta da falta que ela faz quando vai embora e começa a sentir saudades. Antes de Thora desviar o olhar, Santi abre os olhos.

– Ainda dá tempo de você mudar de ideia. – Diz ele, e a fala soa quase como uma súplica.

Ela ri.

– Você mudaria?

Ele faz que não.

– Então... – Um bando de periquitos na fonte alçam voo. Thora os observa sobrevoar o rio em direção às divisas da cidade e visualiza na imaginação o momento em que eles desaparecem de vista. Quantas vezes esteve ali, no topo daquela torre, tantas vidas, acendendo uma chama bruxuleante. *Nunca se sabe quando a gente pode precisar tacar fogo em alguma coisa.* – Estou pronta.

Santi vira para Peregrine, murmurando alguma coisa. Em seguida, ele a envolve com os braços.

Primeiro ela sente o calor do abraço, que se dissipa pelos membros gelados dela. Em seguida, Thora vê as chamas, a luz tênue no canto dos olhos, a única coisa que brilha aqui, além das estrelas. Sua respiração fica errática. Santi a abraça forte, a respiração ofegante dele ressoa no ouvido dela. Thora se agarra a ele, ela não quer morrer. *Não,* pensa, desesperada, *não, não posso fazer isso, preciso viver.* Mas se disser em voz alta, Santi a salvará. Ela se concentra nele, pensa nele despertando desse sonho que os dois dividem. Ela afrouxa os dedos e, num gesto espontâneo e fiel ao que sente, ela o solta.

O alarme soa em tempo real, tão agudo quanto a fumaça que se acumula. Thora não consegue mais sentir Santi. A visão é preenchida por uma série de alucinações: periquitos atravessando a parede de uma nave espacial; o nome dela e de Santi escrito nas estrelas; pontes desmoronando, derrubadas pelo peso do amor humano. Ela vê a vista do topo da torre, a praça espalhada lá embaixo, num dia ensolarado. Semicerrando os olhos, ela acha que o viu em uma mesa externa do Der Zentaur: Santi, como ela o conheceu, de cabeça baixa, desenhando em seu caderno de memórias.

Uma risada quase a sufoca causando dor em seu corpo ferido, roubando o que restou do ar para respirar. Talvez, para ela, seja essa a vida após a morte. Uma discussão sem fim com Santiago López Romero. Nesta hora, ela consegue pensar nas piores maneiras de viver a eternidade.

As imagens desaparecem, sobrepostas por uma luz branca que emite sons à medida que se expande. Thora tenta dar o último suspiro, mas ela é um nada em meio a lugar nenhum, devorada pelo esplendor. *Uma luz brilhante*, pensa, enquanto essa luz a envolve inteiramente. *Que original.*

296

A luz incomoda os olhos de Thora.

Uma cacofonia de sons, que ela logo reconhece ser o alarme interminável e o zumbido arrastado dos extratores de Peregrine. Desajeitada, como se agora o corpo fosse maior, ela se livra dos cateteres e tubos presos às veias e das almofadas térmicas. Está aqui. Está viva. Ofegante, ela tateia o botão que abre seu compartimento. É como se houvesse uma tonelada apoiada no corpo, mas não há absolutamente nada. Então, Thora reúne forças para se livrar desse delírio, o corpo lembra do quanto ela está treinada para aquilo enquanto a mente fica para trás na simulação, agarrada a Santi no topo da torre do relógio. Pela parede chamuscada, ela desce até o compartimento dele, acreditando pela primeira vez num milagre. *Nós dois. Nós dois conseguimos.*

Ela vê o corpo dele, do outro lado do vidro.

Thora tenta puxar o ar para respirar, mas ele não vem. Ela está viva, conseguiu, mas agora não consegue respirar. Olha para Santi e o vê flutuando, congelado e inerte. Ela não entende.

– Peregrine! – grita ela, mas não há ninguém ali, a não ser o silêncio de uma nave em que ela é a única ocupante viva. A não ser as marcas das chamas na parede. E o painel danificado ao lado do compartimento de Santi, os fios derretidos que abriram uma janela minúscula e desastrosa com vista para as estrelas.

Thora bate na parede e começa a gritar.

Uma hora depois, ela se senta na cadeira do piloto e observa o planeta girando lá embaixo, uma imensidão de azul e cinza, salpicada de nuvens exóticas: um novo mundo.

A nave range, um pequeno ajuste, que recai sobre os sentidos de Thora feito um terremoto. É pesado demais, como tudo tem sido desde o momento em que ela acordou, tudo muito intenso, dolorosamente real, e a cidade de repente ganha ares de um sonho sombrio. *Através de um espelho escuro*, pensa Thora, e ao mesmo tempo se pergunta de onde veio esse pensamento.

Ela mexe a cabeça devagar, rastreando as lembranças pregadas na parede. Uma foto de Jules sorrindo, a realidade de que ela lembra mais vívida do que qualquer versão que ela possa ter imaginado; seus medos e inseguranças embaçam as lentes. Ela continua observando o seu redor, passando pelas bandeiras dos países que fazem parte da história dos dois, Espanha, Islândia, República Tcheca, e avista as estrelas douradas da União Europeia numa bandeira azul, e dali tudo parece um desenho infantil disperso na imensidão que ela vê pela janela. Por fim, os olhos pousam na cadeira vazia ao seu lado.

O porquê não importa. Mas ela continua procurando feito uma louca, como se encontrar o motivo permitisse a ela recomeçar, ter uma nova chance para acertar. Quando ela encontrou o estrago causado pela colisão, e o conserto desajeitado de Peregrine que cruzou os compartimentos dela e de Santi, Thora se deu conta de que havia um buraco nela também, uma rachadura que a separava do que havia por dentro. *Ele pensou que eu era você e que você era eu.* E por um insano e terrível momento, foi isso que aconteceu. Thora não perdeu Santi, perdeu-se de si mesma. Mesmo enquanto pressionava a testa contra a parede fria de metal, ela sabia que não teria feito a menor diferença. Santi teria insistido, como ela fez, e ela teria cedido porque sabe bem com os dois são.

Ela o soltou, como ele queria. Ela o deixou livre, entre as estrelas. Agora, presa na cadeira da nave, ela o imagina à deriva pela eternidade, com os olhos abertos, finalmente cara a cara com o seu Deus. Como é possível se sentir tão preenchida com a presença dele e tão vazia ao mesmo tempo? É um paradoxo, um truque de física que ela nunca conseguirá entender. E igualmente intrigante é constatar como ela conhecia tanto dele e, ainda assim, havia um infinito para descobrir. Thora pensa em todas as pessoas que estão esperando por ele, gente para quem ela terá de contar a verdade se conseguir regressar viva. Héloïse, a namorada de idas e vindas, que acabaria se casando com Santi, todos sabiam disso. Jaime que apareceu para uma visita quando ela e Santi estavam começando a se ambientar em Colônia e acabou passando uma noite agitada com eles, fazendo um *tour* pelos bares do centro. Os pais que vieram se despedir dele: o pai todo orgulhoso e a mãe angustiada, como se pressentisse o que iria acontecer. A irmã Aurelia e Estela, sobrinha de Santi, uma "filha postiça". Félicette, que nunca entenderá por que ele não voltou para casa. Por algum motivo, pensar na gata simplesmente destrói ela. Thora começa a chorar, a ponto de soluçar, e se desmancha em lágrimas como se o corpo não passasse do mero instrumento de uma dor lancinante. Sim, ela chora por Santi e ele não está ali.

Ela precisa se controlar. Prende a respiração para segurar o choro.

– Recomponha-se! – diz ela em voz alta e, como se pudesse transformar o universo numa caixa, ela atira a própria dor ali e fecha a embalagem. Tem uma missão a cumprir e precisa fazer isso sozinha.

Thora configura a sequência de pouso. Enquanto puder, evitará pensar em Santi. Afasta o pensamento, concentrando-se na própria trajetória, nas milhares de variáveis entre ela e a própria sobrevivência, no que possivelmente a aguarda na superfície no novo mundo. Mas é impossível deixá-lo de fora disso tudo. Santi se infiltra pelos pontos vulneráveis de Thora, com seu sorriso, a cabeça cabisbaixa enquanto cuidadosamente desenha no seu caderno de memórias, o olhar que às vezes dá a entender que Deus abaixou a cabeça para beijar a testa dele, bem entre os olhos. O olhar que Thora tanto ama. É tarde demais. Embora as mãos continuem operando o painel de controle, tudo que se passa na cabeça dela é o quanto o ama, e como ele nunca soube de verdade, porque enquanto Santi vivia aberto e fluido feito as águas de um riacho, ela se mantinha represada, fria e reservada demais para dizer o que ele significava para ela. E agora Thora nunca mais o verá. Ela se curva, fustigada pela dor.

– Como isso foi acontecer? – sussurra, e ela sabe que está fazendo essa pergunta para ele, e que continuará perguntando até o dia em que o encontrar. Mas Thora já sabe a resposta. A culpa é toda dela, que usou todos os artifícios persuasivos possíveis, convencendo-o a concordar com a aniquilação dela, e agora não há como voltar atrás. E o pior de tudo: mesmo que pudesse, Thora não consegue pensar em nenhuma versão dela própria que faria uma escolha diferente.

Não tem escolha errada, diz Santi. *As coisas são como são.*

Ela senta, ofegante. Como uma dádiva e como uma maldição, ela se lembra dele, uma avalanche de Santi a engole: ele, dando risada no parque com ela e Lily, jogando migalhas para os periquitos; jogando tênis de mesa com Joost, o engenheiro que projetou Peregrine; pintando um mural na parede da torre do relógio, concentrado, com a testa franzida; na piscina, durante o treinamento de caminhada espacial, fazendo "joinha" debaixo d'água com o polegar. Os diferentes "eus", reais e simulados de Santi, se chocam contra algo que é menor do que a verdade dele e ao mesmo tempo maior do que ela pode conter. Thora respira, trêmula, e se concentra em uma imagem: Santi, no Der Zentaur, erguendo a taça, de frente para ela.

Eu sabia o que eu significava pra você. Ela não sabe se ele diria isso assim, exatamente com essas palavras. Santi sempre soube como surpreendê-la. Mas quanto ao sentimento por trás disso, ela não tem a menor dúvida. *Agora vá. E viva tudo por nós dois.*

– É o que eu vou fazer – afirma ela, e começa a contagem regressiva.

AGRADECIMENTOS

Sou extremamente grata por tudo que as seguintes pessoas fizeram por mim:

Ao meu agente, brilhante e determinado, Bryony Woods. Sem ele, este livro continuaria sendo dois simples personagens à procura de uma história.

A Natasha Bardon e Julia Elliott, cuja veia editorial e profundo conhecimento dos personagens fizeram deste livro algo ainda mais forte do que ele poderia ser.

A Jack Renninson, Vicky Leech Mateos, Jaime Witcomb, Abbie Salter, Katy Blott e a todos da Harper Voyager; a Eliza Rosenberry, Angela Craft e todos da William Morrow, cuja criatividade, atenção aos detalhes e entusiasmo pelo livro me conduziram pelos meandros da edição e produção da obra, sobretudo nos meus momentos de incerteza.

A Anna Burkey e Barbara Melville por permitirem meus primeiros passos profissionais como escritora. A David D. Levine, David J. Schwartz e todos os participantes dos *workshops* de escritores da WisCon de 2016 e 2017, pelas críticas importantes em um momento crucial.

Agradeço também a Christos Christodoulopoulos, Laura Gavin, Kit Holland, Peter Kendell, Hazel Lee, Carla Sayer e Lynette Talbot pelo feedback muito bem-vindo. Um agradecimento especial a Hannah Little e Ariana Olsen, que leram praticamente todos os manuscritos completos que já escrevi, e têm emanado luzes de motivação e alegria desde 2010. Bons tempos, para sempre.

Aos meus amigos, que provavelmente ficaram mais empolgados por mim do que eu mesma (um viva especial para Emily Smale, pelo bolo incrível decorado com a capa do livro). À minha família na Escócia, nos Estados Unidos e na Grécia, pelo amor, entusiasmo e apoio.

Por fim, todo amor e carinho ao Christos, meu determinista predileto, que provavelmente vai encontrar alguma semelhança entre as discussões neste livro e as nossas. Eu me sinto imensamente feliz por viver neste universo em que nos conhecemos. E para Alistair Orpheas, que participou do projeto deste livro por apenas alguns meses, mas foi uma grata surpresa e um tesouro que eu jamais imaginaria encontrar.